Felsenflug

Eine dramatische Erzählung in drei Teilen

DAS BUCH...

...ist eine Erzählung in drei Teilen: Max, Cäcilia, Judith – benannt nach den jeweiligen Protagonisten. Jeder Teil erzählt eine in sich geschlossene Handlung aus der Sicht der Hauptperson. Da Max, Cäcilia und Judith familiär verbunden sind, beziehen sich die Erzählungen aus ihrem Leben auf ihre persönliche Sicht- und Erlebensweise, wobei der Bezug zu den jeweils beiden anderen Protagonisten den 'basso continuo' spielt. So sind die Teile drei Handlungsstränge, die wie ein Zopf ineinander verflochten sind.

ERSTER TEIL

MAX

SALTO MORTALE

PROLOG

Der Geist vergisst, die Seele nichts. Aus den Augen, aus dem Sinn? Es bleiben Spuren. Nicht nur das unmittelbar Erlebte wirkt nach, sondern auch das Vergessene, ganz besonders das 'aktiv' Vergessene. Solche absichtlichen Vergessenheiten sammeln sich in den unergründlichen Kavernen der Seele, lasten auf ihrem Grund, bis er nachgibt... Die Rede ist nicht von den alltäglichen Kleinigkeiten. Die lösen sich wie eine Prise Salz im Meer. Nein, es sind Taten und Geschehnisse, die nicht immer schon im Moment des Geschehens ihr Gewicht und ihr bedrohliches Volumen offenbaren. Wer aber in der Folge nicht den Mut und die Kraft aufbringt, sich an den drückenden Lasten abzuarbeiten, macht im Lauf des Lebens seine Seele zu einer gefährlichen Steinhalde. Irgendwann gerät sie ins Rutschen, wird zur Felslawine und entwickelt mörderische Kräfte. Dann ist es auch egal, ob durch unglückliche Umstände oder bösen Vorsatz: Sie begräbt mit unterschiedsloser Gewalt Schuldige und Unschuldige.

*

I.

"Capri ist sauteuer!", beschwerte sich mit kindlicher Empörung ein etwa zwölfjähriges Mädchen bei seinen Eltern an einem der Nebentische des Cafés auf der Piazzetta. Maximilian Sweberding warf nur einen kurzen Blick über den Rand seiner Zeitung und vermutete, dass die Familie wohl von Sorrent oder Positano herüber gekommen war – typische Tagestouristen, die die Cafés auf der Piazzetta bevölkerten. Schon in der Frühe fallen sie auf der Insel ein und klappern bis zum späten Nachmittag die traditionellen Höhepunkte ab: Mit dem Boot zur Blauen Grotte, die Fahrt mit der Funicolare vom Hafen nach Capri-Ort. Dann in dichten Pulks zu den Augustusgärten mit dem obligatorischen Erinnerungsfoto 'Ich vor den Faraglioni'. Mit den inseltypischen Minibussen hetzen sie die enge Straße hinauf nach Anacapri und drängeln sich auf dem schmalen Weg zur Villa San Michele von einem Souvenir-Laden zum nächsten. Da wird dann alles gekauft, was es zu kaufen gibt. Max empfand den Massenandrang als Entwürdigung dieser herrlichen Insel. Denn nichts, gar nichts, erfahren die Besucher in den wenigen Stunden ihres Aufenthalts von dem wahren Charme, den die Insel jenen offenbart, die wenigstens ein paar Tage hier verbringen. Zwei steile Falten hatten sich über seiner Nasenwurzel gebildet, als er die FAZ, sorgfältig in ein längliches Format gebracht, in die Innentasche seines Leinensakkos steckte. Er bezahlte den doppelten Espresso und den Sambuca, stand dann auf und verließ die Sonnenschirme des Cafés.

Es war Anfang Juni und seiner Erfahrung nach die schönste Jahreszeit, um Capri zu besuchen. Die meist noch milden Temperaturen erlauben ausgedehnte Spaziergänge und kleine Exkursionen in die abgelegenen, malerischen Winkel der Insel. So kann man auch, wenn man will, dem allmorgendlichen Ansturm der Tagestouristen entgehen. Max wollte aber meistens nicht. Im Gegenteil, er genoss diesen Massenauftrieb mit einem gewissen Snobismus. Schließlich war er hier Hotelgast. Und je lauter und quirliger es tagsüber zuging, desto eindrucksvoller empfand er abends die Ruhe, wenn die Ausflügler wieder weg waren. Das vormittägliche Anlanden der Besucher verglich er mit dem Anbranden von Flutwellen. Im Abstand von wenigen Minuten kommen die Fähren am Vormittag im Hafen an und spülen mittels Funicolare ihre Fracht vom Hafen bis hier herauf in den Ort, und dann mit geringer zeitlicher Verzögerung weiter bis nach Anacapri. Mit der Rückfahrt der Ausflugssschiffe am späten Nachmittag zieht sich diese Flut dann wieder zurück. Jedes Mal, wenn er mit seiner jungen Frau auf Capri weilte, beobachtete und erlebte er diese Art von Ebbe und Flut. Und nun, etwas mehr als ein Jahr nach ihrem rätselhaften Tod und das erste Mal allein, schien ihm das Treiben der Touristenmassen noch aufdringlicher und umso friedvoller die nachfolgende abendliche Entspannung. 'Abends schließt dich die Insel in ihre Arme', dachte er bei sich. Dass allerdings ein Hotelaufenthalt auf Capri kein billiges Vergnügen ist – insofern gab er dem Mädchen vom Nebentisch im Café Recht.

II.

Vor zwei Tagen war Max auf der Insel angekommen und hatte sich mit der angemessenen Bedächtigkeit seines Alters auf die Feriensituation eingestellt. Wann er wieder abreisen würde, hatte er offen gelassen. Das Hotel war zunächst für zwei Wochen gebucht, mit Option auf weitere Tage.

So konnte er den Aufenthalt ganz nach seinen Vorstellungen gestalten. Dazu gehörte auch der Start in den Tag mit der Zeitungslektüre, dem doppelten Espresso und dem Sambuca in seinem Stammcafé – ein Ritual, das er vor sieben Jahren begonnen hatte und häufig wiederholte. Damals war er mit Cäcilia das erste Mal hierher gekommen und in den Folgejahren regelmäßig. Nach dem späten Frühstück im Hotel gingen sie noch ein paar Schritte gemeinsam, bevor sie abbog, um auf der Via Camerelle und Umgebung die mondänen Boutiquen, Parfümerien, Juweliere, Schuh- und Lederwarengeschäfte unsicher zu machen. Er hingegen schlenderte die wenigen Meter weiter zur Piazzetta, kaufte am Kiosk im Torre dell'Orologio die FAZ und suchte „Al Piccolo Bar" nebenan auf. Dort gab es zwar noch weitere Cafés, die alle mit Tischen und Stühlen unter Sonnenschirmen bestückt waren. Max hatte sich aber damals für dieses entschieden, weil es im Hintergrund lag und deshalb in den frühen Vormittagsstunden noch etwas weniger als die anderen frequentiert war.

Giacomo war dort Ober, der englisch und auch ein wenig deutsch sprach. So ergab sich bald zwischen ihnen die Gewohnheit, ein paar Floskeln auszutauschen, bevor Max sein übliches Gedeck serviert bekam und in Ruhe begann, die Zeitung zu lesen. Er schätzte es, in dieser Beschaulichkeit den neuen Urlaubstag anzugehen. Manchmal kam es allerdings vor, dass schon früh ein paar Touristen sein Stammcafé aufsuchten, noch bevor er die Zeitungslektüre beendet hatte. Das konnte gut gehen, wenn die neuen Gäste nicht lärmig wurden. Aber heute genügte schon die Nörgelei des Mädchens, um ihn vorzeitig aufbrechen zu lassen. Er mochte keine quengelnden Gören, heute schon gar nicht. Er stellte fest, dass seine Stimmung nach 'missmutig' tendierte, trotz des Bilderbuchwetters. Es war gegen zehn Uhr, und natürlich wusste er, wie es auf der Piazzetta um diese Uhrzeit zuging. Als er unter den Sonnenschirmen hervortrat und sich um den Torre dell' Orologio herum dem offenen Teil der Piazza zuwandte, wurde er von einer neuen Welle Tagestouristen fast weggespült. Sie quoll aus der Funicolare-Station und kam über die breite Treppe nach oben auf ihn zugerollt. Unwillkürlich drehte er sich mit dem Rücken dagegen und stand dann etwas unschlüssig in der Sonne: ein hochgewachsener, schlaksig wirkender Herr Ende sechzig, im cremefarbenen Leinenanzug, mit silbrig glitzerndem Hemingway-Bart und Panamahut – wie von der Titelseite eines Seniorenmagazins. Mit seinen stattlichen einssiebenundachtzig umwuselten ihn die Menschen und ihr Sprachensalat wurde umso bunter und lauter, je mehr davon auf den Platz drängten. Dazwischen die Reiseführer. Mit allen möglichen in den Himmel gereckten Schildern, Stockschirmen und Fähnchen mühten sie sich, ihre Herde um sich zu scharen. Eine besonders penetrante Vertreterin ihrer Gilde bahnte sich mit der Dynamik eines Schlachtschiffes den Weg durch die Menge. Ihre Schafe hielt sie mit regelmäßigen Pfiffen aus einer Trillerpfeife hinter sich zusammen. "Entsetzlich!", murmelte Max und verließ den Platz.

Spontan entschloss er sich, an den Augustusgärten vorbei über die Via Krupp hinunter zur Marina Piccola zu gehen. Dort würde er sich auf einer der Strandterrassen einen Liegestuhl mit Sonnenschirm mieten, auf das blaue Meer hinausblicken, mit der Zeitungslektüre fortfahren und seinen Gedanken nachhängen. Sicher würde das seiner angeknacksten Stimmung gut tun.

Allerdings hatte er nicht bedacht, dass er auf dem Weg die Carthusia passieren musste – jene Parfum-Manufaktur, die Ursache der einzigen schmerzhaften Enttäuschung war, die ihm Cäcilia jemals bereitete. Bei ihrem letzten gemeinsamen Capri-Aufenthalt hatte er ihr ein Parfum aus dem Ladengeschäft zum Geschenk gemacht.

Genau diesen Duft nahm er in dem Moment wahr, als er in das Sträßchen zu den Augustusgärten einbog, nur wenige Meter von der geöffneten Ladentür entfernt.

III.

Düfte sind Brandbeschleuniger der Erinnerung. Sie haben die Macht, schlagartig, distanzlos und authentisch vergessen geglaubte Bilder, Situationen, ja ganze Gefühlswelten wieder aufleben zu lassen.

Es war also der Moment, als er in das Sträßchen zu den Augustusgärten einbog und den Duft der Carthusia wahrnahm und gleichzeitig Cäcilia im Hotelzimmer sah, wie sie den Flakon betrachtete und wie sich ihre Mine veränderte: erst der verständnislose, seltsam unverwandte Blick, in dem sie verharrte und offenbar mit dem aufsteigenden Groll einen Moment kämpfte; wie die Lippen schmal wurden und die Augenbrauen sich unmerklich zusammenschoben. Dann blickte sie ihn an. – Sie wurde nicht laut. Es war allein die Schärfe ihrer Worte, die ihn so verletzte: Wie er auf die Idee käme, ihr ein Parfum zu schenken, noch dazu eines, das schon fast ordinär riechen und überhaupt nicht zu ihrem Typ passen würde. Und ob er ihren Duft nicht mehr möge, und wenn dem so sei, solle er es, bitteschön, ehrlich sagen und nicht mit so albernen Andeutungen verklausulieren.

Diese Reaktion hatte er nicht erwartet. Er war so perplex und gekränkt, dass er wortlos das Hotelzimmer verließ. Je mehr er darüber nachdachte, umso mehr schmerzten ihn ihre Vorwürfe. Er suchte nach Linderung und ging genau den Weg, den er heute eingeschlagen hatte: an der Duft-Werkstatt und den Augustusgärten vorbei, die Via Krupp hinunter zur Marina Piccola. Dort blieb er nicht lange, sondern fuhr mit dem

Taxi kreuz und quer über die Insel. Erst spät abends kehrte er zurück, als sie schon im Bett lag und schlief oder so tat, als schliefe sie. Auch am nächsten Tag ging er ihr aus dem Weg. Erlösung von seinem Schmerz erhielt er erst, als sie sich zum Abendessen an ihrem angestammten Tisch trafen. Nach dem Antipasto legte sie sachte ihre Hand auf die seine, blickte ihn mit einem feinen, undefinierbaren Schleier der Trauer an und sagte nur: "Entschuldige." Mehr bedurfte es nicht, um alles davor Geschehene aufzuheben. – Diese Bilder sah er und diese Gefühle fühlte er, hier und jetzt, als wäre er in diesem Moment auf demselben Weg wie damals. Die Bilder trafen ihn so unvermittelt, dass er stehen bleiben und mehrmals tief durchatmen musste. Nolens volens, direkt neben der geöffneten Ladentür der Parfümerie, sog er den giftigen Duft in sich auf. Er beschleunigte seinen Schritt so gut es ging, um dem Dunstkreis zu entkommen. Als er das schmiedeeiserne Tor zur Via Krupp passierte, hatte er den Duft zwar hinter sich gelassen, es blieb aber eine Art innerer Betäubung.

In anderer Verfassung, keine fünf Minuten zuvor, hätte ihn der Anblick begeistert: wie sich die Via Krupp in langgestreckten, engen Serpentinen nach unten schlängelt. Vor wenigen Jahren war sie mit großem Aufwand instand gesetzt worden, nachdem sie vor mehr als einem Jahrhundert aus dem hellen, senkrecht aufsteigenden Kalkstein herausgemeißelt worden war – aus Felswänden, die die Insel hier wie eine Gralsburg aus dem Meer aufsteigen lassen.

Er war aber nicht in dieser Verfassung, vielmehr in der gleichen, als er damals, nach dem wortlosen Abgang aus dem Hotelzimmer, enttäuscht und verletzt diesen Weg nahm. Er wanderte weiter abwärts, Kehre um Kehre. Es war sehr warm, was er nicht spürte. Die Sonne nahm ihren Lauf zwischen weißen Wolkenhaufen, was er nicht sah. Die Oleanderblüten dufteten, er roch aber nur den Duft des verschmähten Parfums und sah die Bilder einer traurigen Erinnerung.

Da lag er nun im Liegestuhl unterm Sonnenschirm, mit Blick hinaus ins blindlings verlaufende Milchblau, wo es keine klare Grenze gibt, nur Wasser und Luft, sonst nichts. Die Gedanken vagabundierten, segelten ziellos durch sein vergangenes Leben. Ja, es gab auch noch einen anderen Duft, an den er sich aber nur schwach erinnerte: ein schwerer, betäubender, dessen Namen er nicht kannte. Er gehörte zu Carla, der Kunststudentin aus Kiel, und der verblassten Erinnerung an die leidenschaftliche Romanze in Ravenna während der Semesterferien im Sommer '66. Er fragte sich, was aus Carla wohl geworden war. Kurz nach den Ferien an der Adria hatte er noch einen Brief von ihr erhalten, aber nicht mehr darauf geantwortet.

IV.

Es war, wie er sich glauben machen wollte, nicht die sehnsuchtsvolle Nostalgie, die ihn nach Cäcilias Tod wieder nach Capri trieb. Vielmehr hoffte er, in diesen Tagen endlich ihren Tod annehmen zu können. Indem er allein all die Orte seiner glücklichsten Stunden mit ihr aufsuchte, wollte er sich heilen. Er wollte endlich Frieden finden. Er wollte, dass seine Seele endlich begriff, was ihr sein Verstand ständig klar zu machen versuchte: „Cäcilia ist tot. Es gibt sie nicht mehr. Sie ist nur noch eine große, schöne Erinnerung." Dieser Keil zwischen Gefühl und Vernunft konnte ihm unerträgliche Schmerzen bereiten. Nur mithilfe der Psychomedikamente, die ihm der Neurologe damals verschrieben hatte und die er bis heute einnahm, konnte er die Schatten auf Distanz halten. Der Preis dafür war, dass er sich oft müde, antriebslos und wie in rosarote Zuckerwatte eingepackt vorkam.

Auch das war sein Ziel: von diesen Medikamenten weg zu kommen, zumindest die Dosis dauerhaft zu reduzieren. Wo, wenn nicht hier, würde er die Kraft dazu finden, um nach so langer Zeit wieder zu einem normalen Leben zurück zu finden? Erst der Aufenthalt in der Klinik, wo seine Tochter als Ärztin arbeitete, dann die Reha-Kur, und bis heute begleiten ihn täglich diese Kapseln. So konnte es nicht weitergehen. Deshalb hatte er seit seiner Ankunft nur noch die Hälfte der verschriebenen Dosierung eingenommen und nun wollte er ganz damit aufhören. Dieser Vorsatz gehörte ebenso zu seiner selbstverordneten Therapie wie die Absicht, die herrlichen Tage mit Cäcilia noch einmal zu erleben, ohne sie an seiner Seite zu spüren. Das, glaubte er, würde die Erinnerung vertiefen und gleichzeitig seine Seele für die Endgültigkeit des nicht mehr Vorhandenseins seiner Frau öffnen. Er wollte sich den Schlüssel selber anfertigen, mit dem er endlich das Gefängnis der Medikamentenabhängigkeit und der damit verbundenen seelischen Lähmung verlassen konnte. Vor dieser Do-it-Yourself-Therapie hatte ihn zwar sein Psychotherapeut eindringlich gewarnt, er aber glaubte an seine Stärke.

V.

Damals, vor über einem Jahr, an einem kalten, finsteren Tag Anfang März, in dieser Übergangsperiode, in der der Winter schon zu lange währt, aber von Frühling noch nichts zu ahnen ist – an diesem Donnerstag hatte Cäcilia ihn verlassen. Einfach so, ohne Vorzeichen, ohne Ankündigung und ohne Abschied. Nicht mal einen Brief hatte sie hinterlassen. So blieb er mit der quälenden Frage nach dem Warum allein zurück.

Das Bild von ihr, wie sie da lag, im gemeinsamen Bett, wächsern, still, wie aufgebahrt – dieses Bild umfing ihn, durchdrang ihn, strangulierte ihn. Und hätte er nicht die Medikamente, würde er keinen Tag ohne Depressionen erleben.

Judith, seine Tochter aus erster Ehe und nur etwa zwei Jahre jünger als Cäcilia, stand damals in der Empfangshalle seines Hauses. Er war von einer mehrtägigen Geschäftsreise zurückgekehrt und wunderte sich über die zwei fremden Fahrzeuge in der Auffahrt. So musste er seinen Wagen auf dem Besucherparkplatz abstellen. Als er die schwere, alte Haustür der Jugendstil-Villa öffnete und im Windfang stand, sah er sie. Zunächst glaubte er, es wäre wie immer Cäcilia, die ihn erwartete: die gleiche Silhouette, die gleiche Größe. Doch es war Judith – eine unangenehme Überraschung. Seit Jahren hatten sie sich nicht gesehen: Er hatte es nicht gewollt und sie ebenfalls nicht.

"Judith? – – Du? Was...?" Mehr brachte er nicht heraus. Sie stand da, starr, völlig in Schwarz gekleidet, einem Todesengel gleich. Sie sah ihn zwar an, er konnte aber ihre Augen hinter der Sonnenbrille nicht erfassen. Gewiss war es ihre Absicht, auf diese Weise noch unnahbarer zu wirken als es ihre Kleidung und abweisende Haltung ohnehin schon deutlich machten. Im Tonfall einer Tagesschau-Sprecherin sagte sie: "Deine Frau ist tot. Sie hat sich heute früh das Leben genommen. Sie liegt oben. Du kannst jetzt aber nicht zu ihr. Die Polizei ist da."

Er hörte ihre Worte, begriff sie aber nicht. Noch wie in Eis gegossen von ihrem unerwarteten Auftauchen starrte er sie an, während sie etwas eindringlicher wiederholte: "Deine Frau ist tot, sie hat sich heute Morgen umgebracht." Langsam tropften die Worte in sein Bewusstsein, eines nach dem anderen, wie in Zeitlupe. So nacheinander aufgereiht, schnörkellos, nichts beschönigend und bar jeglichen Mitgefühls, entfalteten die Worte eine Wucht, die ihn taumeln ließ. Noch immer starrte er sie an. Er griff hinter sich, erst ins Leere, dann den Handlauf der Treppe nach oben ertastend. Max klammerte sich fest. Seine Blicke prallten an den schwarzen

Gläsern ihrer Sonnenbrille ab. Tonlos wiederholte er in dem hilflosen Versuch zu begreifen, was er eben gehört hatte: "Tot? Umgebracht? Nein. Nein, das kann nicht sein." Und gleichsam, um das nicht begreifen können in ein sich bewusst machen umzuwandeln, flüsterte Max noch einmal: "Tot? Umgebracht? Nein." So standen sie beide eine ganze Weile: Im Zwielicht des nasskalten Wintertages zeichneten sich zwei dunkle Silhouetten vor den hohen, schlanken Sprossenfenstern der Eingangshalle ab – ein Bild, wie in Granit gemeißelt.

Die Stille wäre erdrückend gewesen, wenn nicht von oben Geräusche gekommen wären, unregelmäßig, von Schritten, die mal hierhin, mal dorthin gingen. Ein Schienbein war wohl gegen eine offene Schublade gestoßen, was einen unterdrückten Fluch auslöste – der Impuls für Max, sich am Handlauf nach oben zu reißen, erstaunlich schnell für sein Alter. Er nahm zwei, drei Stufen auf einmal, strauchelte und rief "Cäcilia!" Er schrie: "Cäcilia!!!" – und prallte am oberen Treppenabsatz gegen einen Polizisten, der sich ihm in den Weg stellte. Max tobte, wollte sich losreißen, brüllte den Polizisten an, dass er zu seiner Frau wolle. Bis zur offen stehenden Schlafzimmertür kam er, wo er endgültig festgehalten wurde und von wo aus sich dieses letzte Bild wie ein glühendes Brandeisen auf seine Seele presste. Er sah, wie sie da lag im gemeinsamen Bett. Wächsern, still, wie aufgebahrt. ... Dann brach er zusammen.

Sein Denken setzte erst wieder ein, als er in der Klinik erwachte. Bei der Visite seiner Tochter erfuhr er, dass er im Anblick seiner toten Frau einen schweren Nervenzusammenbruch erlitten habe. Infolge dessen sei er so unglücklich mehrere Treppenstufen abwärts gestürzt, dass Verdacht auf ein lebensbedrohliches Gehirntrauma bestand. Dies habe eine umgehende Behandlung mit größtmöglicher Schonung des Gehirns erforderlich gemacht. So habe der zuständige Neurologe entschieden, ihn für zehn Tage in ein künstliches Koma zu versetzen. Zwischenzeitlich sei seine Frau (sie sprach nie den Namen Cäcilia aus) schon beerdigt worden. Als seine Tochter habe sie, stellvertretend für ihn, alle Formalitäten erledigt.

Die noch vor seinem endgültigen Erwachen injizierten Medikamente bewirkten, dass er zwar einigermaßen denken konnte, sein Gemüt aber bleiern auf dem Seelengrund lagerte. Deshalb erlitt er nicht einen weiteren Schock, sondern dachte nur: "Sie, ausgerechnet sie, rettet mir das Leben! – Aber sie gönnt mir nicht den Abschied von Cäcilia an ihrem Sarg."

VI.

Die anfängliche Hoffnung, seine angeknackste Stimmung mit dem Spaziergang zur Marina Piccola kurieren zu können, hatte sich nicht erfüllt. Auch zum Abendessen im Hotel und während des anschließenden Spaziergangs durch die Straßen der Innenstadt hatte er den Trübsinn noch immer nicht ablegen können. Kurz vor dem zu Bett gehen überlegte er, ob er nicht doch die

Medikamente in ursprünglicher Dosierung wieder einnehmen sollte. Aber nein, klein beigeben war nicht seine Sache. Am folgenden Tag würde er den Spaziergang zur Villa Jovis unternehmen – erst ins Café, dann zur Villa Jovis!

Dieser Tag brachte aber keine Besserung seiner Gemütslage: Sie war erneut so labil, dass eine Kleinigkeit genügte, um sie kippen zu lassen, wie gestern, als dieses schreckliche Gör im Café herumquengelte.

Nach langer Zeit hatten ihn wieder heftige Albträume heimgesucht, wie sie ihn in früheren Jahren oft geplagt hatten. Seit er die Psychopharmaka gegen die Depressionen über Cäcilias Verlust regelmäßig einnahm, waren sie ausgeblieben. Ihm war klar, dass die weitgehende Reduzierung der Medikamente sich nun bemerkbar machte. Aber, wie gesagt, er wollte diese 'Nebenwirkungen' durchstehen. Hier auf dieser herrlichen Insel mit all den schönen Erinnerungen musste es ja bald besser werden. So sprach er sich Mut zu, während er den schon warmen Vormittag unter dem Sonnenschirm des Cafés beim doppelten Espresso mit Sambuca verbrachte.

VII.

Offenbar gehörte die vorlaute Göre von gestern doch zu den Hotelgästen. Denn wieder hörte er ihre nörgelnde Stimme, die ihn an eine Quietschente erinnerte, zum Glück mehrere Tische weiter. So fühlte er sich bei seiner Zeitungslektüre weniger gestört. Dennoch brach er bald in Richtung Villa Jovis auf – einer der vielen Ankerplätze seiner Erinnerungen an Cäcilia.

Zu Beginn des Weges, wo noch auf beiden Seiten Geschäfte feinste Textilien, teuren Schmuck, auch massenverträgliche Souvenirs und handbemalte Keramikwaren anbieten, musste er sich der Trägheit des dichten Besucherstroms anpassen. Der lichtete sich aber bald dort, wo die Läden spärlicher wurden und die Straße aus dem unmittelbaren Ortskern hinausführt. Wobei die als 'Via' bezeichneten Straßen in und um den Ort eigentlich Fußwege sind, auf denen nur schmale Elektrokarren verkehren können und die Fußgänger sich oft an Hauswand oder Begrenzungsmäuerchen drücken müssen, um die Fahrzeuge passieren zu lassen.

Der Weg öffnete sich. Aus dem schattigen Schacht mit den beiderseits aufragenden Mehrstockhäusern wurde eine Galerie, die, stetig ansteigend, auf der linken Seite hauptsächlich mit Pensionen und Hotels im Stil der zwanziger Jahre des vergangenen Jahrhunderts bebaut war. Auf der rechten Seite aber gab sie den Blick frei auf die vielen weißen Quader kleiner, schmucker Villen inmitten üppig grüner Gartengrundstücke. Hier verbarg sich wohl der diskrete Wohlstand der Capresen.

Als Max nur noch den unkoordinierten Chor der Vögel vernahm, atmete er tief durch und sog die warme, würzige Luft ein. Nachdem er schon einige Höhenmeter geschafft hatte, drehte er sich um und blickte über den Sattel, auf dem der Ort lag. Jenseits davon reckten sich die schroffen, fahlen Felswände des Monte Solaro empor. Was für ein Anblick! Und dennoch: Der Weg zu den Ruinen des Tiberius-Palastes war nicht, wie er ihn kannte. Er schien ihm öder, blasser, vor allem aber anstrengender.

Er erinnerte sich anders: Wie sie ihn Arm in Arm oft gewandert waren. Zuerst unter den rot und weiß blühenden Oleanderbäumen, vorbei an der üppig wuchernden Fauna, wo jede Casa verschwenderisch mit Büschen, Ranken und Palmen umgeben ist: Bougainvillea hier, blassblaue Glyzinien und roter Hibiskus dort, überall mit Zitronen und Orangen beladene Bäume. Oft zarte, unvergleichliche Düfte, dann Wolken von schwerem Jasmin, die ihm fast den Atem nahmen.

Der Spaziergang auf dem nun stärker ansteigenden Weg strengte ihn an. Er fühlte sich matt und kam deshalb nur langsam voran. Mehrfach pausierte er und presste unwillkürlich die flache Hand auf die Herzgegend. Auch wenn er vermutete, dass der Grund für die Unpässlichkeiten die Reduzierung der Medikamentendosis war, hatte er beschlossen, die Begleiterscheinungen zu ertragen. Sicher würden sie bald nachlassen. Jedenfalls wollte er unter keinen Umständen wieder die ursprüngliche Ration einnehmen; das wäre einer Kapitulation gleich gekommen. Und was ist erniedrigender als eine Niederlage, die man sich selbst beibringt!

VIII.

Damals, bei ihrem ersten Besuch, wanderten sie ungläubig staunend und glücklich wie Kinder den Weg zu den Palastruinen der Villa Jovis. Sie, als Kunsthistorikerin, konnte so unterhaltsam erzählen, was es mit diesem ehemals grandiosen Palast des Kaisers Tiberius auf sich hatte; auch die böswillige Legende, dass er mehrfach seine jugendlichen Liebhaber über den Felsvorsprung habe in die Tiefe stürzen lassen; und dass deshalb diese Kanzel heute Salto Tiberio hieß.

Am Ende standen sie beide dort, an dem eisernen Geländer, wo die Felsen direkt zu ihren Füßen rund dreihundert Meter senkrecht in die Tiefe stürzen. Er war überwältigt von dem Panorama, das sich ihnen hier bot. Ganz links erkannte er die verwaschenen Konturen der Inseln Ischia und Procida. Dahinter, auf dem Festland, eigentlich nur noch zu erahnen, lagen Pozzuoli und die Phlegräischen Felder. Dann der Schwenk nach rechts in die Bucht von Neapel mit dem Doppelgipfel des Vesuv und knapp rechts davon, vorspringend in fast greifbare Nähe, die Halbinsel von Sorrent. Von dort wich die Küste wieder zurück und verlor sich gen Süden im Dunst. Das Ultramarin des Meeres ging konturlos in das milchige Coelin des Himmels über.

Dieser Anblick damals, verwoben mit den Düften der Insel und des Meeres, überwältigte ihn derart, dass er für eine Sekunde den Gedanken hatte, hier über den Rand des Felsvorsprungs hinauszuspringen wie ein Vogel – in diesem Moment des vollkommen Glücks, eins zu sein mit Cäcilia, dem Meer und diesem überreichen Bild. So stellte er sich das Paradies auf Erden vor – vielleicht ein kitschiger, banaler Vergleich.

Aber er war ja kein Literat, der solche Bilder und Gefühle in angemessene, bewegende Worte hätte kleiden können. Er war Diplom-Ingenieur, Techniker und über viele Jahre Eigentümer einer florierenden Maschinenbaufirma. Seit er denken konnte, war er ein sachlicher Mensch. Er hatte nüchterne Entscheidungen im Sinne seiner Firma zu fällen. In dieser Eigenschaft wollte und konnte er sich nicht auf 'große Gefühle' einlassen. Das ist ein Thema für pubertierende Teenager, jedenfalls nichts für einen Mann seines Schlages. Emotionalität lenkt ab vom Wesentlichen, wird von Anderen ausgenutzt oder abgetan als Schwäche. So dachte und handelte er damals, bevor er Cäcilia kennenlernte.

IX.

Sie hatte vieles in ihm verändert in den knapp zwei Jahren seit sie sich kannten. Nun machten sie das erste Mal gemeinsam Urlaub. Und er spürte, wie empfänglich er in dieser Zeit für Gefühlseindrücke geworden war. Sie hatte es geschafft, ihn häufiger aus seiner Firma herauszuholen. Erst sporadisch nur am Wochenende, dann auch mal wochentags am Abend: ins Kino, zu Konzerten, zu Veranstaltungen des Kulturinstituts, dessen Leiterin sie war, oder ins Theater. Immer war sie es, die die Ideen hatte oder mit zwei Karten ankam, zu denen sie aufgrund ihrer Beziehungen leichten Zugang hatte.

Anfangs ließ er sich nur widerstrebend darauf ein, weil er immer glaubte, unabkömmlich in seiner Firma zu sein, doch dann immer häufiger, weil er merkte, wie schmalspurig, wie phantasielos er in den Jahren seit seiner Trennung von Martha gelebt hatte.

Irgendwann in diesen gemütsarmen Jahren hatte ihn ein guter Freund einmal als Asket bezeichnet – nicht nur wegen seiner hageren Erscheinung, sondern auch wegen seiner nachdenklichen, introvertierten Art und vielleicht auch als Andeutung auf sein ereignisloses Leben. Er war gewiss nicht sauertöpfisch. Viel mehr liebte er es, stets diszipliniert zu erscheinen, auch in schwierigen Situationen die Contenance zu bewahren. 'Contenance' war eine Leitidee seiner Lebensauffassung. Und in der Tat konnte sich niemand aus seinem Bekannten- und Freundeskreis erinnern, dass er jemals über die Stränge geschlagen hätte. Beispielsweise inmitten seiner Mitarbeiter bei einer Prunksitzung des Benrather Karnevalsvereins auf Bierbänken zu schunkeln, war weiß Gott nicht seine Welt. Er bevorzugte die leisen Töne und die gepflegte Gesellschaft im kleinen Kreis.

X.

Eine 'gewisse Gemütsarmut' konstatierte schon Martha, seine erste Ehefrau, als sie ihm mitteilte, dass sie mit Judith schwanger war. Sie erwartete wohl, dass er aus dem Häuschen geraten würde. Aber Max nahm es damals recht gelassen zur Kenntnis. Dass er Vater werden würde, verursachte bei ihm eher das Gefühl noch größerer Gebundenheit und zusätzlicher Verpflichtung.

Er verspürte schon Belastung genug, die Firma seines Vaters voranzubringen, deren Leitung er in absehbarer Zeit gänzlich übernehmen sollte. Andererseits war es, ohne dass er weiter darüber nachdachte, selbstverständlich, dass ein Mann mit einer Frau eine Familie gründete. Und dass die Frau auch für die Kinder hauptsächlich zuständig sei. Das war halt damals der Zeitgeist, rechtfertigte er sich.

Ob diese sachliche Sichtweise entscheidende Auswirkungen auf den weiteren Verlauf seiner Ehe hatte, würde er wohl niemals erfahren. Jedenfalls konzentrierte Martha sich nach der Geburt von Judith, und noch mehr, als Oliver zwei Jahre später folgte, auf die Kinder. Sie waren in der Folge ihr ausschließlicher Lebensmittelpunkt. Anfangs war er erleichtert, denn so konnte er sich weiterhin mit aller Kraft der Firma widmen. Allerdings – und das kränkte ihn zunehmend – gab es keinerlei Interesse seitens Martha an seiner beruflichen Tätigkeit, am Erfolg der Firma, von dem sie ja auch profitierte. Zudem meinte er, dass er bei ihr und den Kindern immer weniger eine Rolle spielte.

Wenn es Gespräche zwischen ihm und seiner Frau gab, dann war es meist ein Monolog Marthas mit dem Thema 'unsere Kinder', wobei Max des Öfteren Anzeichen fand, dass sie eigentlich 'meine Kinder' meinte. Sie referierte, welche Fortschritte sie machten, was gut für sie wäre, welche Probleme sie sah – was aber tatsächlich schon gar keine Probleme mehr waren, weil sie die Lösung im nächsten Atemzug mitlieferte. Offenbar war auch hier seine Meinung nicht wirklich gefragt. Vielmehr schien ihm Martha ihre Entscheidungen in der Absicht mitzuteilen, dass er die oft damit verbundenen, erheblichen Kosten akzeptieren möge. Und so klug war Max, dass er sich dabei auf keine Diskussionen einließ. Denn gegen das Argument, man wolle doch nur das Beste für die Kinder und ob er das etwa nicht wolle, hätte er nichts ausrichten können.

Mit den Kindern, so schien es ihm, hatte Martha einen unüberwindlichen Schutzwall gegen seine Libido errichtet. Sie war offenbar einer nachhaltigen Desexualisierung erlegen, denn nach Olivers Geburt war sie wohl der Auffassung, nun allen sogenannten ehelichen Pflichten endgültig genüge getan zu haben. Fortan war sie ausschließlich Mutter und wies Max' Avancen im Ehebett zurück. Ganz selten ließ sie es buchstäblich 'lustlos' über sich ergehen, anscheinend in dem Bestreben, ihn nicht völlig zu verprellen. Das, jedenfalls, waren seine Vermutungen. Ein offenes Gespräch darüber fand nie statt. Dafür war er in diesen Dingen zu gehemmt und Martha sah anscheinend keine Veranlassung, das Thema von sich aus anzusprechen. Schließlich hatte sie ihm deutlich genug zu verstehen gegeben, was sie wünschte und was nicht. – So wuchs die Entfremdung zwischen Martha und ihm. Zudem verstand sie es, sich zur alleinigen Bezugsperson für die Kinder zu machen. Nur durch die Geschenke, die er von seinen zahlreichen Geschäftsreisen mitbrachte, gelang es ihm, die Zuneigung seiner Kinder wach zu halten – erkaufte Liebe, wie er heute wusste.

Nach wenigen Jahren lebten Max und Martha wie Millionen Paare in einer klassischen, uninspirierten Ehe nebeneinander her: Er hatte seine Firma, sie die Kinder und nach außen wahrte man den Schein – bis zu jenem Ereignis, das Martha veranlasste, mit den Kindern – Judith war gerade acht geworden, Oliver sechs – praktisch fluchtartig das damalige Haus zu verlassen.

Eine kurze Periode seelischen Chaos' folgte. Dann wichen Schuldbewusstsein, Wut und Enttäuschung langsam einem Gefühl der Befreiung. So ergab es sich, dass er die Ehe mit Martha und allem, was er damit verband, sozusagen aktiv vergaß. Damit gab er zwangsläufig auch die Beziehung zu den Kindern auf. Etwa ein halbes Jahr nach Marthas Auszug überkreuzten sich ihre Scheidungsanträge, was zwar Zufall war, aber auch eine logische Folge.

Seitdem gab es keinerlei persönlichen Kontakt mehr zwischen ihm und Martha und den Kindern. Gelegentliche Schriftwechsel, die monatliche Apanage betreffend, wickelten die Rechtsanwälte ab. Er wollte nicht wissen, wo und wie sie lebten, was sie machten. Er hatte alle Vorgänge rund um die Trennung einfach aus seinem Leben und seiner Erinnerung gestrichen. Als Teil seiner Vergangenheit waren Martha und die Kinder inexistent geworden. Und die 'Gegenseite' handhabte es anscheinend genauso.

In der Folge zog er sich ganz auf die Arbeit in der Firma zurück; in etwa einem Jahr sollte der Generationenübergang zwischen seinem Vater und ihm abgeschlossen sein. Außerhalb davon nahm er ein paar Ehrenämter und die damit verbundenen Verpflichtungen wahr, beispielsweise beim örtlichen Unternehmerverein, als IHK-Beiratsmitglied und im Vorstand des Kunstvereins, zu dessen Sponsoren er zählte.

Frauen? Dieses Kapitel, zumindest im Sinne einer engeren Beziehung, hatte er abgeschlossen. In Abständen ergaben sich Affären, die er aber nie forcierte und sie wieder beendete, sobald sie ihn zu sehr ablenkten: Vergnügen ja, aber bitte ohne Verpflichtung.

XI.

Das weitläufige Gelände der Palast-Ruinen besteht aus einem lichten Pinienhain und dazwischen wild wachsendem Gebüsch. Es ist von einem Gewirr an weiteren Mauerresten und einer ganzen Reihe unbefestigter Wege durchzogen. Dort entlang stehen auch einige Parkbänke – für Max hoch willkommen, denn er musste sich setzen.

Nach einer kurzen Verschnaufpause zog er aus der Jackentasche die Zeitung hervor, um die im Café unterbrochene Lektüre fortzusetzen. Plötzlich aber übermannte ihn große Müdigkeit. Aufrecht sitzend, mit dem Kinn auf der Brust, Hut und Zeitung neben sich gelegt, die Hände im Schoß gefaltet, bot Max das Bild eines alten Mannes – schwächer und zerbrechlicher als er sich selbst eingestehen wollte.

Es war ein schreckhafter, nervöser Schlaf, durchwoben von quälenden Traumbildern, Angst- und

Schmerzvisionen, die ihn marterten. Unerträgliche Hitze verbrannte seine Haut. Er sah, wie sie sich langsam in Fetzen löste. Nichts um ihn herum wollte Schatten spenden. Die Pinien waren verkohlt, das Meer ausgetrocknet. Er stand inmitten einer Mondlandschaft, völlig verlassen, einsam. Der sengenden Sonne ausgeliefert.

Doch, da huschte ein Schatten vorbei. Der Duft, ja, den kannte er. Es war Cäcilias Duft. Sie war es, ihre Gestalt. Dort drüben am Geländer des Salto! Dort stand sie und blickte hinüber nach Sorrent. Die Sonne stand auf ihr. Das blonde, kurze Haar schimmerte und ihre Silhouette umspielte ein Strahlenkranz wie der einer Madonna. Dort war sie, dort stand sie! Er riss die Augen auf, sie stand noch immer da. Mit einem Ruck wollte er aufstehen und gleichzeitig ihren Namen rufen. Doch beides gelang nicht. Ihre Gestalt hatte er genau gesehen, auch wenn sie im nächsten Moment hinter der Lorbeerhecke verschwunden war. Noch einmal wollte er sich aufraffen, um ihr zu folgen. Aber die pralle Sonne nagelte ihn auf seiner Bank fest. Sie hatte längst die Pinienschatten durchwandert und sich, während er schlief, über ihn hergemacht. Schweißnass und mit unendlicher Mühe befreite er sich von den Gewichten und Gesichten des Schlafs.

Sein Puls raste, seine Gedanken, eben noch gelähmt, überschlugen sich. Was hatte er da gesehen und was bildete er sich ein? Er hatte doch mit offenen Augen dort vorne am Geländer Cäcilia gesehen, mit ihrer typischen Kurzhaarfrisur und dem blauen Seidenkleid. Es war die gleiche Größe, die gleiche Figur. Das hatte er nicht geträumt! Nur einen Augenblick zwar, dann war sie hinter dem Oleander verschwunden. Er wollte ihr noch folgen, ihren Namen rufen, war aber wie betäubt sitzen geblieben. Sein Hemd klebte am Körper und das Sakko am Hemd. Sein Atem flatterte, der Puls lag bei hundertsechzig. Er fühlte sich elend. Trotzdem versuchte er, seine Gedanken zu ordnen.

"Sie stand da, vor meinen Augen, keine dreißig Meter von hier! Ich habe sie doch erkannt! Und dort, genau dort, verschwand sie!" – "Aber nein, wenn überhaupt, war es sicher nur eine Frau, die ihr ähnlich sah." – "Aber dieser unverwechselbare blonde Haarschopf, das blaue Kleid!" – "Es gibt viele Frauen, die so oder ähnlich aussehen. Eine solche Frisur tragen tausend Frauen. Was soll das alles? Cäcilia ist tot!!"

Jeder Satz, den er dachte, war ein derber Schlag auf den Keil in seiner Brust. Stumpfe Schmerzen nahmen ihm die Luft. Sein Herz wollte an die lebende Cäcilia glauben, sein Verstand aber musste ihn bei Sinnen halten. Diese Beobachtung, mehr noch, der ganze Nachmittag drohte, ihn völlig konfus zu machen. Erst die Schwere in den Beinen und die arge Mühe, überhaupt bis hierher zu gelangen, dann das schweißgebadete Erwachen aus einem nahezu bewusstlosen Schlaf und nun noch die Begegnung mit einer Gestalt, von der er hätte schwören können, dass es Cäcilia war! Oder war es doch nur ein Hirngespinst?

Dieser gottverdammte Keil in seiner Brust, der sich nicht entfernen ließ, im Gegenteil, er grub sich immer tiefer ein. Irgendwann würde er ihn in den Wahn treiben. Oder war er schon so weit?

Ächzend erhob er sich. Nichts von seiner üblichen federnden Straffheit und seinem leichten Gang war übrig geblieben. Die Absicht, am Salto Tiberio das Panorama zu genießen, gab er auf. Es war ihm nicht mehr nach Genießen zumute. Langsam, mit hängenden Schultern, machte er sich auf den Weg ins Hotel. Er fühlte kein Leben mehr, er war so kraftlos. 'Was wäre, wenn sie doch...?'

XII.

Die ersten Begegnungen mit Cäcilia vor knapp acht Jahren hatten stets etwas 'Magisches'. Treffender konnte er es nicht beschreiben. Diese Frau schien eine Art Kraftfeld zu besitzen. Und er glaubte immer, unter erhöhter Spannung zu stehen, ein inneres Flimmern zu spüren, wenn sie in seiner Nähe war oder er nur an sie dachte. Diese Erfahrung erinnerte ihn an ein Experiment im Gymnasium, als sein Physiklehrer Eisenfeilspäne über einen Permanentmagneten streute und sich die Partikel wie von Geisterhand entlang der Kraftfeldlinien genau nach den beiden Polen des Magneten ausrichteten.

Anfänglich war er ihrem Kraftfeld gegenüber misstrauisch. Denn im Lauf der vielen Jahre, nach der Trennung von Martha, hatte er sich weit von der Fähigkeit entfernt, tiefe Gefühle zu empfinden. An 'Liebe auf den ersten Blick' oder an 'Blitzschlag und Erdbeben' glaubte er sowieso nicht. Das waren abgedroschene Phrasen aus Trivialromanen. Aber vielleicht gerade deswegen nahm er dieses Vibrieren auf Höhe seines Solar Plexus umso sensibler wahr – als würde sich dort eine Kompassnadel unweigerlich auf dieses Magnetfeld einpendeln.

XIII.

Er erinnerte sich, dass dieses feine Flimmern erstmals im Terminal 1 des JFK-Flughafens in New York auftrat. Max hatte, wie stets, wenn er auf dem Weg nach Cleveland zu seinem langjährigen Geschäftspartner war, einen Zwischenstopp in New York eingelegt. Eigentlich war es ein Umweg, denn er hätte auch einen Direktflug nehmen können. Aber er liebte NY und nahm gerne jede Gelegenheit wahr, der Stadt mit der alten, ewig jungen Dame im Grünspan-Gewand und der Fackel in der Hand einen Besuch abzustatten.

Dieses Mal war das Treffen mit Paul Cernan, dem Vorstandschef der Cleveland Machine Corporation von besonderer Bedeutung. Denn Max hatte sich nach langem Überlegen entschlossen, die Weichen für einen Verkauf seines Unternehmens zu stellen. Da er Judith und Oliver als natürliche Nachfolger ausschloss und er sich die mühsame Suche nach einem geeigneten Manager ersparen wollte, schien ihm der Verkauf die beste Lösung zu sein. Bei Paul, den er sehr schätzte, wollte er das ansprechen und war gespannt auf dessen Reaktion. Zwar würde es schätzungsweise zwei Jahre dauern, aber am Ende käme es zu einem Abschluss, den die CMC als gutes Geschäft würde betrachten können und Max einen hohen Millionenbetrag einbrächte. Natürlich war ihm klar, dass er den Verkauf seiner Firma emotional als Verlust erleben werde, aber die Aussichten auf den Erlös und die damit verbundene Freiheit waren einfach zu verlockend. Schließlich war er mittlerweile 63 und bei Abschluss voraussichtlich 65. Er hatte nichts anderes gekannt als die Firma, da war es doch legitim, sich einen vergoldeten Ruhestand zu bescheren.

Diese und ähnliche Gedanken waren ihm durch den Kopf gegangen, als er wie üblich, in einer Schlange mit den Passagieren seines Fluges vor einem der Schalter wartete, um die obligatorischen Einreiseformalitäten zu erledigen.

Direkt vor ihm stand Cäcilia. Damals kannte er ihren Namen natürlich noch nicht. Vermutlich hatte sie auf Economy gebucht, denn in der Business Class wäre sie ihm bei den wenigen Passagieren aufgefallen. Noch bevor er bewusst auf sie aufmerksam wurde, bemerkte er den Duft ihres Parfums. Es war wohl ein teures Parfum: dezent, gleichwohl mit großem Volumen. Wie über einem Glas exzellenten Weißweins sog er den Duft sachte ein. Es war eine frische, runde Komposition, die ihm bestens auf ihren "hellen Typ" abgestimmt zu sein schien. Dabei hatte er bisher eigentlich nur ihre Rückenansicht zu sehen bekommen: eine schlanke Figur, gekrönt von einem streichholzkurz geschnittenen, hellblonden Haarschopf auf einem schlanken Hals. Sie trug ein maßgenau sitzendes Reisekostüm in einem prallen Rotton – weder Ziegelrot noch Signalrot, weder bunt noch aufdringlich wirkend. Er fand, es war ein raffiniertes Rot, das ebenfalls großartig zu Ihrer Person passte oder besser noch: Dieses Rot beschrieb sie in ihrer Person wunderbar. Aber diese Interpretation entstand wohl erst später, als er sie schon besser kannte.

'Sehr apart', dachte Max bei sich, doch seine Einschätzung drohte, umgehend von der Realität konterkariert zu werden: In fast patzigem Ton hörte er sie sagen: "Is it really necessary?" Später erzählte sie ihm, dass sie schon der 'erniedrigende Charakter des Fingerprinting, wie bei einer Verbrecherbehandlung' viel Selbstbeherrschung gekostet hätte. Der arrogante Befehl des weiblichen Immigration Officers, ihren Trolley-Koffer zu öffnen, hätte sie dann vollends aus der Fassung gebracht, meinte sie.

XIV.

Wenn Immigration Officers eines hassen, das wusste Max, dann ist es die nicht unmittelbare Befolgung ihrer Anordnungen. Daraus resultiert im harmlosesten Fall eine ganz besonders akkurate Gepäckvisitation. Solche Prozeduren dauern, während die folgenden Passagiere auf- und ungehalten werden und zur Kenntnis nehmen dürfen, welche Ausstattung an Unterwäsche, Pyjamas und Toilettenartikeln der oder die Visitierte mit sich führt. Je nach Laune des Personals schließt sich dann noch eine Leibesvisitation in einem Separee an, die sozusagen auch 'unter die Haut' geht. Max erkannte intuitiv die Situation. Noch bevor die Einreisebeamtin reagieren konnte, mischte er sich ein. Über Cäcilias Schulter hinweg sagte er in fließendem Englisch und gewinnendem Lächeln: "Entschuldigen Sie vielmals, Madam, meine Tochter war noch niemals in Ihrem wunderschönen Land und kennt daher die Gepflogenheiten bei der Einreise nicht. Haben Sie bitte Verständnis. Selbstverständlich öffnet sie unverzüglich ihren Koffer." Und schon hatte Max Cäcilias Koffer auf das Presentation Desk gehievt. Aber anscheinend hatte die Beamtin in ihrer dunkelblauen Uniform nun plötzlich doch keine Lust mehr, mit ihren schon leicht angegrauten Baumwollhandschuhen in anderer Leute Wäsche herumzuwühlen. Sie bedeutete Cäcilia mit einer barschen Handbewegung, sie möge machen, dass sie weiterkomme.

Cäcilia war klar geworden, dass sie nur knapp großen Unannehmlichkeiten entgangen war. Nach Ihrer Einreiseabfertigung wartete sie, bis auch Max die Formalitäten hinter sich gebracht hatte und bedankte sich bei ihm für sein geistesgegenwärtiges Eingreifen. Als sie sich so gegenüberstanden und er erstmals in ihre Augen blicken konnte, war er verblüfft: Er hatte wegen der offenbar naturblonden Haare graue oder blaue Augen erwartet, aber sie waren dunkelbraun, fast schwarz. Dieser kurze Blick, so behauptete er später, löste erstmals dieses Flimmern aus. Seine Überraschung überspielte er, indem er sich als Max Sweberding vorstellte und sie kurzerhand zu einem Cappuccino einlud. Auf dem Weg zur Coffee-Bar warf Cäcilia einen Blick durch die hohe Glaswand des Terminals auf die Skyline von Manhattan und meinte lächelnd: "Für einen Flughafen der bedeutendsten Stadt der Welt kommt das Empfangsgebäude doch recht schlicht daher. Aber wenn ich dieses Panorama sehe, bin ich wohl tatsächlich in New York gelandet." – "Demnach sind Sie heute das erste Mal hier?" fragte Max. "Ja, und damit geht endlich auch ein großer Traum in Erfüllung. Bisher hat es sich leider nie ergeben. Erst jetzt, wo ich beruflich hier zu tun habe." "Dann hoffe ich, dass es nicht bei diesem einen Mal bleibt. Es ist eine rasante Stadt. Ich komme immer wieder sehr gerne hierher, um sie ein paar Tage zu durchstreifen. Dieses Mal bleibt mir aber leider nur ein Tag, schade...." meinte Max.

An der Coffee-Bar belegte Cäcilia einen der hochbeinigen Barstühle, während er zwei Gläser 'Champaign' mit der Begründung bestellte: "Zur Begrüßung in New York und für den Kreislauf nach dem langen Sitzen." Er genoss das Gespräch, das dahinperlte, wie ihr Champagner. Fragen und Antworten ergänzten sich, und so erfuhren beide voneinander die Basics: Wo man herkommt, nämlich aus Düsseldorf (Cäcilia), respektive Benrath (Max), was man beruflich macht (Cäcilia war seit kurzem Geschäftsführerin des Landesinstituts für internationalen Kulturaustausch). Und sie erfuhren voneinander, dass sie neben dem Faible für New York eine weitere gemeinsame Leidenschaft hatten: Reisen nach Italien.

XV.

Gerade wollte er Cäcilia fragen, ob sie nicht abgeholt werde und er sie eventuell nach Downtown Manhattan im Taxi mitnehmen könne. Da trat Galloway Chandler auf. Ja, es war ein bühnenreifer Auftritt: Schon von weitem rief er mit einem Bariton, der einen Konzertsaal genau so hätte füllen können wie diese Ankunftshalle: "Oh my God, you really are Sessilia? I am overwhelmed by your celestial beauteousnes!". – 'Poetischer geht's nicht', dachte sich Max, während Galloway mit ausgebreiteten Armen und durchgedrücktem Kreuz die letzten paar Schritte auf Cäcilia zustolzierte. Er umarmte sie überschwänglich und bot ihr nach französischem Brauch das dreifache Begrüßungs-Baisé. Dann drückte er auch Max die Hand und meinte: "My friends call me Gal", was Max bei seinen vielen USA-Aufenthalten so unvermittelt noch nie angeboten worden war. Aber ohne Zögern erwiderte er: „Hello Gal, I am Max.".

Galloway Chandler war schätzungsweise Mitte vierzig, sehr schlank, fast schon ausgezehrt wirkend und ein prototypischer Vertreter dieser Stadt: Seine Gene schienen eine gleichmäßige Mischung aus latino-afro-asiatischen Einflüssen zu sein. Das verrieten der dunkle, ins olive gehende Teint, die leicht mandelförmigen Augen, die etwas stumpfe Nase, die hohen Wangen und die vollen Lippen. Die glatten, schwarz-bläulich schimmernden Haare waren unter der Sherlock-Holmes-Mütze streng zurückgekämmt und gingen über in einen dicken, langen Zopf, der einst einem chinesischen Mandarin zur Ehre gereicht hätte. Sein dezent groß kariertes, im Grundton moosgrünes Tweed-Jackett, dazu die erdfarbenen Nickerbockers, das kanariengelbe Hemd mit offenem Schillerkragen, die ebenfalls kanariengelben Kniestrümpfe mit Zopfmuster und die schwarzen original bayerischen Haferl-Schuhe ergaben zwar eine kühne Kombination, bildeten aber eine homogene Einheit mit seinen ausladenden Gesten und der affektierten Ausdrucksweise.

In jeder anderen Stadt hätte diese Szene für so manchen überraschten, feixenden oder missbilligenden Blick gesorgt. Aber hier kümmerte es niemanden. Vielmehr gehört es in dem gigantischen Ameisenstaat New York zur Überlebensstrategie vieler Menschen, absonderlich daher zu kommen, nur um die eigene Individualität zu wahren. Und da Gal Leiter einer Avantgarde-Theatertanz-Truppe war, die laut Cäcilias Äußerung kurz vor dem großen Durchbruch am Broadway stand, erklärten sich für Max Auftritt und Erscheinung von Gal wie von selbst. Mit ihm also wollte Cäcilia in den folgenden Tagen die Möglichkeiten eines Besuchs der Truppe in Deutschland ausloten.

So saßen sie etwa eine Stunde an der Coffee-Bar zusammen. Mittlerweile hatte Max auch erfahren, wann Cäcilia den Rückflug gebucht hatte und meinte zum Abschied: "Dann sehen wir uns ja Dienstag am Flieger wieder." Dass er dafür den Flug auf einen Tag später würde umbuchen müssen, verschwieg er wohlweislich.

Als er sich etwas später im Taxi zu seinem Hotel spedieren ließ, wunderte er sich über dreierlei: erstens, dass er spontan denselben Rückflug wie Cäcilia nehmen wollte und ihn sofort umgebucht hatte; zweitens, dass er sich mehr als sonst auf diesen Rückflug freute und drittens, dass sich eine kaum wahrnehmbare, unbestimmte Vibration in ihm breitmachte, wenn er an den Blick aus ihren dunkelbraunen Augen dachte.

Ein Gedanke jedoch hatte das Potenzial, Unruhe in ihm auszulösen: wie kam er darauf, bei dem Vorfall mit der Einreisebeamtin spontan von 'meiner Tochter' zu sprechen, obgleich er Cäcilia erst wenige Augenblicke zuvor und nur von hinten wahrgenommen hatte? Den Gedanken unterdrückte er, kaum, dass er aufkeimte. Das Letzte, was er wollte, war, alte Geschichten aufzurühren und mit der neuen sympathischen Bekanntschaft in Verbindung zu bringen.

Irgendwann vor drei, vier Jahren hatte er Judith rein zufällig und nur von weitem in der Gästeschar einer Premierenfeier des Staatstheaters Düsseldorf entdeckt. Ein Freund hatte ihn auf sie aufmerksam gemacht. Und vor zwei Jahren erhielt sie über seinen Anwalt vorzeitig einen Teil aus ihrem Erbschaftsanspruch ausbezahlt. Er hoffte damals, dass dies die endgültig letzte Angelegenheit zwischen ihnen beiden wäre. Aber die Hoffnung trog. – Währenddessen war sein Taxi am Hotel in der 5th Avenue vorgefahren. Er bezahlte den Fahrer, ließ seinen Koffer vom Porter ins Hotel bringen und checkte am Empfang ein.

XVI.

Offenbar sah Max sehr schlecht aus, als er nach dem anstrengenden Besuch der Tiberius-Villa die Hotellobby betrat. Guglielmo, der Portier, fragte ihn mit besorgter Miene: "Signor Sweberdinge (das 'e' am Ende konnte kaum ein Italiener, der den Namen nannte, unterdrücken), was ist passiert? Geht es Ihnen nicht gut? Wie kann ich Ihnen helfen?" Solche Formeln in Deutsch und Englisch gehören zum Standardrepertoire eines italienischen Portiers. Was darüber hinausgeht, ist meist die unbekümmerte und recht eigenwillige Anwendung der jeweils geforderten Sprache, die sich auch Guglielmo durch Gespräche mit den Hotelgästen im Lauf der Zeit angeeignet hatte. Folglich wurden seine Hilfsangebote nun etwas holperiger, nachdem er trotz seiner kugeligen Figur behände hinter dem Tresen seiner Loge hervor kam. Er fasste Max behutsam am Unterarm, als wolle er ihn stützen und empfahl ihm, sich in den nahen Plüschsessel zu setzen: "Bitte, mache bequem in wunderbare Poltrona. Warte Sie eine Momentino, bringe sofort eine Glas Wasser." Max hatte keine Chance, den Wortschwall des Portiers zu unterbrechen, um ihm zu sagen, es sei alles in Ordnung, er sei nur etwas müde und habe sich heute vielleicht ein wenig zu viel zugemutet. Er würde jetzt auf sein Zimmer gehen und sich dort ausruhen, dann sei er zum Dinner gewiss wieder in gewohnter Verfassung. Da er das zu sagen keine Gelegenheit erhielt, lächelte er nur etwas matt und wandte sich zur Treppe. Es genügte ein Wink des Majordomus und der Zuruf "Camera Cinquanta tre", und schon war ein Page an seiner Seite, der sich anbot, ihn im Fahrstuhl in den obersten Stock zu begleiten, wo Max sein Zimmer hatte. Stattdessen bat Max den Pagen, ihm nur den Zimmerschlüssel auszuhändigen, alles andere würde er schon allein schaffen.

Auf seinem Zimmer zog er sich aus, duschte kalt und legte sich nackt aufs Bett, um trotz der Wärme des frühen Nachmittags ein wenig abzukühlen. Die Frage, ob er die Medikamente doch wieder in der ursprünglichen Dosierung nehmen solle, konnte er sich nicht mehr beantworten. Er war eingeschlafen.

XVII.

Eine süditalienische Casa ist traditionell mit Fußböden in Keramikfliesen ausgestattet. Und je anspruchsvoller ein Bauherr ist, desto kunstvoller sind meist auch die eingebrannten Ornamente. Deshalb, und wegen des kühlenden Effektes, käme in den Sommermonaten niemand auf die Idee, hier einen Teppich auszulegen. Bei vielen Hotels hat das allerdings einen fatalen Effekt: Das Klackern und Scheppern der Absätze von Hotelgästen in den oberen Etagen dürfte schon Heerscharen der darunter wohnenden um den Schlaf gebracht haben. Cäcilia wusste das aus früherer Erfahrung und hatte deshalb bei allen gemeinsamen Urlaubsplanungen ein Zimmer im obersten Stockwerk gebucht. Und Max war bei der Buchung dieses Hotels ebenso verfahren. Er wurde also nicht durch ein ohrenbetäubendes Stakkato hochhackiger Pumps über seinem Kopf geweckt, sondern durch ein etwas kräftigeres Klopfen an der Tür.

"Moment" rief er, sprang vom Bett, musste sich wegen des Schwindelgefühls festhalten und schlang sich dann das Laken wie eine römische Toga über Schulter und Hüften, bevor er öffnete. "Guten Abend, Signor Sweberding." – Es war der Hoteldirektor persönlich. Signor di Matteo hatte seine Hotelausbildung in Deutschland absolviert und dort viele Jahre gearbeitet. Deshalb sprach er ein fast überkorrektes Deutsch. – "Ich bin froh, sie zu sehen", fuhr er fort. "Geht es ihnen gut? Guglielmo, Sie wissen, unser Portier, bat mich, nach Ihnen zu fragen, weil Sie heute nicht, wie Sie es sonst bevorzugen, frühzeitig zum Dinner anwesend waren."

Max war überrascht. Offenbar hatte ihn der Spaziergang zur Tiberius-Villa so erschöpft, dass er in eine Art Ohnmacht gefallen und erst jetzt wieder erwacht war. Er bedankte sich für die fürsorgliche Aufmerksamkeit und fragte, wie spät es denn sei. "Fast schon halb neun", meinte der Direktor. Max antwortete mit einem Lächeln, das nur er als gequält empfand: "Na, dann ist ja alles noch im grünen Bereich. Sie dürfen mich in wenigen Minuten bei Tisch erwarten" und schloss die Tür, nachdem sich Signor di Matteo mit einem angedeuteten Knick in der Hüfte zum Gehen wandte.

Bei Tisch hatte er keinen rechten Appetit. Während er die leichte Vorspeise mit zwei Scheiben Weißbrot und einem Glas Wasser zu sich nahm, durchzuckte ihn die Erinnerung an seine 'Vision' im Park bei der Villa Jovis. Cäcilia. Schlagartig öffneten sich die Poren am ganzen Körper, der Schweiß sog sich in alles Textile, was er am Leib trug. Die Hände zitterten. Mit Bewegungen, die ihm fast spastisch vorkamen, tupfte er Stirn und Nacken mit der Stoffserviette ab. Gedankenfetzen jagten sich, überholten einander, kollidierten und richteten Chaos in seinem Hirn an. Immer wieder sagte er sich vor, dass er eigentlich nichts gesehen hatte, dass er Traum und Wirklichkeit vermengte. Vielleicht hatte er eine Fata Morgana gesehen, aber gewiss nicht Cäcilia. Es half nicht. Das Bild kam immer wieder zurück: eine Gestalt mit der Figur von Cäcilia, mit der Frisur und Haarfarbe von Cäcilia, mit dem Kleid von Cäcilia, das sie bei ihrem letzten Aufenthalt hier in Capri gekauft hatte – gleich hier, um die Ecke in einer Boutique. Max hielt es nicht länger im Speisesaal aus. Fast fluchtartig verließ er das Hotel.

Es war längst dunkel geworden. Hier im Süden geht die Sonne deutlich früher unter als in den heimischen Breiten. Frische Luft strich unmerklich durch die nächtlichen Straßen. Nur wenige Menschen waren noch unterwegs. Die Zeile der erleuchteten Schaufenster erinnerten Max mit ihrem schmeichelnden, gelben Licht an Schreine in gotischen Kirchen. Flanierende Menschen tauchten in ihre Aura ein, blieben einen Moment vor den Auslagen stehen und verschwanden wieder in der Dunkelheit, bis sie im nächsten Lichthof wieder auftauchten. Die einzigen Geräusche waren das Raunen der Spaziergänger, dann und wann leises Gläserklirren aus einer Bar und irgendwo das entfernte Knattern eines Ape-Dreirads auf der Straße nach Anacapri.

Er folgte den Flaneuren, weil er ja selber einer war, schlenderte ebenfalls von einem Schaufenster zum nächsten, blieb davor stehen und ließ sich vom Anblick der ausgestellten Waren ablenken. Dieser dunkelblaue Samt der Ruhe, der sich jeden Abend aufs Neue über die Insel senkt, hüllte ihn ein und brachte ihn behutsam wieder ins Lot.

XVIII.

Am nächsten Morgen ließ sich Max nach dem Besuch seines Stammcafés mit dem Taxi zur Blauen Grotte chauffieren. Aber nicht, um hinein zu fahren – um Himmelswillen! – vielmehr, um das skurrile Schauspiel vor dem Grotteneingang zu beobachten. – Wie die allermeisten Inselbesucher wollten auch er und Cäcilia damals, bei ihrem ersten Inselaufenthalt, dieses Naturwunder erleben. Sie folgten dem Rat ihres Hotelportiers und nahmen ein Taxi, anstatt im Hafen auf eines der Boote zu steigen und die Nordküste entlang zur Grotta Azzurra zu schippern – nicht zuletzt, weil Cäcilia befürchtete, dass sie Poseidon ihr Frühstück opfern müsse.

Als sie auf dem Parkplatz knapp oberhalb der Grotte ankamen und das Gewimmel all der Boote vor dem Höhleneingang beobachteten, waren sie sich schnell einig: Es gab Dinge, die man nicht unbedingt erlebt und gesehen haben musste, jedenfalls nicht unter diesen Umständen. Stattdessen baten Sie den Taxifahrer nach ein paar Minuten, sie lieber hinaus zum alten Leuchtturm zu fahren.

Bestätigt wurden sie in ihrem Entschluss tags darauf, als ihnen ein Grottenbesucher im Café auf der Piazzetta erzählte, dass er das Naturschauspiel soeben als ein recht zweifelhaftes Vergnügen erleben durfte. Beispielsweise habe einer der Kahnruderer in der Höhle 'O sole mio' angestimmt, "wegen der Akustik und weil die Leute es so stimmungsvoll fänden". Zeitgleich sei aus allen Kameras auf Teufel komm' raus geblitzt worden. Deshalb habe er von dem schimmernden Blau kaum etwas gesehen und sei mit völlig verblitzten Augen wieder heraus gekommen. Mit scherzhaftem Hintersinn fügte er hinzu: "...also quasi blind wie ein Grottenolm". Wenn man die Höhle einigermaßen unbehelligt besuchen wolle, dann nur in der Frühe, bevor die Touristen vom Festland kämen. Das habe ihm der Reiseleiter auf der Rückfahrt von der Grotte verraten.

XIX.

Heute war Max hergekommen, um sich über die Szenen dort unten zu amüsieren und auf diese Weise seine Stimmung ein wenig aufzupolieren. Direkt am Treppenabgang zur Anlegestelle, wo die von Land kommenden Gäste einsteigen konnten, stützte sich Max auf das Geländer und betrachtete die Vorgänge.

Er zählte schon insgesamt drei Zubringerboote, jedes vollgestopft mit rund sechzig bis achtzig Passagieren und darum herum ein Schwarm Ruderboote, die jeweils drei bis vier Personen von den Zubringern übernahmen. Denn nur mit den kleinen ist der niedrige Höhleneingang zu passieren. Das Meer war etwas bewegt, so dass sich die Umsteigeaktionen von den großen in die kleinen Boote zu einem meist verkrampften, unbeholfenen und somit für Max lächerlich wirkenden Kraftakt entwickelten. Auch das routinierte Zupacken der Ruderer konnte nicht verhindern, dass sich die Herrschaften, recht häufig ausstaffiert mit prallen Bierbäuchen und überquellenden Miedern, wie Mehlsäcke in die Kähne plumpsen ließen, begleitet von angestrengtem Ächzen und ungeniertem Kreischen. Und noch ehe sie sich sortieren konnten, das heißt, Sonnenhut und Sonnenbrille zurecht rücken und das verrutschte Kleid schnell wieder über die Schenkel zupfen konnten, kam schon der Befehl vom Ruderer, sich platt in den Kahn zu legen, damit sie unbeschadet in die Grotte gelangten – das heißt, wenn sie das Glück hatten, gleich an der Reihe zu sein. Aber es hatte sich rund um das Loch im Fels schon ein Stau wie auf der Autobahn am Kamener Kreuz gebildet. So war das Ächzen und Kreischen der gerade Umsteigenden unterlegt vom multinationalen Geschnatter der wartenden Kahnpassagiere, derweilen die Insassen der vordersten Boote von ein paar aus der Grotte zurückrollenden und in der Öffnung komprimierten Wellen ordentlich geduscht wurden.

Neben ihm warf ein Angler, anscheinend unbeeindruckt von dem Schauspiel unter sich, den Angelhaken aus, aber ohne Erfolg. Max vermutete, dass die Fische die ins Meer retournierten Frühstücke der schaukelnden Touristen dem Köder am Angelhaken vorzogen.

Trotz des Staus lief es da unten doch nach gewissen Verkehrsregeln ab, stellte Max anerkennend fest. Offenbar durfte sich nur eine begrenzte Anzahl an Booten in der Grotte aufhalten und erst, wenn diese wieder herauskamen, konnten die nächsten einfahren. Das geschah, indem sich der Ruderer mit zwei kräftigen Armzügen an einer Kette entlang der Felswand voran hangelte, im letzten Moment vor dem niedrigen Höhleneingang duckte und dann mitsamt Kahn in der so magisch blau schimmernden Unterwelt verschwand.

Nach einer Weile, da sich seine Stimmung nicht wesentlich gebessert hatte, fuhr er mit dem Taxi weiter. Die schmale, nahezu gerade Straße schwingt sich mit nur zwei, drei engen Kurven hinauf nach Anacapri. Dann weiter in südwestlicher Richtung zur Punta Carena, wo der zwar stattliche, aber stillgelegte und sehr schön restaurierte Leuchtturm steht. Unterwegs stoppte der Taxifahrer gelegentlich in Ausweichbuchten, um entgegenkommende Kollegen und den kommunalen Mini-Linienbus passieren zu lassen. Das war auf dieser Strecke der einzige Hinweis auf das andernorts so turbulente Touristentreiben.

Geistesabwesend blickte er durch das herabgelassene Seitenfenster. Büsche und Bäume wischten in grünen Streifen vorbei, rissen plötzlich ab und gaben für Momente den Blick auf das gläserne Blau des Meeres frei. Es war ein uraltes Taxi mit lederbezogenen Sitzen. Die Rückbank bestand aus Berg und Tal mit zwei tiefen Kuhlen in der völlig durchgesessenen Polsterung. Bei jeder Unebenheit der Fahrbahn schwang sich die Karosserie in erstaunliche Höhen, um gleich darauf in die Abgründe völlig unwirksamer Stoßdämpfer abzutauchen. Diese Schaukelbewegung brachte ihn darauf, dass es womöglich dasselbe Taxi war, in dem er damals mit Cäcilia saß und es ihr wegen dieser Bewegungen übel wurde. Vielleicht saß er jetzt sogar auf dem Platz, wo sie gesessen hatte, weil er ihr damals beim Einsteigen mit Sicherheit die Wagentür aufgehalten hatte, um anschließend auf der anderen Seite hinter dem Taxifahrer Platz zu nehmen. "Ach, Cäcilia! Wie schön war das damals und wie traurig ist das Leben jetzt ohne dich!"

Erst auf dem Parkplatz nahe dem Leuchtturm kehrte er in die Realität zurück, als er den Fahrer sagen hörte: "Scusi, siamo arrivati al faro." Noch etwas benommen, stieg er aus und antwortete auf die Frage: "Solle warte?" mit "Nein danke, kommen Sie um zwei Uhr wieder." Dabei streckte er Zeige- und Mittelfinger aus und deutete auf seine Uhr. "Va bene, komme sswei Uhr" erwiderte der Taxifahrer, wendete und brauste davon, ohne Bezahlung zu verlangen. Das war für Max die beste Versicherung, dass er auch tatsächlich wieder abgeholt wurde.

"Capresische Taxifahrer sind keine Neapolitaner", hatte ihm derselbe erfahrene Capri-Besucher erzählt, der ihm seine Grotten-Visite geschildert hatte. "Sie sind zwar auf Profit aus, wer will ihnen das verdenken, aber sie versuchen nicht, einen plump übers Ohr zu hauen, vor allem nicht, wenn sie einen Hotelgast befördern. Da können Sie am Bahnhof oder Flughafen von Neapel ganz andere Erfahrungen machen."

Ursprünglich wollte Max einen Spaziergang in der Umgebung des Leuchtturms unternehmen. Hier gab es Wege, die zum Teil im Schatten der Pinien lagen. Aber bald begann er unter der Wärme zu leiden. Auch sonst ging es ihm nicht besonders gut: Neben der allgemeinen Niedergeschlagenheit kam nun das Herz hinzu: es schlug unregelmäßig, hastig und flach, verbunden mit erhöhter Unruhe und Schweißausbruch. Nach wenigen hundert Metern musste er sich setzen.

Eigentlich ist die Gegend um den Leuchtturm der unspektakulärste Teil der Insel. Nur an der Südflanke sind die schroffen Abbrüche zu finden. Ansonsten gleitet die Landzunge, mit halbhohem Gebüsch bewachsen, geradezu sanft ins Meer.

Max hatte sich eine Bank gewählt, von der aus er links den Leuchtturm im Blickfeld hatte und geradeaus das weite Meer. Wenn er sich nach rechts drehte, sah er die kleine Bucht, in der sich ein Ristorante mit Liegestuhl- und Sonnenschirm-Service etabliert hatte. Ein paar Ruderboote lagen kieloben auf einer betonierten Schräge und erinnerten ihn an die Panzer von Schildkröten. Es war aber niemand zu sehen, alles war still, alles lag reglos da. Nicht einmal das Meer bewegte sich. Ab und zu brummte eine Motoryacht vorbei, zog eine weiße Schleppe hinter sich her und war bald wieder verschwunden.

Auch hier hatten sie noch bei ihrem letzten Aufenthalt vor Cäcilias Tod zusammen gesessen. Jeder für sich erlebte das Bild, die Stille, die warme Luft mit ihrem Aroma von Pinienharz und kristallenem Salzwasser, das Plätschern und Glucksen an den schrundigen Felsen vor dem Leuchtturm.

XX.

Max hörte seinen Namen rufen. Irgendwoher aus der Dunkelheit kam das Echo wieder: "Max. – Max!" Er drehte sich um, es war so dunkel hier, nichts konnte er sehen, obwohl er eine Fackel trug, die aber nirgendwo Licht und Schatten hinterließ. Es musste eine riesige Höhle sein, größer als ein Dom und er stand mitten darin auf einem riesigen Stalagmit wie auf der Fingerspitze eines Zyklopen. Das sah er nicht, sondern er wusste es nur. Ein Schritt, egal in welche Richtung und er würde abstürzen und mindestens dreihundert Meter tiefer aufschlagen. Nur hinter sich ahnte er die schwankende, schmale Hängebrücke über den Abgrund, die einzige Rettung. In winzigen Trippelschrittchen, die Fackel balancierend in der rechten Hand, mit angstverkrampftem Atem, drehte er sich um hundertachtzig Grad, betrat vorsichtig die morschen Planken die zu einer ebenso brüchigen, steilen und endlosen Treppe führte. An ihrem Ende schimmerte ein Fünkchen Licht. Dort musste er hin. Mitten auf der taumelnden Brücke hörte er wispernd, leise, lockend seinen Namen: "Max! Ich bin's, Cäcilia." Dann brach er durch und stürzte, und stürzte, und stürzte.... Endlich, im Fallen, wachte er schreckhaft auf. Irgendwo knackte ein Ast, raschelte Blätterwerk im Gebüsch.

Er war wohl auf der Bank eingeschlafen. Ihm schien, als hätte er die Stimme tatsächlich gehört. Er schaute sich um, sah aber niemanden. Alles war unverändert, als hätte er nur für Sekunden die Augen geschlossen. Er schaute auf seine Armbanduhr. Es war kurz nach zwei. Dann musste er hier mehr als eine Stunde verbracht haben. Die überfallartige Schlafattacke war wohl auf das warme Wetter, auf den Klimawechsel zwischen Deutschland und Süditalien, auf den Medikamentenentzug zurückzuführen – von allem etwas.

Soeben wollte er sich erheben als er zweierlei sah. Zum einen den Taxifahrer, der auf ihn zukam und ihn abholen wollte, zum andern unterhalb des Sockels, auf dem der Leuchtturm steht, eine Gestalt mit blonden kurzen Haaren und in einem blauen Sommerkleid. Schlagartig befand er sich im Chaos-Modus. Das Herz, ohnehin schon im Ausnahmezustand, erhöhte noch einmal die Frequenz, im Kopf herrschte Aufruhr. Er konnte nichts mehr denken, sondern nur noch schreien: "Cäcilia!" Im Aufspringen noch einmal: "Cäcilia!" Dann war sie hinter dem rötlichen Ziegelsockel verschwunden. Er rannte dem Taxifahrer entgegen. "Schnell, meine Frau! Dort am Leuchtturm ist meine Frau." Es waren keine zweihundert Meter. Er zog den völlig perplexen Taxifahrer am Ärmel über den felsigen Grund zwischen Lorbeerbüschen hindurch in die Richtung. Dort angekommen, war nichts zu sehen. Völlig unbeeindruckt von der hysterischen Hektik, die Max ergriffen hatte, stand der Leuchtturm auf der Landzunge, träge umspült von einer trägen Dünung. Nur ab und zu waren ein paar Schreie der Möwen, das Brummen einer Motoryacht zu hören, sonst nichts. Doch, hinten am Parkplatz, wo auch der Taxifahrer sein Auto abgestellt hatte, hörte er ein Fahrzeug starten. Max wieder: "Schnell, bitte, schnell hinterher, das ist meine Frau. Wir müssen sie einholen." Der Droschkenfahrer, als typischer Vertreter seines Berufsstandes, war wohl beleibt und rang noch von der Hatz durch das Gebüsch nach Atem. Trotzdem folgte er so gut es ging seinem völlig außer sich geratenen Fahrgast. "Bitte schneller, sonst verlieren wir sie. Sie kann noch nicht weit sein." Der Chauffeur gab symbolisch ein wenig mehr Gas, aber offenbar hatte er Angst um sein betagtes Vehikel oder er hielt den Mann im Fond plötzlich für übergeschnappt, so dass eine gewisse Vorsicht angeratener schien als blinder Gehorsam. Außerdem war sowieso überall Geschwindigkeitsbegrenzung, wegen der schmalen Straßen. Gerast wird nicht auf Capri. Und daran hielt sich der Fahrer.

Der Vorsprung musste schon zu groß gewesen sein. Auf dem Weg nach Anacapri kamen ihnen zwar der Linienbus und noch ein paar vereinzelte Autos entgegen, so dass sie mehrmals in Ausweichbuchten warten mussten. Aber vor Ihnen sah Max in gleicher Richtung fahrend kein einziges Fahrzeug. Fieberhaft überlegte er: Sollte er in Anacapri aussteigen und den Ort nach ihr absuchen oder ist sie womöglich gleich nach Capri weitergefahren? Er entschied sich für Anacapri. 'Die

Chancen stehen fifty-fifty. Im Lotto eins zu dreizehn Millionen', dachte er sarkastisch, als er an der Piazza Vittoria ausstieg und sich suchend umblickte. Schon überlegte er, wie er planmäßig vorgehen sollte, als er fand, dass es am besten war, wenn er sich hier an diesem zentralen Ort in ein Straßencafé setzen würde. So hätte er alles im Blick, und es mussten alle vorbeikommen, die sich irgendwie von A nach B bewegten. Kaum hatte er sich gesetzt und seine Bestellung gemacht, begann sich alles in ihm zu drehen. Er fürchtete, einen Herzinfarkt zu bekommen. Der eine Blick zum Leuchtturm und die unzweifelhafte Wahrnehmung von Cäcilia – sie musste es sein, wer sonst? – hatten ihn so aufgewühlt, dass er wieder aus allen Poren transpirierte. Die Gedanken überschlugen sich, das Herz raste. Die Selbstbeschwörung, die gestern am Salto immerhin ansatzweise gewirkt hatte, versagte jetzt völlig. Mit dem Hut fächelte er sich Kühlung zu, bis die bestellte eiskalte Spremuta kam, die er hastig trank. Gleichzeitig beobachtete er so aufmerksam, wie es ihm in diesem Zustand möglich war, das Treiben rundum. Keine Cäcilia im blauen Kleid und kein blonder Haarschopf waren zu sehen. Eine so unermessliche Sehnsucht nach ihr hatte ihn ergriffen, dass er zu weinen begann. Sie aber ließ sich nicht blicken bis in den späten Abend hinein, als er noch immer da saß, ganz eingesunken. Die Hoffnung war mittlerweile gegangen, die Sehnsucht geblieben.

Die Sonne war schon hinter Ischia untergegangen, als ihn einer der Stadtpolizisten ansprach, ob er ihm helfen könne, wahrscheinlich alarmiert von der Bedienung, denn sein bemitleidenswerter Zustand war offensichtlich. Nahezu geistesabwesend erhob er sich, ging die wenigen Meter zu einem wartenden Taxi und ließ sich hinunter nach Capri fahren. Zurück im Hotel, nahm er eine Dusche und ging zu Bett.

XXI.

Es gibt Nächte, in denen man lange wach liegt, weil Gedanken einen bedrängen. Morgens fühlt man sich gerädert und glaubt, überhaupt nicht geschlafen zu haben. Eine solche unruhige Nacht war diese. Ein Gewitter entlud sich drüben über dem Festland an den Hängen des Vesuv. Die Donnerschläge waren so heftig, dass sie ihn mehrmals aufschrecken ließen und er merkte, dass er doch eingeschlafen war. Vielleicht träumte er auch nur das Erschrecken, das eins wurde mit den grellen Blitzen, die in Abgründe schossen und knallende Donner daraus hervorbrachen, wenn wimmernde Sturmböen von gellenden Angstschreien und klatschenden Peitschenhieben, die ihn trafen, überlagert wurden. Diese Albtraumattacken hatten ihn vor dem Tod Cäcilias über viele Jahre begleitet. In gewisser Weise hatte er sich damals an sie gewöhnt, gleichsam wie sich jemand mi einem steifen Bein abfinden muss: belastend, gelegentlich schmerzhaft, aber unabänderlich. So gelang es ihm auch, gleich nach dem Aufwachen nicht mehr über diese Traumerfahrungen nachzudenken. Sie gehörten ja nicht zum realen Leben. Erst seit er die Psychomedikamente nahm und die Albträume ihn nicht mehr bedrängten, spürte er, wie sie ihn zuvor gepeinigt hatten. Je mehr er aber den Preis kennen lernte, den er mit der Medikamentenabhängigkeit und dem in rosarote Watte verpackten Gemüt bezahlte, umso stärker relativierte sich dieses Gefühl der Befreiung.

So widersprüchlich es war, er wertete die Rückkehr der Albträume als einen positiven Schritt zu einer Normalität ohne Tabletten. Er war bereit, diese gelegentlichen Nachtmahre gegen den Zwang der ständigen Zufuhr der Psychokapseln einzutauschen. Denn die Rundumwattierung gegen die Depressionen hatte gleichzeitig den nahezu völligen Abbau seiner Gefühlswelt zur Folge. Die Ausschläge der Schwingungen von Freude, Glücksgefühl oder Trauer bewegten sich stets nur knapp um die Null-Achse. Zwar bewahrten ihn die Tabletten vor Niedergeschlagenheit, dafür aber erzeugten sie eine auf Dauer ebenso unerträgliche emotionale Indifferenz. Dem wollte er endlich entkommen. Nach der gewittrigen Nacht würden auch die Tagestemperaturen ein wenig gedämpft sein, was Max in dem Entschluss bestärkte, ein zweites Mal die Villa Jovis zu besuchen. Er gestand es sich nicht ein, aber es war so: Er hoffte, dass sich die Begegnungen mit Cäcilia wiederholen würden, dass sich ihre reale Existenz doch noch, ob als Wunder oder als nachträglich erklärbares Geschehnis, bestätigen würde. Denn der Zufall, den er vorgestern noch verantwortlich machen konnte, war seit gestern so gut wie ausgeschlossen. Oder war es doch dieselbe, fremde Frau, die eben doch nur zufällig auf der Insel weilte und ebenso zufällig zur selben Zeit wie er sich an der Punta Carena aufhielt? Er drohte, an diesen Zweifeln zu verzweifeln. Der Wunsch nach Cäcilias realer Existenz war und blieb völlig irrational, aber konnte es derartig gekoppelte Zufälle geben? Jedenfalls machte es für seinen Entschluss keinerlei Unterschied, ob er nochmals dort hinauf wandern oder irgendeinen anderen Punkt der Insel besuchen würde. Vor allem aber konnte er seinen Entschluss damit begründen, dass er gestern das eigentliche Ziel seines Weges nicht erreicht hatte, nämlich, dass er sich hier an die vergangenen Bilder mit Cäcilia besser werde erinnern können.

Max schaffte den Weg kaum weniger mühsam als am Tag zuvor. Doch er suchte gleich die Stelle auf, wo er mehrmals mit Cäcilia gestanden hatte. Einfach atemberaubend schön ist dieser Rundblick – und atemberaubend beängstigend der Blick fast senkrecht nach unten. Panisch umklammerte er das Eisengeländer. Die Haut spannte sich straff und weiß über seine Handknöchel.

Was zwang ihn, dort hinab zu blicken in die Tiefe, dreihundert Meter schätzungsweise? Auf dem Weg nach unten würde er wohl auf einem der Felsvorsprünge aufschlagen bevor er, schon zerschmettert, den abschüssigen Vorsprung am Fuß des Felsens erreichte. Dort würde er dann wie ein Bündel Lumpen über die Kante rollen und rutschen und ins Meer fallen. Noch ein paar Luftblasen würden vielleicht auftauchen. Er selbst aber würde absinken, immer tiefer und tiefer. Nichts würde ihn mehr aufhalten. Ewige Stille, ewige Nacht, ewiger Friede.

Er schloss die Augen, aber er spürte keinen Frieden. Stattdessen ganz deutlich, wie sich Cäcilia an ihn lehnte. Er wandte den Kopf. Er sah ihre braunen Augen und hörte sich sagen: "Jetzt einfach springen: Hier, von diesem Felsbalkon zwischen Himmel und Erde, mit diesem Panorama vor Augen. Im Zenit des Glücks, in diesem schönsten aller Augenblicke – einfach springen." Und er glaubte zu hören, wie sie neben ihm flüsterte: "Spring! Ja, spring doch!" Gleichzeitig klammerte sie sich an ihn wie eine Ertrinkende – als wollte sie eigentlich sagen: "Bleib' bei mir!" Der Fels, auf dem er stand, wankte, wurde schwammig. Die Halbinsel von Sorrent flog ihm entgegen, ihre Farben spalteten sich prismenartig auf, verschoben sich gegeneinander. Der Vesuv dahinter blähte sich, zerplatzte, rotglühende Lava regnete auf ihn herab. Er duckte sich, sank auf die Knie und schlug schützend die Arme über seinen Kopf.

„Madonna, Signor, geht es Ihnen nicht gut? Kann ich Ihnen helfen?" Wie vorgestern Guglielmo im Hotel, war nun wohl der Kustos herangeeilt, als Max in die Knie sank. Er fasste ihn unter dem Arm und half ihm wieder auf die Beine. „Danke, vielen Dank. Die letzten Meter hier herauf... Ich habe mir wohl etwas zu viel zugemutet", erwiderte Max. Dann ließ er sich zu der nahen Bank führen, setzte sich und fächelte sich mit dem Hut frische Luft zu. „Vielen Dank. Alles okay. Kein

Grund zur Sorge", bedankte sich Max nochmals in der Hoffnung, der hilfsbereite Wächter würde ihn verstehen. Sogar ein einigermaßen entspanntes Lächeln gelang ihm, so dass der sich, mit besorgtem Gesicht zwar, wieder entfernte.

Eine Erinnerung, eine verzerrte Erinnerung, hatte sich da eben mit dem elenden Schwindelgefühl vermengt: so nah bei ihr, nein, gleichsam ineinander verwoben, hatte er sich nur ein einziges Mal gefühlt, bei ihrem ersten Aufenthalt auf Capri, hier an dieser Stelle – als wären sie eins. Und für einen Augenblick dachte er damals tatsächlich daran, wie ein Vogel über dieses Geländer hinweg sich in den azurnen Raum schwingen zu können.

Damals glaubte er, eine unerklärliche, feine Melancholie in ihren Augen erkannt zu haben. Es war nur der Augenblick eines Schattens, bevor sie lächelte.

Während er auf der Bank saß und sich mit dem Hut befächelte, erinnerte sich Max auch daran, dass Cäcilia damals auf dem Rückweg ins Hotel recht schweigsam war. Noch am Abend, beim Dinner, schien sie ganz bei sich zu sein. Und als sie dann auf der Hotelterrasse bei einem Glas Rosso Cònero zusammensaßen, sagte sie plötzlich: "Der Mensch ist eine Insel." Es hörte sich abschließend an, wie die Quintessenz ihrer Gedanken und die Lebensformel schlechthin. Dann stand sie auf und ging die wenigen Schritte zu der Balustrade, mit der die Terrasse eingefasst war. Der Tag war längst der Nacht gewichen als sie zwischen den Spitzen der Zypressen über die Certosa, die alte Kartause, hinweg blickte. Gegen das diffuse Licht des dreiviertel Mondes am verschleierten Himmel hoben sich die Wipfel wie Lanzenspitzen von der Umgebung ab. Der fahle Lichtpfad auf dem Meer verlor sich im Nirgendwo.

Wieder einmal hatte sich die friedvolle Abendstimmung über Capri ausgebreitet, nachdem die letzte Fähre abgelegt hatte. Das sanft gedimmte Licht der Terrassenbeleuchtung tat ihr Übriges, um die wenigen Gäste wie in einer Kathedrale ehrfurchtsvoll murmeln zu lassen. Umso respektloser klang das rhythmische Sir-ren der Zikaden, die sich kanongleich abwechselten, überlagerten, plötzlich wie auf Kommando aussetzten, um im nächsten Augenblick fortzufahren. Eine sanfte, laue Brise fiel durch die umgebenden Büsche und Sträucher. Max, der noch am Tisch sitzen geblieben war, roch das Meer, spürte den lauen Windhauch über die Härchen seiner Unterarme streichen. Wie Cäcilia mit dem Rücken zu ihm am Geländer stand, erinnerte er sich an seine erste Begegnung mit ihr – damals in New York auf dem Flughafen, als er in der Schlange am Einreiseschalter hinter ihr stand, ihr Parfum erschnupperte, den blonden kurz geschnittenen Haarschopf betrachtete.

Er trat neben sie an das Geländer, legte den Arm um ihre Taille und flüsterte: "Ist es nicht das Paradies?" Es dauerte eine Weile, bis sie in einem gedankenverlorenen Seufzer erwiderte: "Ach, was ist das Paradies? – Ein Ort, den jeder allein erlebt." Und nach einem weiteren Augenblick der Stille: "Im einen Moment fühle ich das

Glück und spüre gleichzeitig die Trauer, weil ich den Moment des Glücks weder greifen noch halten und schon gar nicht mit einem anderen teilen kann." Wieder machte sie eine nachdenkliche Pause. "Vielleicht könnte ich diesen Moment des Glücks beschreiben, aber was istschon ein beschriebenes Gefühl?" Sie standen noch lange so am Terrassengeländer nebeneinander. Max hatte verstanden, was sie mit der 'Insel' meinte und spürte selbst den feinen Schmerz seines Glücks.

XXII.

Noch immer auf der Bank im Schatten sitzend, unweit von der Felsenkanzel, wo er eben in die Knie gegangen war, nahm Max den Zauber der Natur kaum wahr. Was war nur los mit ihm? Zwei Tage hintereinander, an denen er geglaubt hatte, seine Frau gesehen zu haben und dann doch entschied, dass es Traumbilder, nein, Trugbilder waren. Er musste sich so entscheiden, sonst wäre er sofort losgelaufen, um sie in allen Ecken und Winkeln der Insel zu suchen. Die Erfahrung von gestern zeigte aber, wie marternd Sehnsucht, Hoffnung und ihre Enttäuschung sein konnten.

Es war so zermürbend, sich immer wieder das Bild seiner toten Cäcilia auf dem Bett ins Gedächtnis zu holen: wächsern, still, wie aufgebahrt. Es war so ermüdend, sich immer wieder selbst zu beteuern, dass sie tot war und sie niemals, niemals hier auf Capri sein konnte. Und schon im nächsten Augenblick wollte wieder das Gefühl die Oberhand gewinnen: Wenn doch das, was er hier und am Leuchtturm gesehen hatte, so realistisch war! – War stattdessen vielleicht das, was er zu Hause gesehen hatte, eine gigantische Inszenierung? Genau genommen hatte er doch Cäcilia als Leichnam auf dem Bett nicht länger gesehen als gestern, wie sie dort drüben an dem Eisengeländer stand. Beide Beobachtungen schienen ihm genau so realistisch zu sein wie das Besucher-Paar, das jetzt, im Moment, an derselben Stelle stand, mit dem Rücken zu ihm gewandt und hinaus aufs Meer blickte. Können die Sinne einen so perfekt täuschen? – Und soeben diese Attacke, als der Boden unter ihm wankte und er glaubte, der Vesuv dort drüben würde explodieren. Er konnte ein Trugbild nicht mehr von der Realität unterscheiden, wenngleich auch nur einen Augenblick lang. Dass beides, Realitätswahrnehmung und Einbildung sich so ineinander verschoben, wollte ihn panisch machen.

Sein Herz begann wieder zu hämmern. Er atmete tief ein und hielt die Luft an. Das machte er mehrmals, bis das Organ sich wieder beruhigte. Vielleicht sollte er die Medikamente doch wieder in der gewohnten Dosis einnehmen. Die Auswirkungen der Reduzierung hatte er sich jedenfalls nicht so dramatisch vorgestellt. – Was wäre, wenn Cäcilia hier den Fußweg herauf käme und sich neben ihn setzte? Bekäme er auf der Stelle einen letalen Infarkt? Würde er vollends durchdrehen und schreiend davonlaufen. Oder würde er sie erst vorsichtig berühren und wenn er feststellte, dass sie wirklich und leibhaftig neben ihm saß, in den Arm nehmen und alles wäre gut? Er würde kein Wort sagen, sie nicht fragen, was geschehen sei, nicht mit einer Silbe zu erkennen geben, was er durchlebt, durchlitten hatte, seit ihrem Schein-Tod. Denn sie lebte ja. Oder war auch das nur 'anscheinend'? Verwechselte er sogar in dieser Situation, wo er sie berührte und ihre warme, weiche Haut spürte, Einbildung und Realität? Nun, sie saß nicht neben ihm, also verwarf er diese unsinnigen Gedanken.

Ein anderer Gedanke gewann stattdessen Oberhand, dass er nämlich mit der Reduzierung der Medikamente so nicht weitermachen konnte. Offenbar war er bei weitem nicht stabil genug, wie es ihm die Pillen vorgegaukelt hatten. Im Gegenteil, ihre Zuckerwatteschicht hatte anscheinend seine Seele hermetisch abgeschlossen und nun, wo diese Schicht durch die reduzierte Zufuhr dünner wurde, brach eruptiv eine Lava von angestauten Gefühlen, Depressionen, von Trauer und Frustration hervor und drohte, ihn unter sich zu begraben. Die Medikamente hatten nicht heilen geholfen, sondern nur weggedrückt. Sie hatten die Seele in Quarantäne genommen, wo sie zwar künstlich schmerzfrei gehalten wurde, aber weiterhin von der Trauer um den Verlust Cäcilias zerfressen wurde. Diese Vorstellung brachte ihn so sehr aus der Fassung, dass er vor sich selbst kapitulierte: Ab heute Abend würde er wieder, wie immer, die Kapseln kurz nach dem Abendessen einnehmen. – Er hatte den Gegner in sich unterschätzt. Max wischte sich den Staub von den Knien seiner hellen Leinenhose und blickte hinüber zu den Ausgrabungen der Villa Jovis. Sie sind nie stark von Besuchern frequentiert, weil sie zu abseits der ausgetretenen Tagestouristenpfade liegen. Manchmal durchstreifen ein paar Studenten der Kunstgeschichte, Architektur oder Archäologie die Ruinen. Heute spazierten nur einige Hotelgäste umher, die Ruhe vor dem Getümmel im Ort finden wollten oder ihrem Lateinunterricht im Gymnasium und ihrer humanistischen Bildung die Referenz erweisen wollten.

Einige Minuten blieb er noch sitzen, dann trat er den Rückweg zum Hotel an. Auch der machte ihm zu schaffen, obwohl es fast ständig leicht abschüssig nach unten ging.

XXIII.

Im Hotel angekommen, duschte er, zog sich um und verbrachte den restlichen Nachmittag auf der Hotelterrasse unterm Sonnenschirm, steckte sich die iPod-Stöpsel ins Ohr und las weiter in der Bill-Gates-Biografie, die er als Reiselektüre mitgenommen hatte. Zwischendurch ließ er sich einen Espresso kommen und ein Glas frisch gepressten Zitronensaft.

Trotz des gewohnt exzellenten Angebots auf der Menükarte zum Abendessen reizte ihn nichts in besonderer Weise. So verließ er bald den Tisch, ging auf sein Zimmer und nahm die Medikamente ein. Schon die damit verbundenen, gewohnten Verrichtungen machten ihn wieder zuversichtlicher, obwohl sie ihre dämpfende Wirkung erst nach ein bis zwei Stunden entfalteten: ein Glas mit stillem Wasser füllen, je eine Kapsel vorsichtig aus den beiden gedrungenen, braunen Glasfläschchen auf die hohle Handfläche stülpen, einen Schluck vorab nehmen, dann beide Kapseln gleichzeitig in den Mund befördern und sie mit dem nachfolgenden Austrinken des Glases hinunterspülen. Danach schlenderte er – es war mittlerweile dunkel geworden – die paar hundert Meter zur Piazza.

Die Jahrmarktatmosphäre war der gelassenen Ruhe eines milden Frühlingsabends gewichen. An den Tischen der Bars und Cafés rund um den Torre dell'Orologio saßen einige Gäste und Einheimische bei einem Amaretto, Aperol Spritz oder Glas Wein und unterhielten sich. Manche hatten ein Glas mit einer Flüssigkeit in dieser unglaublich roten Farbe vor sich stehen. 'Nun ja', dachte Max, 'es gibt eben noch die Traditionalisten, für die ein Italienurlaub nur dann einer ist, wenn ein Campari Soda mit Eis vor ihnen steht.'

Bisweilen fröhliches, entspanntes Lachen, sanftes Kerzenlicht auf den Tischen, im Hintergrund die dezente Barbeleuchtung – das alles kannte Max von den früheren Besuchen. Er stand an der Frontseite der Piazza, genau über dem Gleis der Funicolare, das unter ihm in der Bergstation endete. Dieser Teil des Platzes war quasi das Dach des Bahnhofs, auf der Seite zur breiten Treppe begrenzt von einem schmiedeeisernen Geländer, das von weißen, mit Bougainvillea umrankten Säulen unterbrochen wurde. Dazwischen schaukelten sanft in der leichten Brise Girlanden mit Glühbirnen. Max blickte hinunter auf die Marina Grande, den Hafen, von wo aus sich jeden Tag erneut der Touristenstrom über die Insel ergießt. Er umrundete den Uhrenturm, nahm an einem der freien Tische der "Piccolo Bar" Platz und bestellte einen alkoholfreien Cocktail, der ihm zusammen mit einer Schale Knabbergebäck serviert wurde.

XXIV.

„Der Mensch ist eine Insel", hatte Cäcilia damals auf der Hotelterrasse gesagt. Seit dem beschäftigte ihn das Bild, auch heute Abend. Früher waren ihm derlei Gedanken nicht in den Sinn gekommen. Aber er fand, dass das Bild sehr plastisch sei. Er stellte sich vor, wie er auf einem winzigen Eiland durch den unendlichen Raum driftete. Um ihn herum, mehr oder weniger weit entfernt, andere auf ihrer Insel, die ebenso dahinsegelten: Freunde, Bekannte und Unbekannte; ja, auch Cäcilia, als sie noch lebte. Trotz der innigen Zuneigung zu ihr hatte er doch immer wieder eine eigentümliche Distanz gespürt. Er glaubte zwar, seine und ihre Gefühle wären die verbindende Brücke, über die sie beide gehen könnten, in denen sie sich authentisch träfen, eins sein könnten. Aber diese Brücke war Fiktion. Jeder trifft immer nur sich selbst, wie der Versprengte in der Wüste, der nach Tagen des Fußmarsches endlich auf die Spuren eines vermeintlich anderen trifft und feststellen muss, dass es seine eigenen sind. Besonders in den letzten Monaten ihres Lebens spürte er, was er bis zu ihrem Tod nicht wahr haben wollte: Sie driftete von ihm weg, sie entglitt ihm, die Distanz wuchs kaum merklich: Wie wenn man sich täglich im Spiegel betrachtet, aber erst durch ein Jahre altes Foto feststellt, wie sehr man gealtert ist. So oft und so gern er sie in den Arm nahm und sich dabei glücklich fühlte, schwang nach diesem Satz auf der Hotelterrasse auch bei ihm stets eine Prise Melancholie mit. So besehen war Capri eine merkwürdige Metapher: Beide waren Sie hier glücklich gewesen – gemeinsam auf einer Insel.

Niemals wieder nach diesem ersten gemeinsamen Besuch des Salto Tiberio, als sie sich an ihn klammerte, hatte er ein so intensives Gefühl der Nähe, des Einsseins empfunden. Damals segelten wohl ihre beiden Inseln Seite an Seite, Ufer an Ufer, synchron miteinander. Genau so musste auch Cäcilia empfunden haben. Aber intuitiver und emotionaler als er hatte sie gespürt, dass Glück und Melancholie zwei Seiten derselben Medaille sind. Er sah damals diese Insel Capri ganz einfach als das Paradies auf Erden, Cäcilia aber waren zugleich die Schluchten und Abgründe nicht entgangen. Daher ihre Schweigsamkeit an jenem Abend. Irgendwann einmal sprach sie auch von der 'existenziellen Einsamkeit', über die viele Philosophen nachgedacht hätten und die kein Mensch, wenn er sich ihrer bewusst sei, auf Dauer ertrage. Deshalb sei der Mensch ständig damit beschäftigt, sich mit etwas zu beschäftigen, das ihn von dieser Bedrängnis ablenkt.

Unabhängig von so tiefgründigen Gedanken schenkte ihm die Insel Capri nicht nur ihre betörende Schönheit, sondern auch Geborgenheit. „Steig' mal auf den Monte Solaro oder lass' dich vom Sessellift hinauftragen, dann verstehst du, was ich meine: Du drehst dich einmal um die eigene Achse und überblickst den Ort, der für die nächsten Urlaubstage deine Heimat ist. Ja, es ist, als wärst du zu Hause – nur unendlich viel schöner. Vor allem aber gibt es so viel zu entdecken, dass dir die zwei Wochen bei weitem nicht ausreichen. Vorausgesetzt, du verlässt die ausgetretenen Touristenpfade und wanderst beispielsweise vom Berg zu Fuß wieder nach unten, durch kleine Rebhänge, vorbei an verwilderten Grundstücken und gepflegten Gemüsegärten. Es wird dir nicht langweilig, auch nicht, wenn du zum zweiten und dritten Mal hierher kommst. Wenn du glaubst, endlich überall gewesen zu sein, erinnerst du dich nicht mehr, wo du anfänglich überall warst. Cäcilia hat mir ein paar Mal gesagt, dass wir hier schon gewesen seien, wo wir gerade standen. Allerdings hatte ich dabei den Verdacht, dass es ihr auch erst gerade eben eingefallen war. Ich bin auch sicher, dass kein Caprese diese, seine Insel, auf der er geboren wurde und vielleicht schon seit vierzig Jahren bewohnt, in- und auswendig kennt."

Das war die Antwort, die er einmal an einem Spätsommerabend auf der Veranda seines Hauses seinem Freund Harro gab, als der ihn fragte, ob er nicht mal woanders hin fahren wolle. Schließlich gäbe es in Italien – wenn es schon Italien sein müsse – noch andere wunderbare Orte, beispielsweise die Küste und das Hinterland der Basilikata oder die Südküste Siziliens, wo man bei jedem Schritt über irgendwelche Scherben, Trümmer oder Ruinen der alten Römer und Griechen stolpere. Max hatte sich bei dieser Gelegenheit offenbar in eine Begeisterung hineingeredet, die Harro nur kannte, wenn sein Freund über eine neue Idee für seine Firma sprach. „Cäcilia hat dich gewendet wie einen Handschuh", meinte er an jenem Abend, „endlich gibt's auch mal was anderes in deinem Leben als immer nur die Firma: Max, der eindimensionale Mensch, mutiert endlich zu einem dreidimensionalen Wesen." Max verstand diese scherzhafte Anspielung nicht, und Harro, der in den Siebzigern unter anderem Soziologie an der Uni Frankfurt studiert und dabei auch Herbert Marcuse gelesen hatte, ließ sie auf sich beruhen.

XXV.

Guglielmos Dienst endete abends gegen 21 Uhr. Deshalb hatte schon der Nachtportier seinen Dienst angetreten, der aber nicht hinterm Tresen stand. Dafür hörte Max die quäkenden Töne des antiquierten Kofferfernsehers hinter der spaltbreit geöffneten Tür zu dem kammergroßen Ufficio, wo sich der Nachtportier sonst immer irgendwelche Filme oder Shows anguckte. Kam ein Gast, musste der gewöhnlich die Empfangsklingel drücken, damit sich der Nachtportier aus dem winzigen Büro bequemte und den erbetenen Schlüssel mürrisch aushändigte. Heute Abend war Max das gerade recht. Anstatt zu klingeln ging er hinter den Tresen und holte sich den Schlüssel selbst vom Brett.

Es ging ihm schlecht, sehr schlecht. "Warum nur?", fragte er sich. Er hatte doch die Medikamente eingenommen. "Die müssten doch schon längst wirken."

Wie ein Junkie auf Entzug zitterte er am ganzen Körper. Max schleppte sich zum Fahrstuhl. Am liebsten wäre er kraftlos mit dem Rücken an der glatten Lift-Rückwand auf den Boden gesackt und dort hocken geblieben. Aber er hatte Angst, nicht mehr hoch zu kommen. Im Zimmer ließ er sich in den Sessel fallen und versuchte, einen klaren Gedanken zu fassen. In seiner bebenden Faust fühlte er etwas, was nach Cäcilia duftete und er nochmals einer eingehenden Prüfung unterziehen musste. Zugleich hatte er Angst davor, weil er das Ergebnis dieser Prüfung schon kannte und ihn in eine noch tiefere Krise stürzen würde. Er rang mit sich. Er wusste nicht, was er tun sollte. Hätte er doch nur von der "Piccolo Bar" den direkten Weg zurück ins Hotel gewählt. Stattdessen hatte er sich für einen kleinen Bummel kreuz und quer durch die engen Sträßchen der Innenstadt entschieden.

In der Via Camerelle glaubte er, wieder eine Gestalt gesehen zu haben – lautlos verschwindend wie ein Phantom in den Schatten der Nacht. Und wäre der Eindruck nicht so geisterhaft, so unwirklich gewesen, hätten sich unweigerlich die gleichen Symptome wie oben in den Ruinen eingestellt. So verspürte er nur ein Zucken im Herzmuskel und einen Schlag auf den Solarplexus – sozusagen die Ouvertüre zu dem, was ihn wenige Schritte weiter vor dem Schaufenster des Juweliers erwartete.

Dieser Tabernakel des Luxus inszenierte kostbaren Schmuck und edle Markenchronometer in einem raffinierten Lichtkonzept. Die Präsentationsebenen waren indirekt mit abgedimmtem, nahezu schattenlosem Licht illuminiert, aus denen Spotstrahler die besonders teuren Einzelstücke hervorhoben. Die Uhren von Audemars Piguet, Jaeger-Lecoultre, und all die anderen großen Namen faszinierten Max, den Techniker, wegen ihrer feinmechanischen Präzision. Gerade beugte er sich etwas vor, um eine Patek Philippe genauer zu betrachten, als er, fast wäre er darauf getreten, auf dem Boden ein einzelnes Schmuckstück liegen sah – ein Ohrhänger, wie zufällig verloren. Er hob ihn auf und musste einen schweren Schlag in die Magengrube hinnehmen: "Ein Ohrhänger, als wäre er von Cäcilia. Wie ist das möglich. Wie kommt dieser Ohrhänger hierher?", flüsterte er.

Nun saß er völlig in sich zusammengesunken in seinem Hotelzimmer auf dem Sessel und wusste nicht, was tun. Sollte er das, was er da in der Hand spürte, einfach mit einer schwungvollen Bewegung vom Zimmerbalkon ins nahe Gebüsch schleudern, auf Nimmerwiedersehen und ewiges Vergessen? Aber einfach vergessen war nicht mehr möglich. Er hatte auch nicht mehr die Kraft, mit seinem Verstand gegen das erneute Chaos seiner Gefühle anzukämpfen. Es war auch sinnlos, weil dieses Mal nicht Bilder vor seinen Augen – vermeintliche oder echte – dieses Chaos anrichteten, sondern der Verstand selbst. Denn hier hielt er etwas absolut Konkretes in der Hand, etwas Unabweisbares, das kein Trugbild war.

Langsam öffnete er die zitternde Hand. Der Hänger wand sich entlang seiner Lebenslinie – ein in Gold gefasster, langgezogener Tropfen aus honiggelbem Muranoglas, in länglichen Facetten geschliffen, mit drei filigranen, ebenfalls goldenen Kettengliedern, an dem fein ziselierten Ohrstecker befestigt. Das Paar sei ein Unikat, hatte der Juwelier damals als Begründung für den hohen Preis versichert. Die Erinnerung an diese Bemerkung steigerte Max' panischen Zustand weiter. Demnach wäre es klipp und klar ein Teil des Ohrschmucks, den er seiner Frau bei ihrem gemeinsamen Aufenthalt vor drei oder vier Jahren hier, bei genau diesem Juwelier, als Geschenk gekauft hatte. "Wie kommt dieser Ohrhänger ausgerechnet hierher?", wiederholte er heiser flüsternd und völlig entgeistert.

Wieder durchrauschten seinen Körper Anfälle von Schüttelfrost, die Augenlider flogen unkontrolliert, das Herz raste. "Wie kommt dieser Ohrhänger hierher?" In normalem Zustand hätte er gleich vermutet, dass der Juwelier ihn hintergangen hatte. Aber er befand sich in einem extremen Ausnahmezustand. Die beständige Erosion seiner geistig-seelischen Verfassung, die 'Erscheinung' seiner Cäcilia am Salto Tiberio und am Leuchtturm, dann der Zusammenbruch wieder an der Felsenkanzel, die nächtlichen Albträume und nun dieser Fund...

Seit er die Medikamente reduziert hatte, übersteigerten sich seine Phantasien in dramatische Dimensionen. Er konnte nicht mehr denken und auch nicht mehr auf seine Bestürzung vernünftig reagieren. Er konstatierte aber immerhin noch, dass dieser Ohrhänger Realität war und nicht das Produkt einer hysterischen Phantasie. Er erlebte ein seelisches Beben pompejanischen Ausmaßes. Es ließ das innere Gebäude, in dem er gewohnt war zu leben, einstürzen. Alles brach in sich zusammen, kein Stein blieb auf dem anderen, nur noch Trümmer, Staub, Schutt...

Mit einem letzten Willensimpuls wollte er den Ohrhänger auf das Tischchen neben sich legen. Doch es misslang. Unfähig einer kontrollierten Bewegung glitt ihm das Schmuckstück aus der Hand. Mit einem spitzen 'Klick' zerbarst der gläserne Tropfen auf dem Fliesenboden. Die feinen Splitter glitten mit kaum hörbarem Zischen in alle Richtungen. Ausdruckslos starrte er auf die leere, goldene Fassung.

XXVI.

Apathisch saß er da. Aus dem geistig und körperlich straffen Herrn war ein schütterer Greis geworden. Völlig geistesabwesend, außerhalb seiner selbst, öffnete er vom Sessel aus die Minibar und entnahm ihr ein Fläschchen Rotwein und eines der Trinkgläser. Er entfernte die Hygienefolie, öffnete den Schraubverschluss der Flasche, schenkte sich ein und trank in einem Zug fast das ganze Glas leer. Er dachte nicht mehr daran, dass er vorhin seine Medikamente in ursprünglicher Dosierung eingenommen hatte und dass sie bisher keine Wirkung gezeigt hatten. In Normalzustand hätte er den Wein nicht angefasst. Denn er wusste, dass sich die Arzneien nicht mit Alkohol vertrugen. Davor hatte ihn schon der

Neurologe eindringlich gewarnt, der ihm die Präparate noch während seines Aufenthaltes in der Klinik verschrieben hatte. Der hatte ihn auch darauf aufmerksam gemacht, dass Alkoholgenuss noch Wochen nach Absetzen der Präparate katastrophale Effekte bewirken könne. Daran dachte er in seiner Verwirrung nicht. Die Flasche war bald leer, während er fruchtlos versuchte, seine Gedanken zu ordnen.

Als er sich aus dem Sessel erhob, um sich zu entkleiden, spürte er schon ein leichtes Schwindelgefühl. Er hielt das aber für eine normale Reaktion. Schließlich hatte er seit über einem Jahr keinen Alkohol mehr angefasst. Außerdem war auch das Abendessen keine solide Grundlage für einen schweren Rotwein. Für weitere Gedanken hatte er keine Zeit mehr, auch nicht, sich über die abrupte Heftigkeit der Wirkung zu wundern.

Sein Gehirn geriet plötzlich heftig ins Schlingern. Er griff nach einer Stuhllehne, die ihm keinen Halt gab. Die Beine klappten ihm weg. Er fiel auf den Fliesenboden, wovon er aber nichts spürte und mit ihm kippte der Stuhl. Ihm wurde speiübel. Auf allen Vieren kroch er ins Badezimmer, erreichte knapp das Bidet und übergab sich. Fast eine halbe Stunde lang wrangen konvulsivische Krämpfe seinen Magen wie ein Handtuch aus, der Puls begann zu rasen, Todesangst ergriff ihn. Sein Innerstes kehrte sich immer wieder nach außen. Er entleerte sich so vollständig, dass nur noch gelbliche, schleimige Magen- und Gallenflüssigkeit in dünnen Fäden den Abfluss des Bidets erreichte.

Irgendwann ließen die Krämpfe nach, nicht aber das Herzrasen und die entsetzliche Beklemmung. Er kroch zum Waschbecken. Der Versuch aufzustehen, scheiterte. So blieb er auf den Knien, hielt sich mit einer Hand krampfhaft am Waschbecken fest, füllte mit der anderen umständlich und zitternd ein Glas mit Wasser, spülte den Mund, um den scheußlichen Geschmack loszuwerden, spuckte die Brühe ins Glas, das er dann ins Becken leerte. Er robbte zum Bett und zog sich unter unendlicher Anstrengung auf die Matratze. Völlig entkräftet, von Spasmen geschüttelt und hechelnd wie ein Hund, lag er da.

„Mein Gott, hier zu sterben, so entsetzlich einsam..." dachte er noch, als ihn die Nachtmare mit sich rissen und ihn grausam schlachteten.

Grässlich verzerrte Bilder bedrängten ihn, von Judith, Cäcilia und dem kleinen Mädchen, das sich über das "sauteure Capri" bei seinen Eltern beschwert hatte. Es schrie in ängstlicher Verzweiflung: "Papa, was machst du da!", bevor es von stürmischen Meereswogen verschlungen wurde. – Bilder, die sich überlagerten, vertauschten, in grotesker Weise verschoben. Surreales Klagen und Wimmern bedrängte ihn. Dazwischen blickte er aus der Vogelperspektive auf sich selbst herab und erlebte, wie er, in einem Labyrinth aus Hecken mit langen, spitzen Dornen gefangen, immer wieder von einer groben Faust zwischen die Zweige gedrückt wurde. Sie stachen ihm ins Gesicht, in die Augen, dem blendenden Schmerz wehrlos ausgesetzt. Eine tonnenschwere Last drückte ihn immer tiefer in diese Dornenhecke, die sich zu drehen begann, dann zu einem unwiderstehlichen Mahlstrom wurde, der ihn verschlang und auf den tiefsten Grund des Meeres hinab zog. Jeder Winkel seiner Seele war vollgesogen mit der Todesangst des Ertrinkenden. Nacht umgab ihn, nein, es war finsterste Finsternis, eine Welt grenzenlosen Verlorenseins, unsäglichen Schreckens. Er wähnte sich vor dem Tor zur ewigen Verdammnis und wartete nur noch auf den Stoß, der ihn noch tiefer in den Abgrund befördern würde. Doch im letzten Moment des Erstickens, des Ertrinkens, des sich Aufbäumen-Wollens und nicht Könnens, spuckte ihn der Mahlstrom wieder an die Oberfläche des Bewusstseins. Ein Horrortrip, dem er erst im fahlen Licht des anbrechenden Tages entkam. Die leblose Dämmerung gab weder Licht noch Schatten.

Da lag er nun auf dem Bett – nackt und ausgezehrt. So alt, kraftlos und zerbrechlich. Er starrte durch das Zwielicht zur Decke, Tränen rannen ihm aus den äußeren Augenwinkeln über die Schläfen.

Er konnte nichts denken, er fühlte auch nichts mehr. Antimaterie hatte sich seiner bemächtigt, die Kraft, die das Negative allem Positiven entgegensetzt und damit beides aufhebt. Seine Existenz war inexistent geworden, er bestand nur noch aus einer irrelevanten Hülle, die totale Leere in sich barg, nur noch ein Kokon, aus dem der Falter des Lebens entwichen war.

Seine eigene Machtlosigkeit hatte ihn besiegt. Der Vorsatz, die Selbstbestimmung wiederzuerlangen, die Fortsetzung seines Lebens ohne Psychopillen, war gescheitert. Er war an sich selbst gescheitert.

Der namenlose Schrecken von gestern Abend, womöglich hier zu sterben – nun wandelte er sich in ein wünschenswertes Ziel. Hier und jetzt dieses Dasein einfach aufzugeben, vielleicht hinein zu dämmern in das Nichts, dem er sich ohnehin schon ausgeliefert sah – nun wollte er, dass es geschehe. Vielleicht war er dort auch schon angekommen. Oder er befand sich in einem Übergangsstadium, das in dieser unendlichen Leere endet, dass er sich nur noch seines schlaffen, ausgemergelten Körpers entledigen musste wie eine Echse, die sich häutet.

Durch den Tunnel der Nacht war er gefallen und in der Unterwelt gelandet. Er hatte Charon gerufen, den Fährmann, der ihn über den Styx bringen sollte. Aber der Ruf war ungehört verhallt. Er musste noch einen langen Weg wandern, bis er das Ufer des Unterweltflusses erreichen würde.

Oh, was war der Kreuzweg dieses Jesus von Nazareth ein Spaziergang gegenüber seiner Marter!

XXVII.

Der Spiegel im Bad zeigte ihm nur noch ein Wrack des sogenannten Best Agers, für den er sich bis dato hielt und auch ein wenig stolz darauf war: nun um Jahre gealtert, des Lebensmutes beraubt. Im Schein des teintfreundlichen, warmen Lichts sah ihn dennoch nur ein hohlwangiges, graues Gesicht mit scharfen Falten und schlaffen Tränensäcken aus glanzlosen Augenhöhlen an. Sogar sein Hemingway-Bart glänzte nicht mehr silbern, sondern war nur noch ein stumpfes Weiß. Mit einer Art Restenergie zur Versorgung der lebenserhaltenden Systeme hatte er ganz mechanisch die gewohnten Verrichtungen ausgeführt, um wenigstens in Auftreten und Kleidung einigermaßen normal zu erscheinen. Ansonsten nahm er seines Geistes Gegenwart nicht wahr. Alle Verbindungen aus der Innenwelt zur Außenwelt waren gekappt.

Als Max den Schlüssel auf den Portierstresen legte, blickte ihn Guglielmo unauffällig argwöhnisch und zugleich besorgt an. Aus einem spontanen Impuls heraus wollte er sich nach dessen Befinden erkundigen, unterließ es dann aber doch. Zu erschreckt war er über die sichtbaren Auswirkungen der vergangenen Nacht, die Max gezeichnet hatten. Schnell zog er sich wieder auf die Rolle des höflichen, zuvorkommenden Portiers zurück in der Absicht, die angemessene Distanz zu wahren. Dennoch konnte er sich einen langen zwiespältigen Blick nicht versagen, als Max durch das Glasportal das Hotel verließ.

XXVIII.

Eigentlich erwartete ihn dieser Tag in allerfeinster Frühlingsgarderobe. Mit glitzerndem Strass von Regentropfen auf Hibiskusblüten, dem schmeichelnden Seidenhauch einer kaum wahrnehmbaren Luftbewegung, aufgesteckten Wattebäuschen auf blau schimmerndem Himmelsgrund, umgeben von dem allgegenwärtigen, wogenden Gewand in Ultramarin. – Eigentlich... Denn weder der Schmuck der Insel, noch ihre Grazie bewirkten Bewegung in seiner Seele. Die hatte sich zurückgezogen in eine der verkarsteten, dunklen Höhlen, von denen es so viele an den steilen Hängen Capris gibt und hatte ihn in autistischer Eremitage zurückgelassen.

Als wolle er seine Seele suchen gehen, aber doch ohne jeden Gedanken, folgte er dem Wegweiser zum Arco Naturale, einem der großartigen Bauwerke der Natur, von ihr in stetiger Arbeit über Jahrtausende aus dem soliden Stein herausgeschlagen, herausgespült, bis ein ovales Fenster mit Ausblick aufs Meer geschaffen war. Über weite Strecken führt der Weg, oft nur als Trampelpfad, in ständigen Windungen durch die Wälder, die sich trotz der steilen Ufer gebildet haben. Irgendwann ragt dieser Steinbogen unvermutet aus dem Grün empor, umsegelt und besetzt von ein paar Möwen. Dem Auge ein opulenter Schmaus, dem Ohr eine erholsame Ruhe.

Max wanderte vorbei, kaum, dass er den Felsen eines Blickes würdigte. Der Weg schlängelte sich immer weiter in Wellen, mal steigend, mal fallend durch den lichten Hochwald. Wo eine Bank war, da setzte er sich für ein paar Minuten. Nicht, um zu verweilen und den Blick auf die Villa Malaparte oder hinüber zu den Faraglioni oder nur das Schattenspiel zwischen den Bäumen und Büschen zu genießen, sondern einfach mit dem diffusen Wunsch, Erleichterung in der Mattheit seines Körpers und Geistes zu erfahren.

Der Tag als sein Begleiter musste von ihm enttäuscht sein. Denn nichts aus seinem verschwenderischen Füllhorn erreichte Max. Was die Sensoren seiner fünf Sinne weiterleiteten, verlor sich auf dem Weg zu seiner Seele. Es gab keinen Zugang zu der Höhle, in die sie sich zurückgezogen hatte. So folgte er zwar dem Rundweg, aber es machte sich kein noch so fahler Schimmer bemerkbar, mit dem er aus seinem emotionalen Verlies herausgefunden hätte.

Irgendwie gelangte er wieder ins Hotel. Es war früher Nachmittag. Guglielmo händigte ihm in professioneller Freundlichkeit seinen Zimmerschlüssel aus und ließ sich nichts anmerken. Max war unendlich müde, obwohl er so viele Ruhepausen auf seiner kleinen Wanderung eingelegt hatte. Er nahm die 'volle Dröhnung' seiner Medikamente und hoffte, dass er nach ausgiebigem Schlaf in ein paar Stunden wieder der alte sein werde. Sicher war die Reaktion gestern Abend und in der Nacht nur deshalb so heftig, weil er aufgrund seines inneren Chaos' zu den beiden Kapseln den Rotwein getrunken hatte.

XXIX.

Im Gegensatz zu seinem Nachtdienst-Kollegen war Guglielmo ein vorbildlicher Portier, dem das Wohlergehen seiner Gäste am Herzen lag. Deshalb ließ er es sich diesmal nicht nehmen, selbst an der Zimmertür Nr. 53

zu klopfen, um erstens, die Sendung persönlich abzuliefern, die soeben ein Taxifahrer abgegeben hatte und zweitens, Max darauf aufmerksam zu machen, dass es soeben die gewohnte Dinnerzeit für ihn sei, nämlich 19.30 Uhr. Er musste jedoch zweimal klopfen, bis ihm geöffnet wurde und Max in dem zur Toga gewundenen Laken vor ihm stand. – "Schuldigung, Signor Sweberdinge. Iste gekomme in diese Momento die Brief für Sie. – Bitteschön." Indem er das Kuvert überreichte fügte er noch hinzu: "Und iste genau 'albe akt, Zeit für Dinner." Noch etwas schlaftrunken bedankte sich Max und schloss die Tür.

Das Briefkuvert war an ihn adressiert: Es stand nichts weiter darauf als 'Herrn Max Sweberding - persönlich'. Es dauerte eine Weile, bis er begriff, was er da sah: Es war unverkennbar die Handschrift von Cäcilia. Nun zeigte seine schon tot geglaubte Seele noch einmal, wozu sie fähig war, nämlich die ganze Welt um ihn herum in ein surreales Kettenkarussell zu verwandeln: schnelldrehende Sessel, Betten, Stühle und Schränke stoben auseinander und krachten wieder aufeinander, oben war unten, unten war oben, Max wirbelte in diesen Strudel. Für einen Moment glaubte er zu fliegen und stürzte im nächsten ab. Kläglich schlug er auf. Da lag er, die Rechte hatte sich in dem Briefkuvert verkrallt. – Endlich erklomm er mühsam ächzend die Bettkante. Seine Kraft reichte zu nicht mehr, als davor knien zu bleiben und in dieser Haltung den Brief zu öffnen. In zitternder Ungeduld zwängte er den Zeigefinger in die Öffnung am oberen Rand und riss grob das

Kuvert auf. Es war ihr Briefpapier, ihre Handschrift. Sogar ihr Parfum glaubte er zu riechen. Es waren nur wenige Worte, aber er musste sie immer und immer wieder lesen, bis er begriff, was da stand: "Geliebter Max, frage nicht und zaudere nicht! Komm' bitte gleich zum Salto Tiberio. Ich warte dort um 21 Uhr auf dich. Ich will dir alles erklären. Deine geliebte Cäcilia."

Was er da las, lähmte nun vollends seine Verstandeskraft. Nur ein einziger Gedanke war in sein Bewusstsein vorgedrungen und ließ ihn unvermittelt anfangen zu lachen – ein überspanntes, hysterisches Lachen: Alles war gut! Alles war gut!! Süßer schwerer Likör mit vielen klitzekleinen, glitzernden Goldplättchen wälzten sich durch seine Adern. Sie rieselten durch Kopf, Arme und Beine und kitzelten ihn von innen heraus. Cäcilia! Sie hatte ihm geschrieben, sie wollte ihn sehen, sie lebte!! Alles war gut!!!

Immer noch lachend, kichernd und immer noch vor dem Bett auf Matratzenhöhe kniend, breitete er die Arme aus, ergriff das Kopfkissen als wäre es die ganze Welt, drückte es an sich und küsste es mit Inbrunst.

Im Nu war er angezogen, hatte die braune Chino, das weiße Polohemd und das blassgelbe Leinen-Jackett übergestreift, griff sich den Brief und stürmte aus dem Zimmer. Der Aufzug ging ihm nicht schnell genug. Beschwingt, mit merkwürdigen Juchzer-Geräuschen rannte er die Treppen hinunter, tanzte vorbei an Guglielmo, dem er, den Brief schwenkend, ausgelassen zurief: "Alles wird gut!" Mit dem Schritt eines Jugendlichen, immer wieder lachend und die Arme zum Himmel ausgebreitet, machte er sich auf den Weg zur Villa Jovis.

Es begann zu dämmern. Der herrliche Tag, der sich in seiner Fülle so großzügig gezeigt hatte, war dabei, sich zu verabschieden – aber nicht, ohne sich zu rächen, da doch Max all seine Geschenke nicht gewürdigt hatte.

Drüben war der Vesuv in gewaltige, bleiernschwarze Wolkentürme gehüllt. Sie ragten weit über den Vulkankegel hinaus und drohten nun, auch den noch blassen, vollen Mond zu verdecken. Zuckende Blitze hinterleuchteten die dräuenden Gebirge und ließen erahnen, mit welcher Gewalt das Gewitter bald hereinbrechen würde. Doch Max, in seiner schrecklichen Euphorie, bemerkte es nicht.

*

ZWEITER TEIL

CÄCILIA

DEAD END

PROLOG

Warum wird das Schicksal fast ausschließlich als dunkle, drohende Macht wahrgenommen? Warum unterstellen wir ihm, dass es subjektiv auswähle und nur zuständig sei für harte 'Schicksalsschläge'? Warum schreiben wir Lebensglück oder eine 'glückliche Fügung' nicht genauso dem Schicksal zu, sondern eher einem strahlenden, höheren, wohlwollenden Wesen? Wenn wir etwas mit unserem Verstand nicht erklären können, verweisen wir es ins Transzendente. Wenn wir nach tragischen Ereignissen die Frage nach dem 'Warum' nicht beantworten können, machen wir das Schicksal dafür verantwortlich. Es bedarf oft eines langen Weges an schweren Erfahrungen und dazu einer besonderen seelischen Disposition, bis ein Mensch bereit ist, dieses angeblich so dunkle Schicksal neu zu betrachten.

Cäcilia saß zu Hause an Ihrem Schreibsekretär, einem gut erhaltenen Jugendstilmöbel in Mahagoni mit Ebenholz-Intarsien an den Seitenwangen. Von Zeit zu Zeit, wenn sie einen Gedanken formulierte oder ihren Erinnerungen nachhing, blickte sie aus den hohen, schlanken Sprossenfenstern im ersten Stock hinunter auf die erstarrten Forsythien und Lorbeersträucher. Die einen reckten ihre blattlosen Äste wie schwarze Spieße in die Kälte, die anderen erduldeten seit Wochen eine dünne, verkrustete und mittlerweile angegraute Schneeschicht auf ihren Blättern. Es war ein grauer Tag Anfang März.

*

Geliebter Max,

da ich nun weiß, dass ich bald Frieden finden werde, fallen alle Gewichte von mir ab. Fast möchte ich mich wundern, dass ich ein Leben lang gebraucht habe, um zu der Einsicht zu gelangen, dass ich mich von meinem Schicksal nur durch den Tod lösen kann. Die freiwillige Entscheidung, den Tod anzunehmen, ja sogar als Freund zu gewinnen, hat nun die Leichtigkeit und die Kraft in mir erzeugt, mit der ich dir diesen Brief schreiben kann.

*

Ohne dass sie es bemerkte, hatte sich für wenige Augenblicke ein blasser Sonnenstrahl durch den kalten Hochnebel gekämpft. Er sickerte durch Cäcilias Haarschopf und ließ ihn golden funkeln. Auf Ihrem seidenen Hausmantel glitt er am sanften Faltenwurf entlang und höhte ihn zu matt gelbem Glanz. An den wasserblauen Wänden mit der umlaufenden, blattgoldenen Stuckbordüre zerfloss das Licht konturlos. Der hohe Raum atmete so still und in sich gekehrt als wäre er ein Bildmotiv von Vermeer. Erst nachträglich, als dichtere Wolken wieder alles in einheitliches Grau legten und das warme Licht der Schreiblampe erneut zur Geltung kam, bemerkte Cäcilia die Veränderung. 'Ein flüchtiges Glück', dachte sie sich, 'wie so oft in meinem Leben'.

*

Die beiden Dokumente in dem beigelegten A4-Umschlag – der Brief eines Rechtsanwalts aus Hamburg und ein DNA-Laborbefund – werden dich schockieren. Ich bitte dich aber, beides erst nach der Lektüre meines Briefes zu lesen. Auch wenn sie Auslöser für meinen Entschluss sind, diese Welt zu verlassen, liegen die eigentlichen Gründe dafür im Verlauf meines Lebens. Ich weiß bis heute nicht, warum sich ein dunkles Schicksal ausgerechnet meiner bemächtigt hat, ich werde es wohl auch nicht mehr erfahren. Ich weiß nur, dass ich ihm in dieser Welt niemals entkommen werde.

Zweifle nicht, ich bin bei klarem Verstand. Ich weiß, dass ich dir großen Schmerz zufüge. Du wirst dich auch mit dem Hinweis auf das Schicksal nicht zufrieden geben. Du wirst die Frage nach dem 'Warum?' konkreter beantwortet haben wollen. Mit diesem Brief versuche ich, dir die Gründe für meine Entscheidung zu erklären. Ich akzeptiere aber nicht die Frage: 'Wie konntest du mir das antun?' Das wäre unserer gegenseitigen Liebe und Achtung unwürdig. Bringe also bitte die Geduld auf, meine Schilderungen in Ruhe zu lesen. Ich will mir alle Mühe geben, damit du mein Handeln verstehst. Und ich bin auch ganz sicher, dass dieser Brief deinen Schmerz lindern wird.

*

Der Brief des Rechtsanwalts Dr. Saalfeldt aus Hamburg war Anfang November letzten Jahres per Einschreiben an Cäcilias Institutsadresse geschickt worden. Sie musste ihn mehrmals lesen und jedes Mal stieg das Entsetzen in demselben Maß, wie sie begriff, was darin stand. Demnach sollte Max, mit dem sie verheiratet war, ihr leiblicher Vater sein. In dem üblichen Juristendeutsch formuliert, sei das als Verwandtenehe zu werten und somit strafbar. Diesen angenommenen Sachverhalt könne sie nur durch die Vorlage eines Gen-Tests entkräften, der das Gegenteil beweise oder ersatzweise eine Scheidungsurkunde beibringen, die belegt, dass sie sich von Ihrem Ehemann getrennt habe, um auf diese Weise einer Strafverfolgung zu entgehen.

Ein Brief wie eine Rasierklinge. Die sieben, acht Jahre unbeschwerten Glücks mit Max waren damit abrupt zu Ende. Denn wenn sie einen gerichtsfesten Gen-Test anfertigen lassen würde, war absehbar, dass er die Vaterschaft bestätigen würde. Die Angaben in dem Schreiben aus ihrem und dem Leben ihrer Mutter waren so konkret, dass sich daraus plausibel der Verdacht herleiten ließ, Cäcilia sei ein Kuckuckskind. – Das Schicksal klopfte also wieder einmal hart an ihre Tür, härter als jemals zuvor.

Sie rief den Anwalt an, weil sie wissen wollte, wie diese Forderung zustande kam und wer sie aufstellte. Dieser blieb jedoch sehr einsilbig und verwies auf den Brief, in dem alle Sachverhalte eindeutig dargelegt seien. Darüber hinaus könne er keine weiteren Auskünfte geben, da, wie im Brief ebenfalls vermerkt, sein Mandant Wert auf Diskretion und Anonymität lege.

Tage der tiefen Niedergeschlagenheit, des Haderns und Zweifelns folgten. Wie sollte sie damit umgehen, dass Max nun plötzlich nicht mehr nur der geliebte Ehemann sein sollte, sondern auch ihr leiblicher Vater? Sie hatte doch einen Papa gehabt. Der starb zwar gemeinsam mit Mama bei einem schrecklichen Verkehrsunfall als sie noch ein Kind war. Dennoch war er ihr Vater und nicht der, mit dem sie heute Bett und Tisch teilte. Was hatte sich das Schicksal wieder einmal Teuflisches ausgedacht! – Cäcilia schrieb weiter.

*

Erinnerst du dich? – An unseren ersten gemeinsamen Urlaub auf Capri? Wir standen am Salto Tiberio. Es zerriss mir fast das Herz. An diesem herrlichen Tag, mit dem blauen Blick übers Meer zum Festland, spürte ich die Dreifaltigkeit des Glücks: du, ich und diese herrliche Welt zu unseren Füßen. Es war so viel auf einmal – zu viel.

Du kennst die Stationen meines Lebens: Vollwaise mit sieben Jahren durch den Unfalltod meiner Eltern. Dann, mit siebzehn, der Verlust meiner Omi, die mich nach dem Unglück mit Liebe als ihre Tochter zu sich genommen hatte, und als Drittes das zunächst spurlose Verschwinden von Gerhardt, meiner ersten großen Liebe. Wie mutwillig zerstörte Obelisken ragen diese Ereignisse aus dem Fluss meines Lebens empor. Mit dem Strom schwamm ich weiter, kaum des Schwimmens mächtig, und suchte immer wieder rettendes Ufer, fand aber doch nur trügerischen Grund.

Verzeih' mir diese schwülstigen Metaphern, aber anders kann ich meine Gefühle nicht beschreiben.

*

Überschäumende Lebensfreude war nicht Cäcilias Natur. Viel zu früh hatte sie das Erlebnis des Verlustes geprägt. 'Wenn dir immer wieder weggenommen wird, was dir im Moment das Liebste ist, woran dein Herz hängt, was du glaubst zu brauchen wie die Luft zum Atmen, – wenn dir das immer wieder weggenommen wird, gewöhnst du dir bald die ausgelassene Fröhlichkeit ab. Du lebst immer in der unbewussten Erwartung des nächsten Schicksalsschlages. Einerseits ist es Selbstschutz, weil der Sturz aus einer verhaltenen Freude weniger tief ist als aus der Höhe der Euphorie. Andererseits setzt sich der Aberglaube fest, dass du durch übergroße Ausgelassenheit dein Schicksal wieder auf den Plan rufst und es dich strengstens zurechtweist. Dann lieber wegducken, nicht so laut lachen – das Schicksal hört mit. Auf diese Weise lernst du, mehr die Tiefen des Lebens auszuloten als die Höhen.'

Sie überlegte kurz, ob sie diesen Gedanken Max mitteilen sollte. Sie ließ ihn aber weg, weil er ja ihre Ängste diesbezüglich kannte. Und jedes Mal hatte er sie in die Arme genommen und ihr inbrünstig geschworen, dass er sie niemals verlassen werde. Sicher hatte er den Gedanken völlig verdrängt, dass er aller Wahrscheinlichkeit nach früher das Zeitliche segnen werde als sie, allein schon wegen des Altersunterschieds.

So trug sie immer dann, wenn die Glückskapazität ihrer Seele überfordert wurde, gleichzeitig den feinen Schleier der Kümmernis. Andere Menschen können in solchen Situationen hemmungslos jubeln, singen, tanzen, schreien oder weinen vor Glück – Cäcilia deckelte ihre Gefühle, wurde ganz still und zog alle nach außen gerichteten Fühler ein.

*

Erinnerst du dich? An demselben Abend auf der Hotelterrasse - die Uhr vom Turm auf der Piazzetta schlug gerade neun -, als ich noch ganz benommen war von diesen Gefühlen und Erfahrungen am Salto Tiberio, war es nur das Eine, was ich dir antworten konnte auf deine Frage nach dem Paradies: 'Jeder ist eine Insel. Das Paradies erfährt man nur für sich allein.' Darin liegt die Tragik unserer menschlichen Existenz. So sehr wir uns nach Einssein mit einem anderen geliebten Menschen sehnen, so sehr sind wir dazu verdammt, diesen Mangel im Augenblick des höchsten Glücks zu erleben. – Wer weiß das besser als ich?

Ich habe nie gelernt, an den Willen oder die Fügung eines höheren Wesens zu glauben. Stattdessen wurde mir durch die Ereignisse der Glaube an ein übermächtiges Schicksal aufgezwungen. Es ist ein unsichtbares Geflecht, das mich umfängt wie Spinnengespinst. Und wenn ich wie eine Fliege Ausbruchsversuche unternehme, sind sie zum Scheitern verurteilt, weil das Schicksal mich nicht ent-kommen lässt. Immer, wenn ich glaubte, es abgeschüttelt zu haben, zeigte es sich erneut und ließ mich überhart spüren, dass ich keine Chance habe. Dass ich in diesem Glauben nicht völlig verhärmt bin, verdanke ich wohl einem Umstand, der mir bisher nicht bewusst war, nämlich der Hoffnung, doch noch eine 'Gebrauchsanleitung' zu finden, wie ich mit diesem periodisch auftretenden Unglück besser umgehen könnte.

*

Cäcilia war von ihrem Schreibsekretär aufgestanden und ans Fenster getreten. Sie sah das trostlose Bild da draußen. Aber es war nur ein Bild, das sich nicht, wie sie feststellte, mit ihrer seelischen Verfassung verband. Sie war nicht depressiv, sondern sogar eher in einer gedämpft positiven Stimmung wie nach einer längst fälligen Entscheidung, die sie endlich nach bestem Wissen und Gewissen getroffen hatte. Vier

Tage nach Erhalt des Briefes und zwei Tage nach der gescheiterten Klärung durch den Anruf bei dem Rechtsanwalt hatte Cäcilia kurzerhand einen einwöchigen Hotelaufenthalt in Agadir als Last-Minute-Reise gebucht. Max gegenüber begründete sie ihre spontane Reiseabsicht mit dem Wunsch, einfach ein paar Tage ganz allein und für sich zu sein. Er wüsste ja, dass sie das ab und zu brauche und Agadir sei zu dieser Spätherbstzeit ideal.

Die Reise war keine Flucht vor den Tatsachen, sondern das Verlangen, in den Aufruhr Ihrer Gedanken und Gefühle irgendwie Struktur und Klarheit zu bekommen. Und in der Tat brachte der Kurzaufenthalt in dem marokkanischen Badeort die Wende in ihrem Denken.

*

Die Woche Urlaub in Agadir im vergangenen November wies mir den Weg, wie ich mit dem erneuten Unglück umgehen sollte. Dafür musste ich aber erst die Vorstellung überwinden, dass das Schicksal parteiisch sei und seine Lieblinge bevorzuge, während es Missliebige, zu denen ich aus unerfindlichen Gründen glaubte zu gehören, schlecht behandele. Nein, das Schicksal macht keine Unterschiede. Es fegt über alle gleichermaßen hinweg. Wie ein Sturm, der mit wechselnden Böen tobt, trifft es die Menschen wahllos in unterschiedlicher Stärke und hinterlässt dabei zuweilen Schneisen der Verwüstung. Deshalb hadere ich nicht mehr mit diesem Schicksal. Ich unterwerfe mich ihm aber auch nicht. Vielmehr unter-

werfe ich mich der Erkenntnis, dass ich diesem erneuten Anschlag auf mein Lebensglück keine Kraft mehr entgegensetzen kann. Diese Einsichten haben mich auch von dem Gefühl der Ungerechtigkeit befreit, das mich seit dem Verlust meiner Eltern begleitet, dass nämlich immer nur ich von so zerstörerischen, persönlichen Katastrophen betroffen sei.

*

Sie hatte gelesen, dass auch im November an der marokkanischen Atlantikküste fünfundzwanzig Grad Celsius mit viel Sonne die Regel und keineswegs die Ausnahme seien. Außerdem gäbe es in Agadir einen endlos langen Sandstrand, den Cäcilia geeignet fand, um in langen Spaziergängen mit sich ins Reine zu kommen.

Die Stadt selbst bot ihr nichts, was sie mit dem Wort 'Orient' verband und was sie zum Beispiel auf Fotos von Marrakesch gesehen hatte. 1960 durch ein Erdbeben völlig zerstört, war Agadir zwar wieder aufgebaut worden, aber um einige Kilometer versetzt und so allerweltsmodern, dass ihre in Beton gegossene Geschichtslosigkeit schmerzhaft auf Cäcilias Vorstellungswelt traf. Sie hatte einen Souk mit halbdunklen, mystisch anmutenden Gassen erwartet, gestikulierende Händler und feilschende Kunden, rhythmisch scheppernde Schläge von Messing oder Kupferblech dengelnden Handwerkern und all die Düfte des Orients, die von denopulenten, farbenprächtigen Gewürzbergen, Zitronenhalden und Pfefferminzbündeln ausgehen. Ja, es gab das alles, aber eben nur in nüchternen, hellen Markthallen. – Letztlich war es ihr egal. Sie beschäftigte ihr eigenes, existenzielles Problem. So verbrachte sie die Tage damit, in der wärmenden Sonne am Strand entlang zu wandern und darüber nachzudenken, was nun werden sollte.

*

Die Spaziergänge am Strand; die stets freie, klare Horizontlinie, die keine Begrenzung war; die Distanz zu allem, was mit meinem Leben zu Hause zu tun hatte; die fehlende Ablenkung, weil kaum Menschen unterwegs waren; das alles wirkte wie ein Purgatorium, ein Ort der sanften Reinigung. Ich spürte, wie ich weicher wurde, entspannter, ruhiger. Die Trostlosigkeit begann, sich aufzulösen.

*

Schon auf dem schmalen Fußweg zum Strand durch die flachen Dünen hatte sie ihre leichten Sportschuhe abgestreift und in das Jutesäckchen mit dem wenig geistvollen Aufdruck 'Agadir, mon amour' gesteckt. Das hatte sie bei ihrem enttäuschenden Besuch im Souk gekauft, ohne so recht zu wissen warum. Jetzt fand sie es ganz praktisch. Sie ging barfuß den Strand dort entlang, wo der Sand von den auslaufenden Wellenzungen getränkt wurde. Sie hörte das leise Zischen der Sandkörner, wie sie aneinander rieben, wenn sie vom Wasser angespült und abgeholt wurden. Einmal drehte sie sich um und sah die Spuren ihrer Füße, die letzten Schritte, die vom nächsten Wellenguss wieder ausgeschwemmt wurden.

*

So stand ich mit nackten Füßen in den letzten Ausläufern der Wellen, die den Strand belecken und spürte, wie sie im Zurückfließen den Sand unter den Fersen wegspülten. 'Ja, so fühlt es sich als spaßiges Vergnügen an, wenn einem der Boden unter den Füßen weggezogen wird' dachte ich dabei. Und dann malte ich mir aus, wie es wohl wäre, wenn es plötzlich kein Halten mehr gäbe und ich immer tiefer in dem Sand versänke, bis er sich über meinem Kopf wieder vereinigen würde und die nächste Welle jede Spur von mir tilgte. Erst würde ich panisch werden und um Hilfe rufen. Mit den Armen würde ich hastig versuchen mich freizuschaufeln. Unaufhaltsam würde der nasse Sand mich einsaugen, immer tiefer, bis er unterm Kinn, unterm Mund stand, dann darüber. Ich würde Sand schlucken, ihn einatmen. Dann der schockartige Atemstillstand. Danach würde ich ohnmächtig und nichts mehr spüren, nichts mehr denken. Vielleicht nähme ich noch als allerletzten Lebensimpuls ein Blitzgewitter im Gehirn wahr, wenn alle Synapsen verrücktspielten, bevor der Aus-Schalter endgültig umgelegt würde. Dann Dunkelheit, Finsternis, Tod. Gewiss ein qualvoller Tod.

Nein, so wollte ich nicht sterben. – Aber plötzlich war mir klar, dass ich sterben wollte. Plötzlich wusste ich, dass der Tod die Lösung meines Problems war. Er war die Befreiung von allem Übel. Wie ich so dastand und zusah, wie die Wellenzungen über meine Füße schwappten, die Fersen jedes Mal ein paar Millimeter tiefer in den Sand sanken, die Nachmittagssonne ihren glitzernden Streifen auf das so angenehm kühlwarme Wasser des Atlantiks warf, da weitete sich meine Seele bis zum Horizont. Nun wollte ich nichts anderes mehr als einen friedlichen Tod: einfach einschlafen und nicht mehr aufwachen.

*

Cäcilia liebte es, mit dem Füllfederhalter zu schreiben, einem fast schon antiken Stück mit schmalen, grünen, perlmuttartig irisierenden Längsstreifen am Korpus und mit hochkarätiger, weicher Goldfeder. Die zwang sie, sorgfältiger als mit dem Kugelschreiber zu schreiben. Die Sorgfalt übertrug sich auf ihre Gedanken, ihre Handschrift geriet flüssiger, schwungvoller, die Feder unterstützte den Ausdruck in den Auf- und Abwärtsschwüngen. Als sie für ein paar Minuten den Schreib- und Gedankenfluss unterbrach, sah sie auf der wasserblauen Wand ihres Arbeitszimmers den kilometerlangen, kaum belebten Strand von Agadir, die stete, träge Dünung des endlosen Atlantiks, die Reihen der hohen, gefiederten Palmen an der Uferpromenade... Viele flüchtige Bilder wechselten sich mit intensiveren ab.

Dann der unvermittelte Sprung zu der Geschichte von der sie sich nie sicher war, ob sie sie wirklich erlebt oder irgendwann einmal in der Kindheit geträumt hatte. Es war ein Erlebnis, das sie sozusagen als 'Urknall' im buchstäblichen Sinne für die schmerzhaften Verluste empfand, die in der Folge ihr Leben wie Meilensteine markieren sollten: Sie sah sich als kleines Mädchen von drei oder vier Jahren mit einem prallen Luftballon, der senkrecht über ihrem Handgelenk stand und mit einer dünnen Schnur daran befestigt war. In diesem Moment war sie so glücklich, wie es ein Kind nur sein konnte. Der Luftballon bewegte sich genauso auf und ab, wie sie es ihm mit ihrem rudernden Ärmchen befahl. Sie quietschte vor Vergnügen und konnte nicht genug vom Anblick des tanzenden Ballons bekommen. Zum ersten Mal bemerkte sie, dass ihr etwas gehorchte, dass etwas geschah, wann und wie sie es wollte – Machtfantasien eines Kleinkindes. Bis es plötzlich knallte und die Schnur des Luftballons schlaff von ihrem Handgelenk zu Boden hing. Schreck und Nichtverstehen, Begreifen und Enttäuschung durcheilten einen langen Augenblick ihr junges, noch unerfahrenes Gehirn, dann begann sie herzergreifend zu weinen.

Vielleicht hatte ihr diese Begebenheit auch die Mama erzählt. Das müsste gewesen sein, kurz bevor sie starb, zusammen mit Papa im Auto auf der Autobahn, nicht weit von Münster, wo sie damals wohnten. Cäcilia war gerade sieben Jahre alt geworden und ging in die erste Grundschulklasse. An die Einzelheiten erinnerte sie sich nicht mehr, auch nicht, wie sehr sie damals gelitten hatte. Aber wie bei dem Knall des Luftballons entsann sie sich der Verzögerung, dass sie nämlich viele Tage brauchte, bis sie mit ihren sieben Jahren die Bedeutung der schrecklichen Botschaft begriff, als ihr die Omi mit Tränen in den Augen von dem Unglück der Eltern erzählte. Und mit derselben Verzögerung machte sich die endlose Enttäuschung in ihr breit, dass Mama und Papa tatsächlich nicht mehr da waren und auch nie mehr wiederkommen würden. Es war Cäcilias erste Lebenskrise.

Umso mehr klammerte sie sich in der Zeit danach an die Omi, die sie zu sich nahm und fortan wie ihre leibliche Mutter für sie da war. Zweifellos gaben sich die beiden gegenseitig viel Halt. Omi nannte Cäcilia oft ihren 'Augenstern' und das Kind schien nach und nach weniger den Verlust der Eltern zu spüren.

*

Während der Monate nach dem Tod meiner Eltern drückte sich meine Trauer vor allem in dem Gefühl der himmelschreienden Ungerechtigkeit aus. Denn alle anderen Kinder durften ja ihre Eltern behalten. Seitdem war es mir schrecklich peinlich, wenn die Sprache auf die Eltern kam, wenn sich beispielsweise ein neuer Lehrer nach meinen Eltern erkundigte. Auch Kinder und Jugendliche sprechen bekanntlich oft über ihre Eltern. Weil ich da nicht mitreden konnte, fühlte ich mich nicht nur ausgeschlossen, sondern auch unnormal: mir fehlte etwas,

was für die anderen das Selbstverständlichste der Welt war. 'Vollwaise', das ist wie Aussatz, man spürt förmlich die mitleidigen Blicke. Einmal wurde ich sogar von einer Mitschülerin gefragt, ob ich jetzt ins Waisenhaus käme, worauf ich losheulen musste wie ein Schlosshund. Es war damals eine schreckliche Zeit, die zweifellos ihre Spuren hinterlassen hat.

Meine Omi, die alles tat, um die Mama zu ersetzen, konnte natürlich nicht die vielen alltäglichen Gedankenlosigkeiten und kleinen Gemeinheiten in der Schule, auf dem Spielplatz und wo sonst noch abfedern, die mich damals so oft verletzten. Ich glaube, ich habe damals viel geweint. Über die Zeit gab sich das aber, dank der Omi, an die ich noch heute mit viel Liebe denke. Sie hat ja schließlich ihre Tochter bei dem Verkehrsunfall verloren und musste mich nun über den Verlust meiner Mama hinwegtrösten.

*

Mit der Tinte flossen ihre Gedanken in die Feder. Als wollte sie sich all die Schmerzen durch die vielen Enttäuschungen und Demütigungen von der Seele schreiben, füllte sie ein Blatt nach dem anderen. Sie merkte auch, dass sich der Abschiedsbrief an Max zu einer Reise an diese zerstörten Obeliske ihres Lebens entwickelte. Aber sie fand, dass es legitim sei und es Max sicher respektieren würde, auch wenn er diese Lebenskatastrophen schon kannte. Sie wollte den vollständigen Rahmen liefern, in den sich ihre

Entscheidung, aus dem Leben zu gehen, für Max, aber auch für sie selbst nachvollziehbar würde einordnen lassen. Der Grund, die Trümmerfelder noch einmal zu begehen, war daher nicht, die alten Wunden und Narben selbstquälerisch wieder aufzureißen. Auch lag ihr nichts ferner, als sie larmoyant zu beklagen. Vielmehr wollte sie sich vergewissern, dass sie nun, da sie die schlimmste Zerstörung ihres Lebens hinnehmen musste, sich richtig entschieden hatte.

*

Es war ein unerkanntes Aortenaneurysma, das mir meine geliebte Omi nur zehn Jahre nach dem Unfalltod meiner Eltern schlagartig nahm - zwei Wochen vor dem Abitur. Ich kann mir bis heute nicht erklären, wie ich die Prüfungen geschafft habe. War es eine besondere Art von Trance-Zustand, eine abnorme Verdrängungshaltung oder eine aus der Not geborene extreme Fokussierung auf die Prüfungstage, weil ich das Abitur unbedingt bestehen wollte? Jedenfalls schleppte ich mich unmittelbar nach der letzten mündlichen Prüfung nach Hause, ließ in allen Räumen die Rollläden herab und verbrachte die folgenden zwei Wochen nur mit Schlafen. Zwischenrein, wenn ich aufwachte, nahm ich ein wenig Nahrung zu mir, hauptsächlich kochfertige Süppchen, die ich mir auf die Schnelle besorgte. Dazu trank ich Kräutertee, Mineralwasser und, als das alle war, Leitungswasser. Dann legte ich mich wieder ins Bett und zwang mich, an nichts zu denken und schlief weiter.

Damals habe ich instinktiv gespürt, wie ich diese zweite Lebenskrise überleben konnte: durch Schlafen. Im Prinzip widerhole ich nun diese Bewältigungsstrategie. Und ich bin sicher, dass ich damals in der gleichen seelischen Verfassung war wie heute. Nur war mein Lebenswille noch bedeutend stärker, wenngleich ich nach dieser 'Schlafkur' mich oft fragte, was das Schicksal wohl sei und warum ausgerechnet ich so schreckliche Verluste erleiden musste.

*

Cäcilia saß an ihrem Sekretär und lauschte – nicht den Geräuschen um sie herum, denn da waren keine. Nur das phasenweise, ganz entfernte leise Bullern, wenn der Ölbrenner im Keller ansprang, war vernehmbar. Sie lauschte dem Hintergrundrauschen in ihren Ohren.

Diese hörbare, rauschende Stille hatte sie ganz überrascht an der Caldeira auf Faial, einer der Azoren-Inseln, wahrgenommen. Aber die Erinnerung sparte sie sich auf, weil sie letztlich Folge der nächsten, dritten, Lebenskatastrophe war. Gerhardt, der Geiger, löste sie aus.

Während des Studiums und als der Verlust ihrer Omi langsam verblasste, begann für sie eine glücklichere Zeit. Sie lebte weiterhin in der Wohnung, die nun ihr gehörte und teilte sie mit zwei weiteren Studienkolleginnen. Dann lernte sie Gerhardt beim Fest einer Freundin kennen. Sie war einundzwanzig, er sechsunddreißig, für sie war es Liebe auf den ersten Blick, bei ihm dauerte es ein wenig, bis er glauben konnte, dass sie es tatsächlich ernst meinte – 'bei dem Altersunterschied'. Aber bald wusste auch er, dass Cäcilia genau die richtige für ihn sei. Ein Jahr später zog sie zu ihm in seine Altbauwohnung, ihr ehemaliges Zimmer überließ sie einer weiteren Kommilitonin. Die Mieteinnahme der Wohngemeinschaft ergab ein kleines Einkommen, so dass sie mit ihren genügsamen Ansprüchen meist gut über die Runden kam. Gerhardt verdiente als Konzertmeister am Sinfonieorchester Münster und als Lehrer an der Musikschule deutlich mehr, so dass er leicht einspringen konnte, wenn es bei Cäcilia einmal nicht reichte. Die Miete für die Wohnung ging sowieso auf seine Rechnung. Es war, als wären sie verheiratet und Cäcilia genoss es.

Noch besser – auch im materiellen Sinne – ging es ihr dann, als sie gleich im Anschluss an ihr Studium eine Anstellung im Landesamt für Denkmalpflege erhielt, zunächst als Referentin des Abteilungsleiters für Bau- und Kunstdenkmalspflege. Mit Gerhardt vereinbarte sie, dass nun sie die Wohnungsmiete übernehmen werde und zwar für die gleiche Zeit wie sie bisher bei ihm wohnte, danach könne man ja halbieren. Es brach eine schöne Zeit an. Cäcilia war fest davon überzeugt, nun endlich auf der Sonnenseite des Lebens zu stehen. Ihre Situation hatte sich zum Besten entwickelt: Sie hatte eine interessante Arbeit mit ausbaufähiger Position, den liebsten, zuverlässigsten Mann an ihrer Seite und ein Thema für ihre Dissertation, die sie nun neben der Arbeit angehen wollte. Bestätigung fand sie, als sie vier Jahre später sogar Referentin des Amtsleiters wurde. Kurz darauf aber kam ihr Gerhardt unversehens abhanden.

*

Lieber Max, natürlich kennst du durch meine Erzählungen die meisten Personen, die mich auf meinem Lebensweg zeitweise begleitet haben. Wenn ich trotzdem darüber so ausführlich schreibe, ist es wohl auch, um von ihnen und vielen Erlebnissen, die mit ihnen verbunden sind, Abschied zu nehmen.

Von einem Mann aber möchte ich mich nicht verabschieden, sondern mit Erleichterung Abschied feiern! – von dem Mann, den ich vor dir geliebt habe wie keinen anderen, mit dem ich fast so lange zusammen war wie mit dir und der mich doch so maßlos enttäuscht hat.

Er hatte mich im Stich gelassen, ein Gefühl das beim Tod meiner Eltern und meiner Omi auch mitschwang, damals aber unbewusst und irrational. In seinem Fall war es sehr rational. Unbewusst war etwas anderes: Was ich damals für Liebe hielt, war in erster Linie das Bedürfnis, bei Gerhardt Schutz und Halt zu finden. Schutz vor weiteren Katastrophen und Halt in meiner Verunsicherung, wie ich dem Leben begegnen sollte. Ich war doch erst einundzwanzig Jahre alt, damals, und er war fünfzehn Jahre älter. In seiner ruhigen, manchmal fast phlegmatischen Besonnenheit verkörperte er für mich – getreu dem abgegriffenen Klischee – den Fels in der

Brandung, den Leuchtturm, an dem ich mich orientierte. Das war ein weitaus mächtigeres Gefühl, als das, was die Leute landläufig mit 'Liebe' bezeichnen. Ich hing mit Leib und Seele an ihm!

Und dann wechselt dieser Mann die Fronten – ohne Vorwarnung, von jetzt auf gleich. Er wechselt einfach die Fronten und aus meinem Beschützer wird ein Teil des Schicksals, das mich mit seiner Hilfe einmal mehr in den Abgrund stürzen will. Er hat mich verraten.

Im Leben gibt es keine Sicherheit. Du wanderst immer auf dem Hochseil mit dem Risiko, dass dich irgendwann eine Bö wegputzt.

Ich war so wütend auf diesen Geiger (und, wie du siehst, heute noch)! Nicht nur, weil er mich verlassen und verraten hat, sondern auch wegen der Art, wie er es tat. Wie kann man so feige und obendrein noch gedankenlos sein, wortlos einfach zu verschwinden. Und dann nach Tagen, als ich schon bei der Polizei eine Vermisstenmeldung aufgeben wollte, in größter Angst, Sorge und Aufregung bei den Krankenhäusern in der Umgebung, bei seiner Familie und Freunden angerufen hatte, nach Tagen also, bekomme ich eine Ansichtskarte mit einem Motiv vom Düsseldorfer Flughafen:

'Hallo Liebes, ich bin auf dem Weg nach Boston, gleich geht mein Flieger. Es geht mir gut, mach' dir keine Sorgen. Ich schreibe dir in den nächsten Tagen einen Brief, in dem ich dir alles erkläre.

Gruß und Kuss Gerhardt.'

Als dann nach siebzehn Tagen (!) sein Brief aus Boston kam, in dem er wortreich um Entschuldigung bat, dass er mich habe sitzen lassen, dass er einfach den Mut nicht aufgebracht habe, mir seinen Trennungsentschluss persönlich mitzuteilen und dass es für ihn ein ganz wichtiger Schritt gewesen sei, die Stelle als erster Geiger bei den Bostoner Philharmonikern anzunehmen etc. blabla....

Es war wohl die maßlose Wut auf ihn, die mich daran hinderte, mich vom Turm der Lambertikirche zu stürzen. Gleichwohl hatte ich zum dritten Mal einen schweren Verlust erlitten, etwa acht Jahre nach dem Tod meiner Groß-Mutter.

Ich habe den Brief zerrissen und verbrannt. Dabei ist auch viel von mir mitverbrannt.

*

Nachdem sich Gerhardt 'auf Französisch verdrückt' hatte, forcierte Cäcilia zum einen die Gangart ihrer Arbeitsleistung im Denkmalsamt, zum anderen während ihrer Freizeit die Arbeit an der Dissertation über den italienischen Barock-Künstler Domenico Zampieri, genannt 'Domenichino'. Dafür nahm sie auch Urlaub, um mehrmals zu Forschungszwecken nach Paris, Rom und Windsor zu reisen, wo die bekanntesten seiner Werke zu finden waren. Dort und in Bologna und Neapel hatte sie für ihre Studien Zugang zu den betreffenden Archiven. In Florenz hätte sie gerne noch den englischen Experten für italienische Renaissance- und Barock-Kunst,

John Pope-Hennessy interviewt, der ein Buch über die Gemälde Domenichinos in Windsor Castle geschrieben hatte. Doch wenige Tage, nachdem sie den Brief mit der Besuchsanfrage abgeschickt hatte, erfuhr sie von seinem Tod. Zwei Jahre später erhielt sie die Promotion.

Der Preis, den sie für ihre Arbeitswut bezahlen musste, war hoch: Ein Großteil ihres Freundeskreises ging verloren. Nur wenige blieben übrig, für die sie sich dann doch ab und zu ein paar Stunden abrang.

Bei solchen Treffen und kleinen Feiern ging manchmal der wahre Grund für ihren Arbeitseifer unter. Wenn sie nämlich von Nicht-Eingeweihten auf Beziehungsthemen, beispielsweise ihren Single-Status angesprochen wurde, verlor sie schlagartig ihre gute Laune. Mit einem Satz konnte sie dann jegliche entspannte Stimmung restlos zerstören. Nur in solchen Situationen war ihr anzumerken, welche Untiefen ihr Seelenleben tatsächlich barg. Folglich war auch jeder Annäherungsversuch eines Verehrers zum Scheitern verurteilt. Das war ihre Art, mit dieser dritten Lebenskrise klar zu kommen.

*

In den Jahren nach dem Geiger bestand mein Leben quasi nur noch aus Arbeiten, Schlafen und Essen. Darin sah ich die einzige Chance, um auch diesen Katarakt zu überwinden, ohne von den Stromschnellen und Strudeln allfälliger Depressionen verschlungen zu werden. Es funktionierte ja auch: An entscheidenden Stellen wurde man auf mich aufmerksam. Meine Arbeit wurde wahrgenommen und die Tatsache, dass ich nebenberuflich meine Promotion schaffte, erzeugte sogar bei meinem direkten Vorgesetzten, der ja Chef des Landesdenkmalamts war, unverhohlene Bewunderung. Immerhin – wenigstens hat dieser Drecksgeiger mit seinem miesen Abgang dafür gesorgt, dass ich alle Raketensätze für meine Karriere zündete. Dieses Zugeständnis an ihn erwähne ich hier das erste und sicher auch das letzte Mal.

Dem Amtsleiter war also das enorme Engagement seiner Referentin nicht verborgen geblieben. Und nun hatte ich mit dem 'Dr.' vor meinem Namen auch die Weihen für einen Abteilungsleiterposten erworben. Den erhielt ich, als im Zuge einer Umstrukturierung die Abteilung 'Bibliothek und Archive' gegründet wurde.

Anfänglich fühlte ich mich in meinem Element: Eine Neugründung zum Laufen zu bringen, etwas von Anfang an gestalten zu können, macht enorm viel Spaß, zumal ich auf den beiden Stellen als Referentin viel Erfahrung gesammelt hatte. Die Euphorie hielt aber nicht lange an. Als die Grundlagenarbeit geschafft war, stellte ich fest, dass Bibliotheken und Archive eine recht trockene, im wahrsten Sinne des Wortes 'staubige' Materie sind. Diese Feststellung hielt mich aber nicht davon ab, weiterhin wie eine Verrückte zu arbeiten. In gewissem Sinn war ich das ja auch.

Drei Jahre später wurde mir die Position der stellvertretenden Geschäftsführerin des 'Landesinstituts für internationalen Kulturaustausch' in Düsseldorf angeboten. Ohne lange zu zaudern und zu fragen nahm ich an, denn das war die Traumchance für mich. In Andeutungen wurde mir sogar zu verstehen gegeben, dass man mir auch die Nachfolge des amtierenden Geschäftsführers zutraute, der in absehbarer Zeit in den Ruhestand gehen würde.

*

Zu diesem Zeitpunkt war sie am Ende Ihrer Kräfte. Jedoch, der innere Zwang war größer. Wieder fraß sie sich in die Arbeit und wie alle Workaholics glaubte sie, dass der Arbeitstag vierundzwanzig Stunden habe und die Nacht dazu. Die Folge war nach vier Monaten ein veritabler Nervenzusammenbruch, den sie zu Hause erlitt, als ihre Freundin Hannah auf einen Sprung vorbeigekommen war. Als ihr Handy Laut gab, meldete sich Cäcilia nichts ahnend und hörte: 'Hallo Liebes, Gerhardt hier...'. Es reichte gerade noch abzubrechen.

Hannah sorgte dafür, dass sie ins Krankenhaus kam, aus dem sie sich nach drei Tagen aber selber wieder entließ, kaum dass sie sich auf den Beinen halten konnte und ihr Hausarzt über diese Eigenmächtigkeit empört war. Trotzdem ließ er sich auf einen Deal mit ihr ein: Er möge für die Krankschreibung von drei Wochen eine harmlosere Diagnose einsetzen, denn sonst könne sie ihre Berufung zur Geschäftsführerin des Instituts in voraussichtlich zwei Jahren in den Wind schreiben. Im Gegenzug versprach sie ihm, vierzehn

Tage strenge Bettruhe zu halten, die verordneten Medikamente gewissenhaft einzunehmen und außerdem sich alsbald in psychotherapeutische Behandlung zu begeben. Der Arzt meinte nämlich, ihr Fall sei eindeutig als Burnout-Syndrom zu diagnostizieren, und das könne nur mithilfe einer Psychotherapie Erfolg versprechend behandelt werden. Außerdem müsse sie unmittelbar nach Ablauf ihrer Krankschreibung Urlaub nehmen, möglichst vier Wochen. So kam es, dass sie mit ihrer Freundin Hannah eine Rundreise über vier der insgesamt neun Azoren-Inseln buchte.

*

Die Sache mit dem Nervenzusammenbruch gleich zu Beginn meiner Zeit am Kulturinstitut versetzte mir einen 'heilsamen' Schock und der Therapeut tat im Lauf der langwierigen Therapie ein Übriges, dass ich fortan vernünftiger mit meinen Kräften umging. Ich nahm auch, wie mit dem Hausarzt ausgehandelt, nach Ablauf meiner Krankschreibung Urlaub – keine vier Wochen, sondern zehn Tage – ich hatte ja die Medikamente, die ich brav einnahm. Gefühlt aber waren es vier Wochen, denn ich fand auf den Azoren eine Ruhe, wie man unvermutet ein wertvolles Schmuckstück auf der Straße findet.

Von der Niederlage meines Körpers, der dem Geist nicht mehr folgen konnte und den Geist seinerseits in Mitleidenschaft gezogen hatte, wollte ich mich erholen. Und es sollte sich herausstellen, dass es eine großartige Idee war, dorthin zu reisen.

Mit diesen zehn Tagen verbinde ich den unvergesslichen Eindruck einer souveränen Ruhe, die von der Natur der Inseln inmitten des weiten Meeres, vor allem aber von den Menschen dort ausging. Ich erlebte diesen weltabgeschiedenen Archipel mit dem zurückgenommenen Lebensrhythmus als extremes, aber wohltuendes Kontrastprogramm zu meinem Leben vor dem Zusammenbruch. Damals bestimmten hektische Betriebsamkeit und selbst erzeugter Stress meinen Arbeitsalltag. Ununterbrochene Unrast war die Medizin gegen Gerhardts Verlust und als ich ihn einigermaßen verkraftet hatte, kam ich nicht mehr davon los – ich war arbeitssüchtig geworden. Ständig war ich auf Trab, Telefonate hier, Meetings dort, Fachartikel und Berichte schreiben, im Auto zum nächsten Besichtigungstermin oder auf dem Nachhauseweg weitere wichtige Telefonate führen, zu Hause noch E-Mails schreiben – nur, um Gerhardt in mir abzutöten und die Leere in mir nicht spüren zu müssen. Ständig glaubte ich, dies und das noch erledigen zu müssen. Tatsächlich war es bei weitem nicht immer so, aber ich wollte, dass es so war. Ich suchte den Stress zwanghaft. Es war eine selbstzerstörerische Mühle, in die ich mich hineinmanövriert hatte.

So wirkte – natürlich unter tatkräftiger Mithilfe der Medikamente – die Ruhe der Insulaner und ihrer Tagesabläufe auf mich bei weitem intensiver als alle Ayurveda-Anwendungen mit warmem Öl auf die Stirn träufeln und Streichelmassage zusammengenommen. Denn die Menschen zeigten mir durch ihr gewohntes Verhalten, dass Hektik, Eile und Stress ihnen völlig fremd waren, mithin eine Erfindung der industrialisierten Welt sind. Ganz plastisch demonstrierte mir das ein Schreiner, dem ich eine Zeit lang bei seiner Arbeit zusah. Ich saß auf einer Bank am Rand einer nahezu verkehrslosen Ortsstraße in Horta, dem Hauptort von Faial, und beobachtete, wie er Fensterrahmen und Fensterblätter in ein modernisiertes, aber ursprünglich wohl steinaltes Haus einsetzte. Es waren Fenster aus Naturholz, offensichtlich in der Werkstatt von Hand selbst gefertigt. Ohne jede Hast, vielmehr mit zielgerichteter Stetigkeit, bei der jeder Handgriff saß, fügte er ein Fenster nach dem anderen in die Laibungen ein. Zuweilen musste er mit dem Hobel etwas nacharbeiten, das zeigte mir aber, dass er genau und mit großer Ernsthaftigkeit arbeitete. Offenbar passten die Rahmen auf den Millimeter, denn er verwendete keinen Füllschaum.

Wie ich ihm so zusah, merkte ich, dass wohl alle Menschen hier diese besondere Art der Ruhe lebten, die überhaupt nichts mit Trägheit zu tun hat. Die Menschen auf den Azoren sind durch ihre Lebenssituation geprägt: So weit draußen im riesigen Atlantik bewegt sich die Zeit im Einklang mit der majestätischen Dünung der Wellen, die von irgendwoher draußen anrollen und unbeeindruckt von den paar Eilanden einfach weiterrollen, vielleicht bis zum Strand von Agadir. Ich spürte, dass ich immer gelassener wurde.

Erst, indem ich diese Zeilen schreibe, fällt mir auf, dass ich auf den Azoren nur alte Menschen sah. Die Jungen sind ausgewandert. Sie hetzen dem Mythos vom

Glück in der industrialisierten Welt hinterher und singen dabei gemeinsam mit Freddy Mercury: 'I want it all, I want it now' - und wissen dabei nicht, was sie tun.

*

Ein anderes Bild zog vor ihren Augen auf, das sie heute wie damals, als sie es live erlebte, noch immer faszinierte: die Erinnerung an die absolute Stille. Sie fand sie an der Caldeira von Faial.

Der erloschene Vulkan ist harmonisch in die Landschaft eingebettet. In stetiger, sanfter Steigung und über viele Serpentinen führt eine einsame Straße durch eine sanft hügelige Graslandschaft in unmittelbare Nähe des Kraterrandes. Von einem Taxi ließ sie sich dorthin fahren, ohne ihre Freundin, die im Hotel geblieben war, weil sie sich nicht wohl fühlte. Cäcilia ließ das Taxi auf dem kleinen Parkplatz warten, während sie ein paar Schritte weiterging, wo sie nur noch unberührte Natur um sich hatte. Sie schaute vom Rand hinab auf den seit hunderttausend Jahren erloschenen Kratergrund. Dort hatte sich wie eine Lache ein kleiner See gebildet. Ansonsten war der Kessel mitsamt den Innenhängen von karger Vegetation überwachsen. Jenseits der kreisrunden Krone lag der Atlantik. Gemächlich drifteten von dort ein paar lockere Wolkenschwaden herüber, verfingen sich in der weiten Öffnung des Kraters und segelten weiter. Absolute Stille umfing sie. Nur das Rauschen des eigenen Blutes in den Ohren hörte sie. Fast war es erdrückend, beängstigend. Zwei oder drei Mal vernahm Cäcilia den Schrei einer Möwe und ihr war, als wollte die Stille sich dadurch noch deutlicher Gehör verschaffen. In diesen paar Momenten des absoluten Friedens wünschte sie sich, einfach sanft zu entschlafen.

So hatte sich ihr der Urlaub auf dem kleinen Inselarchipel eingeprägt: die Inkarnation von in sich ruhender Ruhe.

Dieses Erlebnis war erst drei Jahre her und hatte sie so beeindruckt, dass sie es Max schon auf dem Rückflug von ihrem ersten New York-Aufenthalt, nachdem sie Galloway Chandler getroffen hatte, erzählte.

*

Lieber Max, erwarte nicht, dass ich dir Vorwürfe mache wegen der obskuren Konstellation, dass du nicht nur mein geliebter Ehemann, sondern zugleich mein leiblicher Vater bist. Ich brauchte nicht lange darüber nachzudenken, wie es dazu kommen konnte: Das Schicksal hat mich einmal mehr auf den Abwegen des Glücklichseins ertappt, eingefangen und die Fäden um mich gesponnen. Oder bin ich ihm einfach nur in die Quere geraten, als es wieder einmal seine zerstörerischen Böen losschickte, absichtslos, einfach so?

Viel Lebensglück war mir bisher nicht beschieden, obwohl ich doch in den kurzen glücklichen Abschnitten stets eine dankbare Abnehmerin gewesen war. Demütig hatte ich sie angenommen - vor allem die Jahre mit dir –

als gnädiges Geschenk einer Gottheit, als würdige Belohnung für die bestandenen Prüfungen der Vergangenheit. Ich war immer darauf bedacht, dieses Glück zu pflegen als mein kostbarstes Juwel. Nun muss ich aber erkennen, dass die Gottheit nichts anderes ist als dieses anonyme Schicksal, das mich nicht kennt, das mich auch persönlich gar nicht meint, sondern mit unvorhersehbarer Zugbahn wie ein Hurrikan durch die Welt zieht, durch die kleine Welt eines Einzelindividuums wie mich oder durch die große von ganzen Landstrichen oder gar Nationen und hier wie dort Tod und Verwüstung bringt – oder eben Freude und Glück.

Dass die Jahre mit dir die glücklichsten meines Lebens waren, schreibe ich nicht, um dir zu schmeicheln und schon gar nicht, um deinen Schmerz zu vergrößern. Nach allem, was du mir über dein Leben erzählt hast, weiß ich, dass du dasselbe sagst, wenn du diesen Brief liest. So sind wir doch quitt, oder? Natürlich wünschte ich mir noch viel mehr von diesem Glück. Aber wie hoch wäre dann der Preis, den ich am Ende zu bezahlen hätte? Man sagt, einen höheren Preis als den Tod gibt es nicht. Doch, beispielsweise einen qualvollen Tod.

Es ist müßig darüber zu spekulieren. Nicht die Tatsache zählt, dass du mein Vater bist, sondern das Wissen darum. Das Wissen verändert nicht die Tatsache, sondern dich und mich und die unglückselige Person, die das Wissen an uns vermittelt hat, wer auch immer es war und mit welcher Absicht. Nun denken, fühlen und handeln wir anders – wir müssen es. Nicht die Tatsache zwingt uns, sondern das Wissen darum fordert Konsequenzen. Nach allem, was ich dir in diesem Brief geschildert habe, wirst du verstehen, dass ich keine andere Lösung als die meines Abschieds vom Leben sehe.

In den letzten Tagen, da ich an diesem Brief saß und die wichtigsten Stationen meines Lebens Revue passieren ließ, hatte ich einmal die Vorstellung, in einem Sportwagen zu sitzen und mit irrwitziger Geschwindigkeit durch eine Häuserschlucht zu rasen, so eine wie in Manhattan, schnurgerade. Links und rechts fliegen die Hochhäuser und Wolkenkratzer als Streifen vorbei. Nirgendwo eine Abzweigung. Überall Schilder: 'No way out'. Es ist eine Einbahnstraße, die als Sackgasse endet. Dort vorne. Da steht vor einer hohen, massiven Betonmauer: 'Dead end'.

Trauere nicht um mich. Angesichts des Wissens, das in den beigelegten Dokumenten verbrieft ist, solltest du statt Schmerz Befreiung empfinden, ohne moralische Skrupel. Denn eine lebenslängliche Trennung zwischen dir und mir, die ja unausweichlich wäre, wäre für uns beide gewiss schwerer zu ertragen als mein schmerzloser, kurzer Tod. Mir, jedenfalls, würde die Trennung ein qualvolles Siechtum bescheren. Ich gehe nicht freiwillig, natürlich nicht! Aber ich wähle letztlich frei und ohne Angst meinen Tod. Ich schlafe friedlich in ihn hinein und frage freimütig: Tod, wo ist dein Stachel, Schicksal wo ist dein Sieg?

Adieu

Deine geliebte Cäcilia

DRITTER TEIL
JUDITH

SCHWARZWEISS

PROLOG

Ein Funke genügt bekanntlich, um die Lunte zu zünden, die am Ende eine verheerende Explosion auslöst. In der vorliegenden Geschichte war der Funke letztlich nur ein Satz, und die Wegstrecke betrug zwei Jahre, in der sich die glimmende Glut voranfraß und am Ende eine Trümmerwüste hinterließ. Wer verstehen will, wie so etwas geschehen kann, der muss nach den Zusammenhängen und Beweggründen fragen und bereit sein, in Abgründe zu blicken. Dann ergibt sich aus dem Einen das Andere mit einer klaren, zielsicheren und manchmal tödlichen Logik, das heißt in diesem Fall: ohne Happy End.

Man muss die Geschichte dieses, für Judith in vielen Passagen, Ereignissen und Erlebnissen so schmerzhaften Lebens kennen, um zu verstehen, warum sie in den vergangenen zwei Jahren so und nicht anders gehandelt hat. Vor allem musste sie selbst hinter viele Geheimnisse ihres Lebens kommen. Als sie aber die Gründe erkannte, warum sie so geworden war, wie sie war, war es zu spät. Sie wusste nur eines mit Sicherheit: Das alles hatte sie ihrem Vater zu verdanken. Sie wusste es von ihrer Mutter, die sie einerseits gerettet, andererseits in dem Netz von Hass und Rachsucht gefangen hatte.

I.

Martha, Judiths geliebte Maman, lag im Sterben. Schon vor Wochen hatte die Tochter ihre Mutter in die Klinik geholt, in der sie selbst erst vor kurzem Leitende Oberärztin geworden war. Als Dank an ihre Mutter für die Liebe über die vielen Jahre, wollte Judith ihr alle Fürsorge, Medikation und Therapie der modernen Medizin bieten, um ihr vielleicht doch noch den frühen Tod mit sechsundsechzig Jahren zu ersparen. Doch nichts mehr konnte den Verfall des Lebens aufhalten. Zerfressen vom Krebs, der metastatisch den ganzen Körper überschwemmt hatte, konnte sie in ihren letzten Lebensmomenten kaum noch atmen.

Mit den starr geweiteten Augen der Angst, dass sie nicht mehr schaffen könnte, was sie ihrer Tochter als Letztes sagen wollte: "Judith, mein Kind, du weißt, es war dein eigener Vater, der dich geschändet hat." Sie machte eine Pause. Durch ihre rasselnden Bronchien rang sie nach Luft. "Zerstöre sein Leben, wie er deines zerstört hat. – – Er hat es verdient." Judith sah ihre Mutter noch einmal alle Kraft zusammenraffen: "Versprich mir, dass du ihn zerstörst. – – Verspreche es mir!"

'Es war dein eigener Vater, der dich geschändet hat.' – Ein letztes Mal griff die Mutter nach der Seele ihrer Tochter und grub mit letzter Kraft jedes Wort darin ein. Nie zuvor hatte Martha die Schandtat so klar benannt, wenn sie davon sprach, dass 'er sich an dir vergangen hat' oder 'er dich missbraucht hat'. Nie klang es so aggressiv und so hässlich eindeutig, wie 'dein eigener Vater, der dich geschändet hat'. – Der Satz durchdrang Judith wie ein Geschoss. Was sie über die Jahre verdrängt hatte, brach plötzlich schneidend schmerzvoll auf. Als stark, unverletzlich und anderen überlegen hatte sie sich gefühlt. Mit ihrem Verstand konnte sie brillieren, mit ihrem Wissen und Können beeindrucken. Und aus den bewundernden Reaktionen sog sie die Anerkennung, die sie so nötig brauchte.

'Vom eigenen Vater geschändet' war das grell aufflammende Spotlight, das die abgewandte Seite ihres über die Jahre so sorgfältig aufgebauten und gepflegten Selbstbildes ausleuchtete. Nackt und bloß kam sie sich unter diesem Satz vor. Nun sah sie schonungslos offen gelegt ihre Versehrtheit, ihre Verstümmelung. Als würden sie mit diesem Satz plötzlich für alle sichtbar: 'Seht her, meine Wunden. Seht, wie hässlich ich bin. Das hat mein Vater getan!'

Obwohl sie mit ihrer verendenden Mutter allein im Krankenzimmer war, wähnte sie sich in diesem Moment mit Halseisen und Handfesseln an den öffentlichen Schandpfahl gekettet. Sie konnte gar nicht anders als Ja sagen. Und nach einer kurzen Pause fügte sie bekräftigend hinzu: "Ja, Maman, ich verspreche es." Dann stürzte sie aus dem Krankenzimmer und rannte in ihr Büro. Dort erlitt sie einen Weinkrampf, den sie nur durch die Einnahme eines schnell wirkenden Sedativums lindern konnte.

Die Botschaft war ergangen. 'Dein eigener Vater hat dich geschändet' war der Codestring, mit dem Martha auf dem Sterbebett ihre Tochter aktivierte.

II.

Judith war acht Jahre alt, als sie das erste Mal den strahlenden Sonnenschein über den Wolken erlebte. Nur dieser für sie überwältigende Eindruck blieb ihr aus der Zeit im Gedächtnis haften: Dieses unwirkliche, gleißende Licht, wie sie es so strahlend noch nie zuvor gesehen hatte, würde sie niemals vergessen. "So also sieht es im Himmel aus", dachte sie damals. Es war ihr erster Flug, ein kurzer, von Düsseldorf nach London, den sie mit ihrer Maman unternahm. Aber dann verschwand das Licht wieder. Auch in der Kabine war es düster geworden. Es schien ihr, als legte sich die graue Dämmerung wie eine nasse Pferdedecke über sie. Mehr darüber wusste sie nur von ihrer Mutter, die ihr jedes Mal, wenn die Sprache darauf kam, erzählte, dass sie anschließend im tristen Nebel auf der Fahrt in einem der antiquierten schwarzen Taxis vom Flughafen Richtung City ununterbrochen weinte und sich nicht beruhigen ließ.

Die Reise nach London hatten sie ein paar Wochen nach dem 'schrecklichen Verbrechen dieses Unholds' unternommen. So bezeichnete Martha, was ihrer Beobachtung nach der Vater an Judith, seiner Tochter, zumindest an jenem Tag begangen hatte, als sie unverhofft ins Badezimmer kam. Diese Geschehnisse hatten

Judith anscheinend zutiefst traumatisiert. So schilderte es die Mutter, die sie bis zu ihrem Tod gern Maman nannte. Immer wieder, auch noch nach Jahren erzählte sie, wie Judith anfänglich tagelang geweint und nachts im unruhigen Schlaf geschrien habe, nachdem Maman sie 'aus den Fängen dieses Ungeheuers' befreit hatte. Judith selbst erinnerte sich daran nicht mehr.

Jedenfalls brachte der Kurztrip nach London nicht die erhoffte Abwechslung und Ablenkung, sondern eine Verschlimmerung des depressiven Zustandes, so dass Martha den Rückflug umbuchen musste und sie schon am nächsten Tag wieder heimkehrten.

III.

In ihrem Gedächtnis war der ganze Komplex um die schreckliche Tat ein Schwarzes Loch. Obwohl sie schon acht Jahre alt war, erinnerte sie sich weder an die Situation in der Badewanne noch an die dramatische Flucht, auch nicht an die Wochen davor und danach. Heute als Ärztin weiß sie, dass Traumatisierte, insbesondere Kinder, nach solchen Erlebnissen oft mit einer retrograden Amnesie reagieren.

Auf diesem seelischen Niemandsland hatte Martha ihre Version der Geschichte ausgesät, nämlich wie sie sie erlebt hatte. Bis zu ihrem Tod war sich Judith sicher, dass die Mutter es nur in der Sorge getan hatte, sie zu beschützen. Nach dem Versprechen, das die Sterbende ihrer Tochter abverlangte, fragte sich Judith aber, ob ihre Mutter nicht doch zielbewusst, zumindest intuitiv die Geschichte so oft und immer wieder erzählt hatte, damit der Hass auf den Vater in Judith starke Wurzeln schlagen möge. – Ob absichtlich oder nicht, war am Ende egal. Das Ergebnis zählte, dass die Mutter über die Jahre in Judith den Vater zum Dämon und Feind aufgebaut hatte, den es zu bekämpfen galt.

IV.

"Ich kann es nicht oft genug wiederholen, was geschehen ist, damit du künftig immer auf der Hut bist. Es gibt leider viel zu viele abnorme menschliche Monster, und man sieht es ihnen gar nicht an," so oder ähnlich rechtfertigte sich Martha, wenn sie glaubte, ihrer Tochter wieder einmal diese entsetzliche Geschichte ins Gedächtnis rufen zu müssen: von dem Moment an, als sie die Badezimmertür öffnete, augenblicklich erfasste, was hier im Gange war, mit einem markerschütternden Schrei auf die Badewanne zustürzte und die völlig verstörte und weinende Judith vom Schoß ihres Vaters riss. Wie in Trance will sie im Hinausstürmen das Badetuch vom Haken genommen haben, das nasse, nackte Kind schnell eingehüllt aufs Sofa im Wohnzimmer gelegt haben, sich in der Küche einen Stuhl geholt und ihn von außen unter den Türgriff der Badezimmertür so gestellt haben, dass Max eingesperrt war. Dann, so erzählte sie weiter, habe sie in Windeseile Judith abgetrocknet, angezogen, auf den Arm genommen und Oliver, der ahnungslos im Garten spielte, wortlos mit sich gerissen. Das Auto sei zum Glück auf dem Abstellplatz vor der Garage gestanden.

Beide Kinder habe sie auf die Rücksitze gepackt und sei davon gefahren. Oliver plärrte, Judith stand unter Schock und war völlig gelähmt. Ihr Weinen war schon beim Abtrocknen erstorben und in der Folge ließ sie völlig teilnahmslos alles mit sich geschehen.

Diese Geschichte erzählte Martha immer wieder, aber immer nur Judith, niemand sonst. Nicht einmal Oliver sollte davon wissen. Deshalb verbot Martha Judith strikt auch nur die geringste Andeutung jedem gegenüber, auch ihrem Bruder. Und anfänglich, wenn er in seinem kindlichen Unverständnis nach Papa fragte, wurde ihm von der Mutter kurz und bündig beschieden, dass es diese Person nicht mehr gäbe, basta! Die Begriffe 'Vater' oder 'Papa' waren seitdem tabu.

So hatte Oliver durch das Verdikt der Mutter den Vater verloren. Ihm kamen aber auch Mutter und Schwester abhanden. Denn Martha verstand es, das gemeinsame Wissen um die wahre Geschichte zu nutzen, um mit ihrer Tochter ein exklusives Bündnis zu schließen. Es äußerte sich darin, dass beide eine immer inniger werdende Vertrautheit pflegten, die für Oliver unzugänglich war. Das spürte er und reagierte darauf mit schlechten Schulnoten und Aufsässigkeit. Er wurde ein schwieriges Kind. Ab der fünften Klasse kam er deshalb in ein Internat, das offenbar in der Lage war, mit solchen Problemfällen klar zu kommen.

V.

Für den offiziellen Gebrauch verbreitete Martha eine ganz andere Version: von einer zuerst schleichenden, dann beschleunigten Erosion der Ehe; dass sich Max immer tiefer in die Firma vergrub; dass er am Ende für sie und die Kinder praktisch nicht mehr ansprechbar und fortwährend auf Geschäftsreisen gewe-sen sei. Als sie ihm dann noch ein außereheliches Verhältnis vorwarf, sei es zum finalen Ehestreit gekommen, in dessen Verlauf er sie sogar geschlagen habe. Das habe sie so entsetzt, dass sie mit den Kindern fluchtartig das Haus verlassen habe. Judith sei bedauerlicherweise bei der Auseinandersetzung dabei gewesen, wodurch sie großen seelischen Schaden genommen habe.

Warum Martha diese eher landläufige Version des Scheiterns einer Ehe verbreitete, begriff Judith erst nach Jahren, als sie alt genug war und unbedachte Äußerungen der Mutter deuten konnte, wie zum Beispiel: "Ich kann den Mann zwingen zu bluten, und er weiß es." Oder: "Man schlachtet nicht die Kuh, die man melken will."

Demnach war es wohl kalte Berechnung, aus der heraus Martha unmittelbar nach ihrer Flucht mit den Kindern Max über ihren Anwalt die Bedingungen für die Zukunft diktierte: eine angemessene monatliche Apanage im Tausch gegen die Version einer ganz normal gescheiterten Ehe. Dazu Verzicht auf jeglichen Kontakt mit ihr und Umgang mit den Kindern sowie die Übertragung des uneingeschränkten Sorgerechts. Angesichts der dramatischen Vorfälle, der juristisch schwachen Position und der angedeuteten Konsequenzen, wenn er nicht auf Marthas Wünsche einging, stimmte Max offenbar zu.

Unmittelbar nach der Scheidung nahm Martha ihren Mädchennamen wieder an, der dann auch für Judith und Oliver galt. Fortan lebte sie als Martha Kulik mit den Kindern Judith und Oliver Kulik in einer Doppelhaushälfte mit Garten und Blick auf den Rhein in einem der besseren Vororte von Düsseldorf. Ihr Lebensstil ließ vermuten, dass der Unterhalt großzügig bemessen war und sie die Vergütung ihrer Tätigkeit an der Volkshochschule – sie organisierte mehrmals jährlich Kulturveranstaltungen – eher als Taschengeld betrachtete.

VI.

Das gemeinsame, exklusive Wissen um den wahren Grund der Trennung war der Grundstein für die intensive Mutter-Tochter-Beziehung, die sich in der Folgezeit bildete und laufend weiter verstärkte. Als Kind und Teenager konnte sich Judith der völligen Vereinnahmung durch die Mutter nicht erwehren. Sie wollte es auch nicht, weil sie ja von den Liebesbeweisen der Mutter profitierte. Die überschüttete sie mit nahezu allem, wovon ein Mädchen nur träumen konnte: erst Berge von Spielsachen, dann teure Markenklamotten. Später kamen die besten Parfums und Kosmetikprodukte hinzu. Für jede Eins in einer Klassenarbeit gab es neben großem Lob einen (damals noch) Fünfzig-Mark-

Schein. Und wenn am Ende des Schuljahrs der Notendurchschnitt im Zeugnis ebenfalls eine Eins vor dem Komma aufwies, waren Ferienaufenthalte in Kalifornien bei entfernten Verwandten garantiert. Designermöbel schmückten ihr Zimmer. Einer der ersten Apple Macintosh stand auf ihrem Schreibtisch, eine teure Stereoanlage im Regal und ein Pferd im Stall eines Reiterhofs. Dorthin chauffierte sie Martha zweimal die Woche oder sie durfte mit dem Taxi fahren, wenn ihre Mutter ausnahmsweise verhindert war. Das passierte aber nicht oft. Denn Martha kümmerte sich ständig und fast ausschließlich um ihre Tochter: Judith hier und Judith da. "Judith, wo bist du? Geht's dir gut? Was kann ich für dich tun, brauchst du was?" – Mutter und Tochter wurden zu einer symbiotischen Lebensgemeinschaft – vereint auf der Eisscholle eines gemeinsam erlittenen Unglücks.

VII.

Die so hingebungsvolle Mutterliebe änderte nichts an Judiths meist ernster, zuweilen depressiv wirkenden Aura. Martha war auch nicht bewusst, dass sie selbst den Grund dafür lieferte. Mit der immer wieder ins Gedächtnis gespülten Geschichte hielt sie die Tochter im Laufrad der wiederholten Erinnerung, so dass eine schonende Verarbeitung des Traumas nicht möglich war. Vielmehr bewirkte es im Lauf der Entwicklungsjahre eine seelische Verkümmerung, man kann auch sagen, deutliche Defizite an emotionalen Fähigkeiten.

In den Psychologie-Seminaren während ihres Medizinstudiums hatte sie gelernt, dass Körper und Geist fast immer Gegen- oder Ausweichreaktionen auf vorangegangene Einwirkungen entwickeln. Damit erklärte sie sich, warum sie schon früh zur Einzelgängerin geworden war. Sie konnte mit den übertriebenen Schwärmereien, dem Kichern und Gackern ihrer pubertrierenden Altersgenossinnen in der Schule nichts anfangen. Stattdessen verlegte sie sich auf ihre rationalen Fähigkeiten. Das, wozu man die grauen Zellen braucht, war ihr Feld. Im Lernen, Denken, Begreifen und Analysieren zeigte sie Ehrgeiz und großen Fleiß. Folglich erhielt sie hervorragende Noten, was sie noch mehr anspornte. In der Klasse und später im Studium wurde sie deshalb oft abschätzig "die Obercoole" genannt. Sie gab sich jedoch den Anschein, als ignoriere sie es.

So entwickelte Judith in den Jahren des Erwachsenwerdens ihre eigene Weltsicht, die von großer Sachlichkeit geprägt war, weniger bunt, weniger fröhlich, dafür kontrastreicher und mit klareren Konturen als bei den meisten Menschen.

Was Martha ihrem Mann vor Jahren, als sie mit Judith schwanger war, vorgeworfen hatte, züchtete sie nun selbst in ihrer Tochter: Gemütsarmut. Die Fähigkeiten zu tiefer oder schwärmerischer Liebe, zartem Mitgefühl, großer Freude und Trauer, die in jedem Kind angelegt sind, wurden bei Judith in dieser Zeit nur ansatzweise ausgebildet. Es war also nicht die Schandtat selbst und die damit zusammenhängenden

Ereignisse, weil diese ja mit ihrer Amnesiereaktion erfolgreich verdrängt gewesen wären. Vielmehr sorgte die so oft wiederholte Erzählung dessen, was die Mutter als Verbrechen an ihrem Kind erlebt hatte, dafür dass Judith das Erzählte als selbst erfahren adaptierte und mit albtraumhaften Bildern verknüpfte. Die Folge war, dass sich im Lauf der Jahre ein latenter Hass auf den Vater entwickelte. Der lauerte fortwährend unter der dünnen Schicht von wohlerzogener, höflicher und fleißiger Angepasstheit.

Mit dem psychologischen Fachwissen kam sie auch darauf, dass ihre Maman seit dem 'schrecklichen Verbrechen dieses Ungeheuers' ihre eigenen massiven Probleme gehabt haben musste und sie wohl bis zu ihrem Tod nicht los geworden war: Martha fühlte sich unbewusst zutiefst gedemütigt, weil sie glaubte, in ihrer Mutterrolle versagt zu haben. Sie warf sich vor, dass sie zu lange ahnungslos gewesen war und ihr Kind deshalb nicht hatte beschützen können. Diese Schmach war anscheinend nur dadurch zu ertragen, dass sie immensen Hass gegen Max aufbaute und diesen auf die Tochter übertrug. Damit schuf sie sich zum einen eine Bundesgenossin, zum anderen gab sie zugleich die Verantwortung der Sühne dieser Untat an die eigentlich Betroffene in der Hoffnung weiter, sich selbst dadurch reinzuwaschen - ein archaisches und zugleich klassisches Verhaltensmuster.

VIII.

Ein einziges Mal versuchte Judith, aus der Gefangenschaft ihrer so rational geprägten Persönlichkeit auszubrechen. Dieser Versuch hieß Marco. Damals, ein Jahr vor dem Abitur, glaubte sie noch, zur Liebe oder dem, was sie damals dafür hielt, fähig zu sein – auch, weil ja alle in ihrem Alter mit anderen 'rummachten'. Sie sah das aber nicht so oberflächlich und wollte, wenn schon, mit mehr Ernsthaftigkeit an so eine Beziehung herangehen.

Zu einer ihrer ersten Verabredungen traf sie sich mit Marco in einer Music-Lounge, wo man tanzen, aber auch miteinander reden konnte, ohne sich heiser zu schreien. Dort erzählte sie Marco mit aller Vorsicht unter anderem davon, dass sie manchmal viel lieber während der großen Pause mitten unter ihren gackernden Klassenkameradinnen stehen und mitmachen würde als mit gespieltem Interesse in irgendeinem Lehrbuch zu lesen und die einzelgängerische Obercoole zu geben.

Marco, ein Jahr weiter in der Abi-Klasse und heftig verliebt in Judith, war dagegen unter seinen Klassenkameraden quasi das Alpha-Männchen, der es verstand, immer eine Menge Leute aus der Klasse um sich zu scharen, nicht, weil er sich großmäulig in den Vordergrund spielte, sondern weil er ein Klima fröhlicher Gelassenheit verbreitete als flöge ihm anstrengungslos alles zu. Und in der Tat gehörte er auch in seinem letzten Gymnasialjahr zu den Medaillenanwärtern.

Zudem sah er gut aus und die meisten Mädchen in Judiths Klasse wären wohl auch gerne auf Tuchfühlung mit ihm gegangen.

Auf ihre Andeutung, dass ihr manchmal der Spaß in der Gruppe fehle, antwortete Marco mit einem Satz, der seitdem zu einer Art Lebensmaxime für sie geworden war: "Vergiss' das Dasein als Herdentier. Es ist freudlos. Nur als Einzelgänger hast du die Chance, dein Leben autonom zu gestalten – soweit das in unserer Gesellschaft möglich ist."

Derselbe Marco aber war gleichzeitig das Synonym für ihr schlimmstes und schmerzhaftestes Scheitern. Es war verbunden mit einem Bild, das unlöschbar gespeichert war und von Zeit zu Zeit wie ein lästiges Werbe-Pop-up auf ihrem inneren Bildschirm formatfüllend und abstoßend auftauchte: der Anblick seines erigierten Penis'.

Nach einigen Wochen nämlich, und mehrfachem Kneifen gab sie endlich dem Werben Marcos nach und legte sich zu ihm ins Bett. Es war für beide das erste Mal und beide waren sie etwas unbeholfen. Aber Judith, niemals von der Mutter aufgeklärt und vom theoretischen Schulwissen des Sexualkundeunterrichts merkwürdig angeekelt, wusste erst, als es zu spät war, was sie tatsächlich entsetzen würde: Marcos hartes, zuckendes Glied! Ihr wurde schlecht. Im ersten Moment dachte sie noch, das wäre normal. Aber als sie dieses pulsierende, heiße Körperteil zwischen ihren Schenkeln spürte, wie es Zugang zu ihrem noch völlig trockenen Geschlecht suchte, musste sie sich erbrechen – knapp neben seiner Schulter auf das Kopfkissen. Es war ihr erster und letzter Versuch, die in ihr so rigoros angelegten Strukturen zu überwinden. Demnach war sie heute, mit über vierzig Jahren, noch immer 'Virgo intacta'.

Wie andere Menschen von regelmäßigen Migräneanfällen gequält werden, überfiel sie immer wieder das Bild dieses grauenvollen Ungetüms, wie es aus krausem Körperhaar aufragte, und ihr wurde dabei regelmäßig schlecht. Die Scham, im Bett des Jünglings eine lebensentscheidende Prüfung nicht bestanden zu haben, verband sich stets kurzschlussartig mit dem unendlichen Schmerz, vom Vater beschmutzt und missbraucht worden zu sein. Dann kam sie sich klein und wertlos vor, und es dauerte stets viele Stunden, bis sie sich davon erholt hatte.

Der Vater war schuld. Er war ihr Feind. Und ihre Mutter hatte es so gewollt. Martha hatte dieselbe Strategie angewandt wie Cato der Ältere mit seiner quasi kollektiven Gehirnwäsche. Denn jede Rede vor dem römischen Senat schloss er mit dem Satz, den jeder Lateinschüler auswendig hersagen kann: 'Ceterum censeo Karthaginem esse delendam: Im Übrigen meine ich, dass Karthago zerstört werden muss'. Und so kam es ja dann auch...

IX.

Die Mutter war zeitlebens Judiths Fixstern, ihr Universum gewesen, sie füllte alle Rollen aus: als Mutter, Ratgeberin, einzige und beste Freundin. Ihr Verlust war äußerst schmerzhaft. Und er hätte ein abgrundtiefes Vakuum hinterlassen, wenn Maman auf dem Sterbebett ihr nicht neuen Sinn und Lebenszweck mitgegeben hätte. Judith verinnerlichte den Auftrag als heiliges Vermächtnis, 'das Ungeheuer zur Strecke zu bringen'.

In diesem Vorsatz wurde sie zwei Tage später durch einen vergilbten Brief einer gewissen Carla Sennberg bestärkt, den sie im Nachlass der Mutter fand. Er war handschriftlich an Max adressiert und dem Poststempel zufolge vor achtunddreißig Jahren eingetroffen, als Judith drei Jahre alt war. Martha hatte ihn wohl abgefangen, aber niemals geöffnet und so gut versteckt, dass sie ihn irgendwann vergaß.

Alte, ungeöffnete Briefe üben einen unwiderstehlichen Reiz aus, vor allem, wenn sie persönlichen Inhalt vermuten lassen. Auch Judith erlag der Neugier. Der Inhalt des Kuverts war ein unscheinbares, liniertes Doppelblatt mit fast noch mädchenhafter, akkurater Handschrift beschrieben:

Münster, den 14. April 1972

Lieber Max,

lange habe ich gezögert, ob ich dir überhaupt schreiben soll. Nun habe ich doch den Entschluss gefasst, weil ich glaube, dass du ein Recht darauf hast, es zu wissen: nämlich, dass unsere verwegene Romanze am Strand von Ravenna vor 6 Jahren nicht ohne Folgen geblieben ist. Mit anderen Worten: Du bist zweifelsfrei Vater meiner Tochter Cäcilia, die heute ihren 5. Geburtstag feiert. Du brauchst darüber nicht zu erschrecken, auch nichts zu befürchten. Denn nur ich und mit diesem Brief nun auch du wissen davon. Dabei wird es auch bleiben. Denn ich habe wenige Wochen nach dem Urlaub meinen geliebten Harald geheiratet, den ich damals schon seit zwei Jahren kannte und es klar war, dass wir heiraten. Nun heiße ich Neuenkamp.

Ich finde es absolut in Ordnung, dass Harald Cäcilia für seine Tochter hält und Cäcilia glaubt, dass er ihr Vater sei. Beide werden auch nie etwas anderes erfahren.

Manchmal denke ich noch daran, was wir damals in der Vollmondnacht im warmen Sandstrand getrieben haben. Es war gigantisch. Aber das ist vorbei, es war ein Genuss ohne Reue. Ich hoffe, dass du das ebenfalls so siehst. Schade nur, dass du damals, kurz danach, nicht auf meinen ersten Brief geantwortet hast. Aber vielleicht war es auch besser so.

Solltest du dein bzw. unser Töchterchen einmal live erleben wollen, ruf' mich unter meiner Büronummer 02515-2234376 an. Dann können wir uns verabreden, ganz zwanglos und unverbindlich, aber nur, wenn du willst. Es ist ein Angebot, und es macht überhaupt nichts, wenn du es nicht wahrnehmen möchtest.

Liebe Grüße Carla

PS. Cäcilia ist übrigens mit ihren strohblonden Haaren ganz nach mir geraten.

"Dieses Schwein, diese Drecksau, dieser gewissenlose Hurenbock..." Judiths Empörung über die Erkenntnis, dass sie nun auch noch eine Halbschwester haben sollte, steigerte sich zu einem Tobsuchtsanfall. Sie goss den ganzen Unflat an Schimpfwörtern, die sie jemals gehört hatte, über ihm aus. "Das wirst du büßen, so wahr ich dieses Versprechen meiner Mutter gegeben habe", schrie sie und trommelte mit beiden Fäusten auf den Schreibtisch im ehemals mütterlichen Arbeitszimmer ein. "So, wie du mein Leben schon mit acht Jahren zerstört hast, werde ich nun dein Leben zerstören."

Das Einlösen des Versprechens war ihr in diesem Moment zum tiefsten Bedürfnis geworden. Widerstandslos ließ sie sich davon durchdringen und unterwarf ihm alle Fähigkeiten ihres Denkens und Handelns. Sie hatte das Versprechen zum Schwur erhoben.

X.

Irgendwann, während des Studiums, hatte sie sich für Schwarz als ihre Lieblingsfarbe entschieden. Sie trug nur schwarze Kleidungsstücke, und wenn ihr welche gefielen, aber nicht in Schwarz zu haben waren, färbte sie sie einfach um. Daraus entwickelte sich aber weit mehr als nur eine modische Vorliebe. Sie erklärte Schwarz zu einem Teil ihrer Persönlichkeit. Über Schwarz definierte sie sich: Schwarz ist kompromisslos, unergründlich, Distanz gebietend. Es verschlingt das Licht, ohne welches zurückzugeben. Schwarz ist immer

Kontrast. In den Semesterferien färbte sie dann auch ihre ursprünglich brünetten Haare schwarz.

Nach dem Tod ihrer Mutter wurde Sie auf den Trauerfall kaum angesprochen, da man sie nicht anders als schwarz gekleidet kannte. Außerdem trug sie sowieso den weißen Arztkitttel. Auch wenn sie selbst vorübergehend Antidepressiva einnehmen musste, war bei den Kollegen ihr Trauerfall schnell vergessen, zumal sie in ihrer so perfekt erlernten Rolle der sachlichen und stets korrekten Ärztin nicht ins Straucheln kam. Im Umgang mit Patienten pflegte sie nach wie vor eine professionelle Freundlichkeit.

Ein privates Umfeld mit Freundinnen und Freunden hatte sie dagegen noch nie gehabt. Bis auf gelegentliche Theater- und Museumsbesuche mit anderen Mitgliedern des Vereins der Kulturfreunde, lebte sie zurückgezogen, nun allein, in dem Reihenhaus mit Garten. Oliver war ja schon längst jenseits ihres Interessenhorizonts. Seit seinem mit Ach und Krach bestandenen Abitur hatte er sich nur noch ein paar Mal zu Stippvisiten sehen gelassen, die dann regelmäßig im Streit mit Maman und ihr endeten, meist weil er Geld brauchte. Das löste dann wohl beiderseits eine Art Abstoßungsprozess wie bei körperfremdem Gewebe aus. Jedes Mal verschwand er dann wieder und trieb sich irgendwie und irgendwo herum. In den letzten fünf oder sechs Jahren war er überhaupt nicht mehr gekommen. Sie wusste nicht einmal, ob er überhaupt noch lebte.

XI.

Nach dem Fund des Briefes von Carla Sennberg war sich Judith im Klaren, dass sie einen Plan brauchte, um Max beizukommen. Bei der Internet-Recherche über japanische Heilkunst geriet sie einmal zufällig auf eine Seite, die sich mit der Kunoichi, einer Art weiblicher Ninja, beschäftigte. Seitdem ging ihr das Bild nicht mehr aus dem Kopf, Max quasi als schwarze Schattengestalt zu bekämpfen, also unsichtbar und unerkannt im Hintergrund zu agieren und erst im letzten Moment zur finalen Tat aus dem Dunkel zu treten. Sie wollte, dass dieses Überraschungsmoment gegenüber dem völlig ahnungslosen Opfer in ihrem Plan eine entscheidende Rolle spielte. Bis dahin hatte sie aber noch einen weiten Weg zu gehen. Denn – so lernte sie aus dem Internet-Artikel – die hauptsächliche Tätigkeit einer Kunoichi und eines Ninja war nicht das Kämpfen, sondern erst einmal das intensive Sammeln von Informationen als Voraussetzung für einen funktionierenden Plan. Judith musste also möglichst viel über Max und seine Lebensumstände in Erfahrung bringen – und natürlich über diese Cäcilia Neuenkamp, ihre so überraschend aufgetretene Halbschwester. Nicht zuletzt aus erbrechtlichen Gründen musste sie wissen, was aus ihr geworden war, wo diese Cäcilia lebte und ob sie von ihrer wahren Herkunft inzwischen wusste.

Abgesehen vom Internet, wo sie allgemein zugängliche Daten leicht recherchieren konnte, würde sie eine erfahrene Detektei engagieren müssen. Die kostet zwar

Geld, aber abgesehen von ihrem, als Single stattlichen Gehalt, hatte Maman einen namhaften Betrag hinterlassen. Auch wenn sie Olivers Erbanteil zurücklegen musste für den Fall, dass er sich doch irgendwann einmal wieder melden sollte, war der Rest ausreichend, um ihn für die Verfolgung ihres Plans zu verwenden, der soeben im Entstehen war. Und lebte Maman noch, wäre sie ganz sicher mit der Verwendung ihres finanziellen Erbteils einverstanden.

XII.

Judith war zwar eine Lady, aber Frank Dossel gewiss nicht Philip Marlowe. Denn dann hätte Judith die Detektei Dossel & Partner sicher nicht vor sechs Wochen ausgewählt und sie mit der Beschaffung von Informationen über Max Sweberding beauftragt.

Das Vierzig-Quadratmeter-Büro, in dem sie sich an einem langen Besprechungstisch gegenüber saßen, glich einer modern eingerichteten Anwaltskanzlei. Mit dem Birkenholz-Mobiliar und den hellbraunen Lederbezügen der Freischwingerstühle wirkte der Raum hell, transparent und freundlich. Herr Dossel verschwand also weder im diffusen Halbdunkel eines heruntergekommenen Hinterhof-Büros, noch in einer Wolke aus Zigarettenqualm. Der Berufsstand der Marlowe-Kollegen gibt sich heutzutage distinguiert-seriös, im Fall von Herrn Dossel mit einem kleinen Schuss Individualität in Form einer maisgelben Fliege mit breiten, etwas müde hängenden Schmetterlingsflügeln auf weißem Hemd.

Die vergoldeten Manschettenknöpfe mit blauen Emaille-Einlagen lugten dezent aus den Ärmeln des dunkelblauen Blazer hervor. In Verbindung mit der randlosen Brille und dem blankpolierten Billardkugelkopf wirkte er so alt, wie er wohl auch war: Mitte fünfzig.

Zu ihm hatte Judith spontan Zutrauen gefasst, im Gegensatz zu den beiden zuvor aufgesuchten Kandidaten. Der eine von ihnen wirkte auf sie zu vierschrötig und der andere hatte seine angebliche Seriosität zu dick aufgetragen. Manchmal sind es nur Kleinigkeiten, die stören. Judith hatte durch die fortwährenden Vorträge ihrer Maman gelernt, gegenüber fremden Menschen misstrauisch zu sein. Bei Herrn Dossel hatte sie aber sofort ein gutes Gefühl.

So saßen sie sich also an dem langen Glastisch gegenüber und Judith war gespannt, was der Detektiv aus dem spiralgebundenen Dossier über Max vorzutragen hatte, das vor ihm lag. Sie hatte noch keine Ahnung, dass nur eine einzige Information darin die Gewalt des Erdbebens von Fukushima haben sollte. Und er war nicht darauf gefasst, dass er schon bei den routinemässigen Angaben wie Name, Vorname Wohnort und so weiter, jäh unterbrochen wurde: "Familienstand: Verheiratet mit Cäcilia Sweberding, geborene Neuenkamp."

"Was?" entfuhr es ihr. Der erste, gewaltige Stoß des Erdbebens erschütterte sie. "Mit wem?" Im gleichen, sachlichen Ton wiederholte er: "Cäcilia Sweberding, geborene Neuenkamp." Dann aber bemerkte er den ungläubigen Nachdruck in der Frage und blickte etwas irritiert aus seinen Unterlagen auf: "War Ihnen dieser Sachverhalt nicht bekannt?" Es war eigentlich eine blöde Frage des Detektivs. Gleichwohl durchrollten Judiths Nervenkostüm weitere, kaum weniger starke Schockwellen. Für einen Moment schien sie Ihre Fassung völlig zu verlieren. Ihre Hände, die locker gefaltet auf der Glasplatte lagen, verkrampften sich, die Fingernägel gruben sich schmerzhaft in die plötzlich feucht gewordenen Handballen, unter denen die Glasplatte beschlug. Aber schnell hatte sie sich wieder in der Gewalt und hoffte, dass ihr Gegenüber nichts bemerkt hatte. "Schon gut", wiegelte sie ab und ließ ihn weiter vortragen. Aber dann wurde sie von dem Tsunami der Erkenntnis überrollt, dass Max allem Anschein nach seine eigene, uneheliche Tochter geheiratet hatte.

Die weiteren Informationen hörte sie nicht mehr, zum Beispiel, dass Max vor drei Jahren sein Unternehmen verkauft habe und nun über ein ansehnliches Privatvermögen verfügte; dass die Wohnadresse eine stattliche Jugendstil-Villa war, nicht weit vom Benrather Schlosspark, wo das Ehepaar gerne Spaziergänge unternahm; dass Cäcilia Sweberding von Montag bis Freitag allmorgendlich mit ihrem C-Klasse-Mercedes pünktlich gegen acht Uhr fünfzehn das Grundstück verließ; dass die Halbtags-Haushälterin Agnes Trebusch hieß, die morgens an denselben Tagen ebenso pünktlich um acht Uhr mit ihrem Fahrzeug erschien, es auf einem der beiden Besucherparkplätze neben der Auffahrt abstellte und wenige Minuten nach zwölf das Haus verließ. Im

Lauf der einwöchigen Beobachtung von Max Sweberding hatte der Außendienstmitarbeiter von Herrn Dossel auch notiert, dass 'die Zielperson' ebenfalls täglich vormittags zu unterschiedlichen Zeiten das Haus mit dem Pkw (Mercedes S-Klasse) verließ; zweimal besuchte er für jeweils etwa vier Stunden seine ehemalige Firma, wurde dort vom Pförtner freundlich gegrüßt und ohne Stopp sofort durchgewunken. An den übrigen Tagen war er ebenfalls unterwegs: Besuch der IHK, wo er als Beiratsvorsitzender noch tätig war sowie offenbar damit zusammenhängende Besuche bei Firmen im Umkreis. Eine genaue Auflistung der Aktivitäten war im Anhang des Dossiers zu finden. Am letzten Tag der Beobachtung, einem Samstag, fuhr das Ehepaar in den Harz in ein bekanntes Wellness-Hotel, wo die Ankunft und das Einchecken dokumentiert wurden – mit Fotos, die deutlich die gegenseitige Zuneigung von Max und Cäcilia zeigten. Das alles fand Judith erst Tage später heraus, als sie in der Lage war, das Dossier konzentriert zu lesen.

Im Moment gelang es ihr nur mit größter Anstrengung, die gewohnte Haltung zu bewahren. Sie musste schleunigst hier raus, allein und unbeobachtet sein, um dieses neue Wissen aushalten und verarbeiten zu können. Mit dem Dossier in der Hand und dem Hinweis, Herr Dossel möge die Schlussrechnung für seine Bemühungen stellen, und es könne gut sein, dass sie seine Dienste nochmals in Anspruch nehmen müsse, verließ sie das Büro.

Völlig desorientiert stand sie vor der Detektei auf dem Gehweg. 'Max und seine leibliche Tochter sind verheiratet. Das ist doch Inzest!', schrie sie innerlich. Schräg gegenüber auf der anderen Straßenseite lag ein kleiner Stadtteilpark. Dort gab es sicher auch Bänke. Sie musste sich setzen und beruhigen. So schnell konnte sie sich aber nicht beruhigen. Seit vier Wochen wusste sie, dass sie eine Schwester, richtiger gesagt eine Halbschwester, hatte. Nun musste sie zur Kenntnis nehmen, dass ihr Vater mit eben dieser Cäcilia, geborene Neuenkamp, auch noch verheiratet ist. 'Genauso gut könnte er mit mir verheiratet sein', schoss es ihr durch den Kopf. Ihr wurde speiübel, wie damals bei Marco. Dann flossen im Sturzbach die Tränen. Was würde ihr dieses Ungeheuer noch alles antun?

XIII.

Allzu tiefer Schmerz narkotisiert das Denkvermögen. Judith besann sich daher bald wieder auf ihre Stärke: ihre rationale Kraft. Sie saß also nicht lange auf der Parkbank, bis sie mit Ingrimm feststellen konnte: 'Jetzt hab' ich dich am Haken!' Sie erhob sich und ging mit dem ihr eigenen energischen Schritt zu ihrem Auto.

In der Gewissheit, die verletzliche Flanke von Max entdeckt zu haben, nahm sie sich in den folgenden Tagen das Dossier mehrmals vor und las es aufmerksam. Die beigefügten Fotos ergänzten anschaulich die beschriebenen Beobachtungen. Wenn auch noch viele Informationen aus dem ganz persönlichen Umfeld fehlten, war sie doch mit der Arbeit der Detektei zufrieden. Allerdings ließ nichts in den Aufzeichnungen vermuten, dass Max von seinem inzestuösen Verhältnis etwas wusste.

Es war schnell klar, dass sie noch mehr wissen musste. Sie entschied sich also zu folgendem Vorgehen: Erstens: Sie würde die Detektei beauftragen, möglichst viele Informationen über Vergangenheit und Gegenwart der Cäcilia Neuenkamp zu sammeln. Um noch mehr zu erfahren wollte sie, zweitens, selbst den Kontakt zur Haushälterin Agnes Trebusch suchen. Drittens brauchte sie eine Rechtsauskunft, wie eine bestehende Inzestehe juristisch gehandhabt wird.

XIV.

Ende Mai hatte Judith von Dossel & Partner das erste Dossier erhalten, das sich mit Max beschäftigte. Der schockierende Tatbestand, dass ihr Vater mit seiner leiblichen, unehelichen Tochter verheiratet war, befeuerte sie weiter in ihren feindlichen Absichten. Deshalb hatte sie die Detektei veranlasst, nun auch Cäcilia zu scannen. Den Bericht hatte sie vergangene Woche erhalten, also Mitte Juli. Sie ließ sich das Dossier diesmal postalisch zusenden und verabredete mit Herrn Dossel, sie werde sich bei Rückfragen telefonisch melden und gegebenenfalls einen Gesprächstermin vereinbaren.

Neben den allgemeinen Angaben wie Geburtsort und Geburtstag dokumentierten die Rechercheergebnisse, dass Cäcilias Eltern, Harald Neuenkamp und Carla, geb. Sennberg, 1974 bei einem schweren Autounfall ums Leben gekommen waren. Die Kopien zweier Zeitungsausschnitte mit Unfallberichten sowie einer Todesanzeige lagen bei. Die Nennung von Carlas Mädchenname bestätigte, dass es sich um dieselbe Cäcilia handelte, die von ihrer Mutter im Brief an Max als ihrer beider Tochter genannt wurde. Zum Unfallzeitpunkt war Cäcilia sieben Jahre alt. Sie wuchs dann bei ihrer verwitweten Großmutter auf. Diese starb eines natürlichen, aber unerwarteten Todes, als Cäcilia kurz vor dem Abitur stand, also 1985. Die folgenden zwei Jahre, etwa ab Beginn ihres Studiums, verbrachte sie mit zwei Studienkolleginnen in einer Wohngemeinschaft. Von Anfang 1987 bis etwa Ende 1991 lebte sie mit dem fünfzehn Jahre älteren Musiker und Konzertmeister des Sinfonieorchesters Münster, Gerhardt Krahl, in eheähnlicher, kinderloser Gemeinschaft zusammen. Diese zerbrach, als Krahl eine Anstellung beim Boston Philharmonic Orchestra als erster Geiger erhielt.

An der Universität Münster studierte sie ab dem Wintersemester 1985 Kunstgeschichte, promovierte aber erst 1994 über Leben und Werk des italienischen Barockmalers Domenico Zampieri, genannt 'Domenichino'. Mehrere Bilder von ihm hängen in Schloss Windsor. Weitere, unter anderem ein Bildnis der Heiligen Cäcilie, befinden sich im Besitz des Louvre.

Nach mehreren Jahren Tätigkeit am Landesdenkmalamt von Nordrhein-Westfalen wechselte sie zum Landesinstitut für internationalen Kulturaustausch und wurde dort zunächst stellvertretende und zwei Jahre später, 2005, hauptamtliche Geschäftsführerin, als ihr Vorgänger in Ruhestand ging. Neben Quellenangaben waren eine ganze Reihe weiterer, aber eher unwesentlicher Informationen im Anhang des Dossiers aufgelistet.

Auch bei einem Familienanwalt war Judith zwischenzeitlich gewesen, um sich Rechtsauskunft über die juristische Einordnung des Tatbestands einer Inzestehe geben zu lassen. Sie lernte, dass die im Juristendeutsch genannte Verwandtenehe nach § 1307 BGB und § 173 StGB verboten ist. Verwandte in diesem Sinne leiten sich in direkter Linie ab, also Vater – Tochter, Mutter – Sohn oder Bruder – Schwester. Da es sich dabei um ein so genanntes Offizialdelikt handelt, müssen die Justizbehörden tätig werden, wenn ihnen ein solcher Fall bekannt wird.

XV.

Agnes Trebusch war recht blass und kämpfte mit den Tränen. Ihr Auto, ein dreizehn Jahre alter Peugeot 106, war schwer beschädigt, eine Reparatur würde sich wohl kaum noch lohnen. Die vordere linke Flanke samt Stoßfänger sah aus wie zerknüllte Alufolie, an der abnormen Stellung des Vorderrads war zu erkennen, dass wahrscheinlich die Radaufhängung gebrochen und die linke Antriebsachse stark verzogen war. Ihre Unfallgegnerin, die von links aus einer Seitenstraße herauskam, hatte sie wohl übersehen und dabei gerammt. Das war nicht weit von ihrer Arbeitsstelle, Im Goldhain 2, bei Sweberding.

Judith sprang aus ihrem X5 und fragte Frau Trebusch, ob sie sich verletzt habe. Es täte ihr sehr leid und natürlich wäre sie, Judith, schuld, sie hätte besser aufpassen müssen und natürlich würde sie, respektive ihre Versicherung den Schaden ersetzen. Sie verständigte sofort die Polizei. Nein, ein Notarzt sei nicht erforderlich, es sei ein reiner Blechschaden, außerdem sei sie selbst Ärztin.

Frau Trebusch war noch etwas verwirrt und Judith sprach beruhigend auf sie ein. Sie bot ihr an, gleich nach der Unfallaufnahme durch die Polizei gemeinsam zu dem Autohaus zu fahren, wohin der Unfallwagen abgeschleppt würde. Dort erhielte sie sicher auch ein Ersatzfahrzeug zur vorübergehenden Miete. Ihr SUV hatte einen bedeutend geringeren Scha-den, durch den die Fahrtüchtigkeit nicht beeinträchtigt wurde. Es hatte sie zwar eine enorme Überwindung gekostet, absichtlich das Auto der armen Frau Trebusch zu rammen und dabei auch noch einen eigenen Schaden einzustecken. Aber 'Opfer müssen manchmal gebracht werden', dachte sie bei sich.

Judiths Bemühungen, ihre Unfallkontrahentin zu beruhigen hatten Wirkung gezeigt, so dass die Polizeibeamten einen Routinefall abarbeiten konnten. Eine böse Überraschung gab es jedoch für Frau Trebusch, als ihr einer der beiden Beamten mitteilte, dass dies wohl ein wirtschaftlicher Totalschaden sei, was hieße, dass eine

Reparatur nicht mehr lohne und sie von der gegnerischen Versicherung wahrscheinlich nur den Zeitwert des Fahrzeugs erstattet bekäme. Auf die Frage, wie viel denn das noch wäre, wollte der Polizist keine Angabe machen, aber viel über dem Schrottwert sei es gewiss nicht mehr. Daran hatte Judith bei allen Vorbereitungen nicht gedacht.

Als Frau Trebusch aufgebracht und lamentierend aus dem Polizeibus ausstieg und Judith für den herben finanziellen Verlust verantwortlich machte, sah sie ihr ganzes Projekt gefährdet. Deshalb versprach sie der Frau im Beisein der Polizisten, für einen mehr als adäquaten Ersatz zu sorgen. Da könne man sich doch gleich bei dem Autohaus nach einem guten Gebrauchten für sie umsehen. Das beruhigte Frau Trebusch wieder, die im Übrigen mit ihren knapp fünfzig Jahren eine gelungene Einheit aus pummeliger, untersetzter Statur und gutmütigem Naturell war.

XVI.

Wenn sich nach überstandenem Schock und Ärger alles zum Guten wendet, löst das im Allgemeinen auch die Zunge. So kam Judith mit Frau Trebusch während der Fahrt leicht ins Gespräch. Sie fuhren etwa eine dreiviertel Stunde bis zu dem Autohaus, das unweit von Frau Trebuschs Wohnort Rath lag.

Ohne zu erkennen zu geben, dass sie schon einiges über sie wusste, lenkte Judith vorsichtig das Gespräch auf ihre Arbeit bei den Sweberdings und von dort auf den Vorschlag, dasselbe auch bei ihr an zwei Nachmittagen in der Woche zu übernehmen. Sie suche schon lange eine zuverlässige Haushaltshilfe und von Rath nach Wittlaer sei es ja fast ein Katzensprung im Vergleich zu Benrath. So stelle sich der kleine Unfall am Ende noch als Glücksfall für beide heraus, fand Judith. Frau Trebusch, noch ein wenig misstrauisch, vergewisserte sich mit der Rückfrage: "Und das ist ihnen wirklich ernst mit dem neuen Auto, ich meine, mit einem neueren Auto als wie das jetzt kaputte?" "Ja, natürlich", bestätigte Judith, "und wir vereinbaren einen Vierhundert-Euro-Job und zusätzlich noch hundert Euro in bar. Dafür kommen Sie zweimal pro Woche jeweils 4 Stunden nachmittags." Frau Trebusch schaute sie vom Beifahrersitz noch einmal an und sagte dann: "Sie sehen mir nicht so aus, als würden sie mich übers Ohr hauen wollen." Judith lächelte sie an und antwortete dann aber doch wieder ernst: "Ganz gewiss nicht, Frau Trebusch. Sie werden ja gleich sehen, wenn wir am Autohaus sind." Und nach einer kurzen Pause: "Ich muss Sie nur um eines bitten: Erwähnen Sie gegenüber Herrn und Frau Sweberding niemals meinen Namen. Darauf muss ich bestehen. Ich habe große Schwierigkeiten vor allem mit Herrn Sweberding. Aus diesem Grund wollte ich vorhin zu ihm und mit ihm sprechen. Sonst hätte ich ja gar keinen Grund gehabt, hier aufzukreuzen und es wäre auch nicht zu dem Unfall gekommen. Fragen Sie bitte nicht nach der Art der Probleme mit Sweberdings. Es ist besser, wenn sie es nicht wissen. Im Grunde ist es eine ganz schreckliche Geschichte. Und würden Sie meinen Namen erwähnen, könnte es sehr leicht sein, dass sie postwendend dort Ihren Job los wären."

Der letzte Satz schien Judith genügend Warnung zu enthalten, dass Frau Trebusch wirklich schwieg. Und tatsächlich entgegnete sie ganz entrüstet: "Frau Dr. Kulik, wo denken Sie hin! Mein oberstes Arbeitsprinzip ist absolute Verschwiegenheit und Diskretion. Das bin ich meinem Ruf schuldig. Nur einmal ein falsches Wort und kein Hund nimmt mehr einen Knochen von mir. Ich kann mich dann doch in keinem der besseren Häuser im Umkreis von hundert Kilometern mehr sehen lassen." Judith amüsierte sich ein wenig über die skurrile Vorstellung, dass möglicherweise die Herrschaften (oder deren Hunde?) in den besseren Häusern von ihr nicht einmal mehr einen Knochen wollten.

Frau Trebusch von ihren Schwierigkeiten mit Max zu erzählen, hatte für Judith neben der Erklärung, warum sie sich hier in dieser Villengegend aufhielt, weitab von ihrem Wohnort und ihrer Klinik, einen weiteren triftigen Grund: Wenn Frau Trebusch in ihrer Leutseligkeit den Sweberdings verriet, dass sie eine zweite Arbeitsstelle bei Frau Dr. Judith Kulik in Wittlaer angenommen habe, wären Judiths Absichten schlagartig zunichte gemacht. Das durfte unter keinen Umständen passieren.

XVII.

An einem spätsommerlichen Samstagabend saß Judith in ihrem Korbsessel auf dem Balkon im ersten

Stock und blickte nachdenklich über den Rhein. Auf dem Beistelltischchen stand ein Glas Chablis. Die Flasche war übrig geblieben von ihrer Beförderungsfeier zur Leitenden Oberärztin der Inneren Medizin und hatte seit dem in einem ihrer Aktenschränke im Büro gestanden. Sie liebte diesen trockenen, eleganten und kraftvollen Weißwein. Neben dem Glas lagen die beiden Dossiers über Max und Cäcilia.

Nach allem, was sie bis jetzt wusste, waren die beiden, wie man so schön sagt, ein 'glückliches Paar'. Im Gegensatz zu ihnen wusste sie aber, dass dieses Glück illegal war. Ob sie nun miteinander schliefen oder nicht, ob daraus Kinder entsprangen oder wohl eher nicht, war letztlich egal. Verwandtenehe war verboten. Punktum.

Wenn sie also Max schwer treffen wollte, dann musste sie diese Beziehung unterminieren, bis sie einstürzte. Damit hatte sie kein Problem, schließlich lebten die beiden im Inzest, und das war nicht nur illegal, sie fand es auch widerwärtig. Das Ziel war also definiert und wie sie es erreichen würde, war in groben Zügen auch schon klar. Eigentlich so klar wie der Nachthimmel, an dem in ewigem Gleichmut die Sterne flimmerten und der abnehmende Mond entlang wanderte. Sie trank den letzten Schluck Chablis und ging dann zu Bett.

XVIII.

Frau Trebusch, die sich vom ersten Arbeitstag an mit 'Agnes in der Sie-Form' ansprechen lassen wollte, arbeitete nun regelmäßig zweimal die Woche nachmittags bei Judith. Allem Anschein nach hatte die neue Teilzeit-Haushälterin großes Zutrauen zu Judith entwickelt, die sich darum auch sehr bemühte. Der Grund war nicht nur, durch Agnes wichtige Informationen über das Haus Sweberding zu erhalten, sondern auch, weil Judith sie wegen ihrer Tüchtigkeit schätzte und sie deswegen gerne lobte.

In unregelmäßigen Abständen richtete sie ihren Dienst in der Klinik so ein, dass sie schon am Nachmittag nach Hause kam, wenn Agnes noch da war. Dann hatte sie ein paar süße Stückchen oder Kuchen vom Konditor dabei. Darüber freute sich Agnes sehr, da sie das Hüftengold weit mehr liebte, als es ihrer Figur zuträglich war und sie quasi die Leib gewordene Erscheinung dieses so bildhaften Begriffs darstellte.

Beim Kaffee saßen sie zusammen und plauschten, wobei Judith in homöopathischen Dosen die eine oder andere Frage, eine Vermutung oder Behauptung in den Raum stellte, was die Sweberdings betraf. Auf diese Weise erfuhr sie beispielsweise, dass das Paar jedes Jahr zehn oder vierzehn Tage gegen Ende Mai oder Anfang Juni Urlaub auf Capri machte. Auch, dass Frau Sweberding in letzter Zeit, morgens, wenn sie sich sahen, etwas missmutig wirkte. "Vielleicht kommt sie in die Wechseljahre", meinte Agnes. Diese Vermutung habe sie, weil sie sich erinnerte, wie es bei ihr war.

Wenn sie sich bei solchen Äußerungen ertappte, endete sie abrupt und hielt erschrocken die Hand vor den Mund: "Um Himmelswillen, Frau Doktor, was rede ich da!" Dann lamentierte sie selbstanklagend und konnte sich erst wieder beruhigen, wenn ihr Judith hoch und heilig versprach, ihre schreckliche Geschwätzigkeit nicht herumzuerzählen. "Dann nimmt doch kein Hund mehr einen Knochen von mir!" Als probates Mittel hatte sich Judiths Hinweis auf ihre ärztliche Schweigepflicht erwiesen, auch wenn das mit Gesprächen dieser Art überhaupt nichts zu tun hatte. Im Übrigen, fügte sie hinzu, gäbe es keinerlei Grund, dass die paar Interna über das Ehepaar Sweberding diese vier Wände jemals verlassen sollten. Und natürlich würde Judith sie jederzeit weiterempfehlen, falls es einmal nötig sein sollte: "Aber nur, wenn Sie mir dabei nicht verloren gehen", schmeichelte sie Agnes.

Solche Szenen wiederholten sich fast regelmäßig, wenn Judith mit Kuchen, Torte oder Quarktaschen zum Nachmittagskaffee lud. Agnes war zwar eine 'Perle', aber auch leut- und redselig. Neben den Informationen, die Judith dadurch erhielt, musste sie auch immer wieder durchblicken lassen, dass die Nennung des Namens Kulik für Agnes' Arbeitsplatz in Benrath pures Gift sei.

XIX.

Drei Rechtsanwaltskanzleien hatte sie kontaktiert, und von allen hatte sie eine Absage bekommen. Erst danach kam ihr der Gedanke, dass die Anwälte vielleicht eine kriminelle Erpressungsgeschichte vermuteten, an der sie sich verständlicherweise nicht beteiligen wollten. Für ihren Besuch bei dem Rechtsanwalt Dr. Saalfeldt in Hamburg hatte sie sich deshalb eine ausführliche Argumentation zurechtgelegt, die von vornherein diesen Verdacht nicht aufkommen lassen sollte. Nachdem sie dem Anwalt ihr Anliegen vorgetragen hatte, stellte er noch einige gezielte Fragen, erbat das Original des Briefes von Carla Sennberg, die beiden Dossiers und drei Wochen Bedenkzeit. Judith vermutete, dass er in dieser Zeit die Echtheit des Briefes und die Verlässlichkeit der Dossier-Angaben prüfen lassen wollte.

Immerhin kam dann pünktlich zum vereinbarten Termin die Zusage. Ein weiteres Gespräch betraf die Abstimmung über den Inhalt des Briefes. Diesen schickte der Rechtsanwalt dann wenige Tage später per Einschreiben mit Rückschein und dem Zusatz 'Eigenhändig' an Cäcilias Geschäftsadresse.

Judith hatte sich für diese Vorgehensweise entschieden, weil sie zum einen mit der Adressierung an ihre Geschäftsadresse vermeiden wollte, dass Max zu Hause den Brief eventuell vor Cäcilia in die Hände bekam und somit vorgewarnt wäre, falls er ihn öffnen sollte. Vor allem aber wollte sie unbedingt erreichen, dass Max von seiner Frau mit der Ungeheuerlichkeit einer Inzestehe konfrontiert wurde. Das wäre für ihn sicher ein viel härterer Schlag als wenn er einen an ihn gerichteten Brief von einem unbekannten Rechtsanwalt erhalten würde. Außerdem bestand die Möglichkeit, dass er, ohne mit

Cäcilia darüber zu sprechen, sich juristisch wehren würde in der Hoffnung auf einen langen Rechtsstreit, den er natürlich seiner Frau verheimlichen würde. Zu guter Letzt könnte er, unter welchen Ausflüchten auch immer, sich zwar scheiden lassen, und dennoch mit ihr weiterhin zusammen leben. Das alles hätte Judiths Rachepläne zum Scheitern gebracht. Aber auch so kam es anders, als Judith ahnen konnte und beabsichtigt hatte.

Hamburg, 24. Oktober 2011

Sehr geehrte Frau Sweberding,

im Auftrag unseres Mandanten, der nicht genannt werden möchte, habe ich Ihnen mitzuteilen, dass Ihr Eheverhältnis mit Herrn Max Sweberding, wohnhaft in Düsseldorf-Benrath, Im Goldhain 2, mit großer Wahrscheinlichkeit unrechtmäßig ist.

Unser Mandant hat uns Unterlagen zur Kenntnis gegeben, die den berechtigten Verdacht einer Verwandtenehe nahe legen. Nach diesen Unterlagen wären Sie, Frau Sweberding, die leibliche Tochter Ihres derzeitigen Ehemanns Max Sweberding. Den Unterlagen zufolge sind Sie hervorgegangen aus einer kurzzeitigen Beziehung im Sommer des Jahres 1966, als sich Herr Max Sweberding und Frau Carla Sennberg gleichzeitig in Ravenna aufhielten und dort kennen lernten. Frau Carla Sennberg hat, den Unterlagen zufolge, wenige Wochen nach diesem Aufenthalt Herrn Harald Neuenkamp geehelicht und sowohl ihn als auch Sie, Frau Sweberding, im Glauben gelassen, Herr Neuenkamp sei der leibliche Vater seiner Tochter Cäcilia, also von Ihnen.

Sollten diese Angaben zutreffen, wäre der Tatbestand der Verwandtenehe zwischen Verwandten in direkter Linie, hier Vater/Tochter, gegeben. Die Verwandtenehe ist nach § 1307 BGB verboten und nach § 173 StGB strafbar mit Gefängnis bis zu drei Jahren. Da es sich hierbei um ein Offizialdelikt handelt, ist die Justiz verpflichtet, tätig zu werden und ein Verfahren einzuleiten, sobald sie davon Kenntnis erhält.

Als Rechtsbeistand haben wir unserem Mandanten empfohlen, von einer Anzeige vorerst abzusehen und Ihnen die Möglichkeit einzuräumen, bis zum 31. März 2013 entweder

- gerichtsfeste, gegenteilige Beweise vorzulegen, z.B. in Form von DNA-Analysen von Ihnen und Herrn Sweberding, die belegen, dass das angenommene Verwandtschaftsverhältnis nicht besteht

oder

- ein Dokument an uns zu senden, das die inzwischen rechtskräftige Ehescheidung von Herrn Max Sweberding bis zum oben genannten Termin zweifelsfrei belegt.

Sobald Sie uns Dokumente im Sinne der oben genannten Inhalte übersenden, werden wir diese auf Richtigkeit und Echtheit prüfen und sie bei uns hinterlegen. Anschließend informieren wir unseren Mandanten über Eingang und Validität der Dokumente. Dieses treuhänderische Vorgehen halten wir zur Wahrung der Distanz zwischen

Ihnen und unserem Mandanten für angebracht. Unser Mandant hat sich mit dieser Vorgehensweise einverstanden erklärt.

Unser Mandant beauftragte uns, Sie darauf hinzuweisen, dass er sich weitere rechtliche Schritte vorbehält, wenn bis zum 31. März 2013 keine Dokumente wie oben angesprochen vorgelegt wurden.

Mit freundlichen Grüßen
gez. Dr. Gerrit Saalfeldt, Rechtsanwalt

XX.

Das Laub der Bäume um die Wohnhäuser und Villen in Wittlaer schmückte kaum noch die Kronen, sondern viel mehr die so akkurat gepflegten Rasenflächen und Rhododendronrabatten. Auch im Benrather Schlosspark war der goldene Herbst mehr auf den schnurgerade und geometrisch sich kreuzenden Parkwegen als an den Ästen zu finden. Die Sonne stieg, sofern sie die tiefen Wolken und den Nebel über dem Rhein noch besiegen konnte, nicht mehr so hoch und verabschiedete sich früher. – Es lag der Abschied von einem warmen Sommer in der Luft.

Judith wollte natürlich unbedingt erfahren, welche Wirkung der Brief bei Cäcilia erzielt hatte. Deshalb nahm sie sich drei Tage nach dem Versand des Briefes durch den Rechtsanwalt wieder einmal für einen 'Agnes-Nachmittag' frei, nachdem sie zuvor mehrere

Wochen hatte verstreichen lassen. Es musste also Agnes so vorkommen, dass das Treffen mit ihr längst überfällig war und sie deshalb keinen Verdacht schöpfen konnte.

Mit rechts schloss sie die Haustür auf, während sie in der Linken den obligatorischen Pappteller mit den Backwaren balancierte. Im Gegensatz zu sonst, kam ihr Agnes nicht entgegen, um sie freundlich zu begrüßen. Erst auf Zuruf kam sie, grüßte und nahm ihr ansonsten wortlos den Kuchen ab. "Agnes, hallo, was ist los? Ist was passiert?" "Ach, Frau Doktor", seufzte Agnes, "ich weiß nicht, was mit Frau Sweberding los ist. Heute Morgen, als ich kam, fand ich sie im Bett, mit völlig verweinten Augen. Sie wollte aber nicht sagen, warum. Sie wollte auch keinen Arzt. Sie wollte nur in Ruhe gelassen werden. Sie sagte, bei der Sache könne ihr kein Arzt helfen. Auch ihr Mann könne ihr nicht helfen, als ich fragte, ob ich ihn anrufen solle. Der ist nämlich gerade wieder in Cleveland bei den Amerikanern, die doch seine Firma vor drei Jahren gekauft haben." Frau Sweberding hat mich dann nach Hause geschickt, sie müsse jetzt allein sein. "Ich hab' ihr dann noch gesagt, sie soll sich nichts antun. Darauf sagte sie, ich solle mir keine Sorgen machen. Und dann habe ich noch versucht, sie ein wenig zu trösten. Aber Frau Sweberding bestand darauf, dass ich nun gehen solle. – Frau Doktor, ich mache mir so große Sorgen. Wer weiß, heute ist Freitag, wenn ich am Montag komme, lebt sie vielleicht nicht mehr." "Ach, so schnell nimmt sich niemand das Leben, Agnes. Wann kommt denn ihr Mann zurück?", wollte Judith wissen. "Morgen Abend." "Na sehen Sie, Herr

Sweberding wird es sicher schaffen, seine Frau zu trösten. Wahrscheinlich ist es nur ein extremer Anfall am Anfang ihrer Menopause. Dabei gibt es oft schwere depressive Phasen." Agnes schien sich davon überzeugen zu lassen, weil sie selbst, wie sie sagte, "damals so was auch hatte, aber längst nicht so schlimm". Dennoch aß sie ungewöhnlich wortkarg ihr Stück Schwarzwälder Kirschtorte.

XXI.

Am Freitag vor Weihnachten sah Judith einen plausiblen Anlass, nochmals einen 'Agnes-Nachmittag' einzulegen. Zum einen wollte sie ihrer Haushaltshilfe mit einem schönen Geschenk (und natürlich dem obligatorischen Pappteller mit ein paar Schnitten Christstollen) für die tadellose Arbeit danken, zum anderen wieder einmal hören, wie die Stimmung im Hause Sweberding war. Sie hatte sich darauf eingerichtet, dass mit einer offiziellen Reaktion auf den Brief des Rechtsanwalts aus Benrath hinsichtlich entlastender Dokumente vor Weihnachten nicht zu rechnen war.

Agnes war ganz aufgeräumter Stimmung, erzählte von Ihrem Sohn, der sich als Hobby einen alten Opel Manta gekauft habe und ihn nun restaurieren wolle "mit allem Pipapo, sogar mit Fuchsschwanz an der Radioantenne. Ich hab' ihm mal erzählt, dass mein erster Freund damals so ein Auto hatte". In gewohnt vorsichtiger Weise versuchte Judith herauszubekommen, wie es denn Frau Sweberding ginge: "Hatte sie nicht mal vor ein paar

Wochen irgendwelche Probleme?" fragte Judith, als würde sie sich ganz entfernt an eine solche Äußerung von Agnes erinnern. "Ach, wissen Sie, – ich weiß auch nicht", meinte sie nachdenklich. "Kurz nach dem Tag, wo ich sie morgens weinend im Bett fand, hat sie kurzerhand eine Woche Urlaub gemacht. Ich glaube, es war Agadir. Seitdem ist sie irgendwie stiller geworden. Ich denke mir immer wieder, dass sie was bedrückt. Weil, wenn sie lächelt, ist das anders als früher, die Augen lächeln nicht mehr mit. Aber ich frag' sie natürlich nicht danach, das steht mir nicht zu. Vielleicht bin ich auch übersensibel. Weil, wenn es was Ernstes wäre, würde ich das ja auch dem Herrn Sweberding anmerken. Der ist aber wie immer freundlich. Wahrscheinlich sind es die Wechseljahre. Ich hab' mal gelesen, dass manche Frauen sogar ihre Persönlichkeit in den Wechseljahren verändern. Die sind nachher ganz anders als vorher." Damit war für sie das Thema erledigt und Agnes fragte Judith, wie es denn in der Klinik ginge und ob sie zu Weihnachten verreisen wolle... Ja, und dann bis am ersten Dienstag im neuen Jahr...

XXII.

Judith wartete zunehmend ungeduldig. Sie wollte es sich nicht eingestehen, aber es war so. Sie wollte wissen, wie es im Fall Sweberding weiterging. Schon während der Weihnachtsfeiertage, wo es auch in ihrer Abteilung im Krankenhaus ruhiger zuging, ertappte sie sich mehrmals bei dem Versuch sich vorzustellen, was die beiden wohl gerade machen würden, ob sie verreist waren (über eine solche Absicht hatte Agnes nichts gesagt), ob sie Freunde besuchten oder selbst welche eingeladen hatten. Zumindest für Cäcilia müsste es ein trauriges, bedrückendes Weihnachten sein. Vielleicht würde sie einen dieser stillen Tage nutzen, um mit Max über die Geschichte zu reden – in der Hoffnung, dass sich alles als unwahr oder Missverständnis herausstellt.

Immer wieder flogen Judith diese Gedanken zu, ein sicheres Zeichen, dass sie zu viel Zeit und zu wenig zu tun hatte. Während der Dienstzeit war in den Tagen kurz vor Neujahr schnell eine Beschäftigung gefunden, die sie ablenkte. Zu Hause entschied sie sich je nach Tageszeit, Lust oder Laune, ob sie einen Film von DVD ansah, am Rhein entlang joggen ging, in der Küche auf Vorrat kochte, was sie anschließend in die Gefriertruhe packen konnte oder in die Innenstadt zum Shoppen fuhr. Mit ein paar Mitgliedern ihres Kulturvereins hatte sie einen Zwei-Tage-Trip nach Berlin zum Neujahrskonzert in der Philharmonie gebucht. Alles pauschal, sie brauchte sich um nichts zu kümmern, und es war kein Konzert mit klassischer Musik, sondern Big-Band-Swing von Duke Ellington, Glenn Miller und Benny Goodman. Sie mochte diese Art Musik weit mehr als Pop und Klassik.

Die ersten Wochen im neuen Jahr vergingen für Judith außerhalb ihrer Arbeit ereignislos. Nur Agnes hatte beim Kuchennachmittag vor einer Woche angedeutet, dass Frau Sweberding schlecht aussah, sicher habe sie auch abgenommen.

Mitte Februar rief sie bei Dr. Saalfeldt an, um zu erfahren, ob er Neuigkeiten habe. Der musste erst einmal unter Judiths Mithilfe in seinem Gedächtnis kramen, bis ihm der "Fall Sweberding" wieder gegenwärtig war. Nein, er habe keinerlei Informationen. Er schlug auch vor, sicherheitshalber nach Fristablauf noch zehn bis vierzehn Tage zu warten, bis eine erneute Nachricht an Frau Sweberding übermittelt würde. Inzwischen könne sie sich ja überlegen, ob er eine Mahnung mit erneuter Fristsetzung vorbereiten solle oder die direkte Ankündigung der Anzeige bei den Justizbehörden.

XXIII.

Es war ein kalter, grauer Morgen im März. Judith ließ sich gerade im Aufzug zu ihrem Büro befördern, als ihr Handy klingelte. Verwundert über einen so frühen Anruf, sah sie auf dem Display, dass es Agnes war. "Frau Doktor, Frau Doktor, Sie müssen sofort kommen. Frau Sweberding...," mit tränenerstickter Stimme, mehr schluchzend als sprechend, sagte sie "...Frau Sweberding, ...ich glaube sie ist tot.... Sie liegt da, auf ihrem Bett... Ich hab' sie angesprochen... Sie bewegt sich nicht mehr. Frau Doktor, kommen Sie schnell, was soll ich nur machen?" Judith kannte die Gefühlsausbrüche in solchen Extremsituationen. Deshalb blieb sie ganz ruhig, um diese Ruhe auf Agnes zu übertragen. Sie unterbrach ihr lautes Schluchzen. "Agnes, hören Sie mich? Agnes, hören Sie zu! Sehen Sie irgendwo, vielleicht auf dem Nachttisch eine Tablettenschachtel oder ein Wasserglas?" "Tabletten sehe ich keine. Aber ein Glas mit etwas

Wasser steht auf ihrem Nachttisch", antwortete Agnes. "Danke Agnes. Das genügt schon. Ich rufe jetzt den Notarzt. Der wird in etwa zehn Minuten bei Ihnen sein. In der Zwischenzeit bin ich ebenfalls zu Ihnen unterwegs, das wird aber etwas länger dauern, ich schätze etwa vierzig Minuten. Bleiben Sie im Schlafzimmer und beobachten Sie Frau Sweberding. Wenn sie sich bewegt oder die Augen öffnet, sprechen Sie sie mit ihrem Namen an, rufen Sie ihren Namen, sagen sie dann irgendetwas, damit sie merkt, dass jemand da ist. Bis der Notarzt kommt, bleiben Sie unbedingt in unmittelbarer Nähe von Frau Sweberding. Das ist ganz wichtig. Haben Sie mich verstanden?" "Ja Frau Doktor, ach die arme Frau Sweberding", antwortete Sie weinend, "kommen Sie schnell, Frau Doktor." Judith unterbrach die Leitung, wählte 112 und bestellte den Notarztwagen "nach Benrath, Im Goldhain 2, bei Sweberding. Es ist dringend, Verdacht auf Suizidversuch durch Medikamenten-Missbrauch." Während der Telefonate lief sie im Eilschritt zu ihrem Büro, schnappte sich die Arzttasche, die für die regelmäßigen Bereitschaftsdienste alle erforderlichen Instrumente und Medikamente enthielt. Im selben Eiltempo nahm sie den Weg zurück zu ihrem Auto.

Mit weit überhöhter Geschwindigkeit fuhr sie Richtung Autobahn. "Scheiße, Scheiße, verdammte Scheiße", fluchte sie laut und schlug dabei auf das Lenkrad ein. "So war das nicht gedacht. Ich will nicht SIE, ich will IHN." Mehrmals raste Sie bei dunkelgelb über die Ampeln, vollführte riskante Fahrmanöver und provozierte wütendes Gehupe, doch so kam sie ziemlich schnell zur Autobahnauffahrt der A 3 nach Süden. Sie würde dann am Hildener Kreuz auf die A 54 nach Westen wechseln und das letzte Stück die A 59 wieder in südlicher Richtung bis zur Abfahrt Benrath fahren. Sie raste als ginge es um Leben und Tod. Doch der Daumen zeigte schon nach unten, da war sie sich ziemlich sicher. Und wenn wider Erwarten nicht, war der Notarzt ebenfalls unterwegs und womöglich schon vor Ort.

Sie stellte fest, dass ihre Selbstkontrolle vorbildlich funktionierte: Als Agnes anrief, hatte sie schnell, richtig und professionell reagiert. Sie hatte ihr klare Anweisungen gegeben und im selben Moment entschieden, dass sie als Ersthelferin zu lange brauchte und deshalb unverzüglich den Notarzt gerufen. Trotzdem hatte sie, sozusagen als Backup, noch schnell ihre Notarzttasche geholt.

Unablässig auf der Überholspur ging sie auch bei Geschwindigkeitsbegrenzungen nicht vom Gas. Was sonst nicht ihr Stil war, jetzt scheuchte sie alle mit Lichthupe von der linken Fahrspur. Zugleich überlegte sie sich, dass bei Selbstmord der zuständige Arzt, in diesem Fall der Notarzt, die Polizei zu benachrichtigen hat. Die ermittelt, ob es sich tatsächlich um einen Suizid handelt. Das beunruhigte sie wegen des Briefs vom Rechtsanwalt, der bei der Untersuchung des Tatortes mit Sicherheit gefunden würde. Auch wenn sie als seine Mandantin nicht genannt wurde, gäbe es im Rahmen der erweiterten Ermittlungen Fragen an Dr. Saalfeldt und dann eventuell auch an sie. Mit dem Brief hatte sie sich absolut nichts Strafbares vorzuwerfen. Aber wahrscheinlich würde Max während der Untersuchungen dahinterkommen. Und genau das wollte sie vermeiden. Das war nicht der Stil einer Kunoichi. Besser war es, wenn die Polizeibeamten den Eindruck hatten, einen Routinefall zu bearbeiten – es ist ja nicht jeder ein Fernsehkommissar mit dem Ehrgeiz und der Passion eines Freddy Schenk oder Max Ballauf.

Rund fünfunddreißig Minuten später bog sie in die Sweberdingsche Toreinfahrt ein – und setzte sofort wieder zurück. Weil der Notarztwagen den Zugang blockierte, musste sie am Straßenrand parken. Die Haustür zu der Jugendstil-Villa stand offen, Arzt und Sanitäter waren wohl schon bei Cäcilia. Durch den Windfang und die in Kassetten verglaste Schwingtür kam sie in eine ovale, dämmerige Vorhalle. Zwar hing von der hohen Kuppel ein ausladender Glaslüster, der aber nicht eingeschaltet war. Rechts an der gewölbten Seitenwand führte im Schwung eine Läufer belegte Marmortreppe nach oben und mündete in eine Galerie.

Die Wand links, genauso gewölbt wie die gegenüberliegende, war mit drei hohen, stilecht bleiverglasten Fenstern durchbrochen, die typische Farb- und Formenmuster des Jugendstils zeigten. Zwischen den Fenstern standen zwei Stelen mit altgriechischen Büsten von Sokrates und Perikles. Das war ganz und gar nicht Judiths Geschmack. Sie bevorzugte klare, sachliche Linien, modernes Design ohne Schnickschnack. Im Hintergrund erkannte sie mehrere Türen. Aus der am weitesten links gelegenen, der Küche, stürzte auch schon Agnes auf sie zu: "Ach, Frau Doktor, es ist so schrecklich. Sie ist tot. Sie hat sich umgebracht. Warum nur?" Dann fing sie wieder an zu weinen. Judith fragte sie ohne Umschweife, wo Frau Sweberding sei. "Oben im Schlafzimmer. Da ist auch der Notarzt. Der sagte, dass da nichts mehr zu machen sei. Er hat schon die Polizei angerufen. Ich hab' ihm auch gesagt, dass Sie jeden Augenblick kommen müssten."

Judith war auf der Treppe halbwegs nach oben, als sie merkte, dass Agnes ihr folgen wollte. "Agnes, würden Sie bitte in die Küche gehen und dort schon mal ein Glas Wasser für mich vorbereiten? Ich komme gleich wieder runter. Warten Sie bitte so lange. Sie haben viel durchgemacht und sollten sich jetzt etwas Ruhe gönnen." Dankbar nahm Agnes die Anweisung entgegen und verschwand in der Küche, wo sie ein Glas stilles Wasser einschenkte, auf den Küchentisch stellte, einen Stuhl für Judith zurechtrückte und sich selbst dazusetzte.

Wie unten in der Empfangshalle, erreichte man oben von der Galerie aus mehrere Räume. Schräg rechts stand die Tür offen. Sie sah den Notarzt auf der Bettkante direkt neben der toten Cäcilia sitzen und mithilfe eines Klemmbretts seinen Bericht schreiben. Unterdessen räumte der Sanitäter die Instrumente des Arztes wieder in den Notfallkoffer. Judith hielt kurz inne, atmete unmerklich durch und klopfte leise an den Türrahmen. Weniger der Pietät wegen, sondern weil es

Agnes nicht hören sollte, sagte sie nur halblaut: "Guten Tag, ich bin Judith Kulik, die Hausärztin von Frau Sweberding. Die Haushälterin hat mich angerufen. – Ist sie tot?" Der Notarzt erhob sich schnell, als wäre er bei etwas Ungehörigem ertappt worden. "Volker Greiner." stellte er sich vor. "Mein Beileid. Ja, sie ist tot, Exitus, offenbar Suizid. Herbeigeführt wahrscheinlich durch eine Überdosis Schlaftabletten und Beruhigungsmittel. Beide leeren Tablettenbehälter haben wir im Bad gefunden. Das Wasserglas, mit dem sie die Medikamente eingenommen hat, steht hier auf dem Nachttisch. Näheres wird die Pathologie klären, sofern seitens der Polizei Bedarf besteht." "Danke, Herr Kollege, lassen Sie sich von mir nicht stören. Leider kann hier niemand mehr helfen." Sie trat ans Fußende des Doppelbettes.

'Wie aufgebahrt, so ruhig und entspannt', dachte Judith. Sie empfand nichts gegenüber der Person, die da auf dem Bett lag. Die Tote war zwar ihre Halbschwester und groteskerweise gleichzeitig ihre Stiefmutter, auch wenn diese Verbindung ihres Vaters mit Cäcilia unrechtmäßig war. Zudem sah sie Cäcilia heute das erste Mal. 'In meinem Beruf erlebt man täglich das Werden und Vergehen von menschlichem Leben, da kann man sich nicht jedes Mal Gedanken machen.' Und dennoch: Cäcilia trug ein langes, cremefarbenes Totenkleid. Nein, es war kein normales Nachthemd, stellte Judith fest. Für ihre Mutter hatte sie beim Bestatter vor einem Jahr ein ganz ähnliches ausgesucht. Judith schob den Gedanken dann von sich, in welcher Verfassung Cäcilia gewesen sein musste, als sie zum Bestatter ging, um ihr eigenes Totenkleid zu kaufen.

Ruckartig wandte sie sich zur Schlafzimmertür und wollte dem Notarzt folgen. Der war mit dem Sanitäter schon auf der Treppe unterwegs nach unten; Agnes saß noch in der Küche.

Judith nutzte die Gelegenheit, ging auf der Galerie über den ausgelegten Kokosläufer lautlos und schnell eine Tür weiter und öffnete sie. Da stand in einem spärlich möblierten und mit altem Parkett ausgelegten Raum nahe am Fenster ein Jugendstil-Sekretär und ein dazu passender, hochlehniger Stuhl. An zwei Wänden Regale mit Büchern. Dann noch, etwa in der Mitte des Raums, schräg den hohen Fenstern zugewandt, eine Le-Corbusier-Liege, die sich stilmäßig nicht so recht mit dem Sekretär vertrug. Mit schnellen Schritten auf Zehenspitzen war Judith an der heruntergeklappten Schreibplatte. Den großen C4-Umschlag, beschwert mit einem Schatullen ähnlichen Kästchen, steckte sie beides mit einem Griff in ihre Arzttasche, als sie von unten Agnes leise rufen hörte: "Frau Doktor, die Polizei kommt gerade." So schnell wie sie eingetreten war, verließ sie Cäcilias Arbeitszimmer, schloss lautlos die Tür und antwortete gedämpft: "Schicken sie die Beamten rauf. Ich warte hier." Als die zwei Polizisten in Zivil durch den Windfang die Vorhalle betraten, sprach der Notarzt ein paar Sätze mit ihnen, ließ sich das Namenskärtchen des einen geben und versprach ihm, seinen Bericht per Fax heute noch zu schicken. Dann war er auch schon draussen und im Notarztwagen verschwunden, der sich auf dem Kiesweg schwerfällig in Bewegung setzte.

Die Beamten sahen sich in der Vorhalle kurz um, dann ging der eine zu Agnes, die im Türrahmen zur Küche stand und stellte ihr einige Fragen. Der andere stampfte wenig pietätvoll die Treppe nach oben und traf im Schlafzimmer auf Judith. Er befragte sie, und sie teilte ihm mit, dass sie die Tochter von Herrn Sweberding und die Hausärztin sei und die Verblichene seine zweite Frau. Und dass Agnes, die Haushälterin sie benachrichtigt hätte, als sie gegen acht Uhr Frau Sweberding leblos in ihrem Bett vorgefunden habe.

Auf der Treppe nach unten begegnete sie dem zweiten Beamten, der seinen Kollegen bei den weiteren Ermittlungen unterstützen wollte. Judith setzte sich in die Küche und trank das bereitgestellte Wasser. Die Haushälterin schaute sie aus geröteten Augen an und konnte nichts mehr sagen, nicht mehr klagen. "Agnes, Sie gehen jetzt nach Hause. Sie haben genug mitgemacht. Ich warte, bis die Polizei fertig ist. Brauchen Sie eine Beruhigungstablette?" Sie lehnte dankend ab, wollte aber Widerspruch einlegen: "Frau Doktor, Herr Sweberding kommt doch gleich von seiner Geschäftsreise zurück, da muss ich doch hier sein!" Judith antwortete sanft: "Nein, Agnes, das müssen Sie nicht. Sie fahren nach Hause und ruhen sich aus. Ich warte, bis Herr Sweberding eingetroffen ist und bereite ihn auf den Tod seiner Frau vor. Ich glaube, das kann ich als Ärztin besser als Sie, Agnes." Sichtlich erleichtert, dass sie gehen konnte, legte sie sich den handgestrickten Schal um und zog den Mantel über. "Und dann machen Sie vierzehn Tage Pause, wenigstens bei mir. Herr Sweberding wird gewiss ebenfalls Verständnis dafür haben. Ich werde mit ihm darüber sprechen. Sie sollten ihn aber morgen trotzdem anrufen. Sicher werden Sie ihm auch kondolieren wollen."

Ein paar Minuten lang saß Judith am Küchentisch, nahm einen Schluck Wasser und überdachte die Lage. Der Tod Cäcilias berührte sie nun doch, weil sie das nicht beabsichtigte, unschuldige Opfer in dieser Charade war. Allerdings war Cäcilia, unwissentlich zwar, durch die Ehe mit Max, ihrem leiblichen Vater, auch schuldig geworden. 'Unschuldig schuldig – wie in einer griechischen Tragödie', dachte Judith.

Gleich würde also Max kommen und sie brauchte alle Selbstbeherrschung dieser Erde, wenn sie sich gegenüberstanden. Sie ging zum Auto, legte die Arzttasche hinein und fuhr den Wagen auf den Parkplatz direkt vor dem Haus und zwar so, dass sie bei Bedarf ohne zu wenden sofort das Grundstück verlassen konnte. Dann nahm sie noch die Sonnenbrille von der Ablage auf dem Armaturenbrett und setzte sie auf. Er sollte aus ihren Augen nichts ablesen können. Er sollte überhaupt nichts von ihr ablesen können. Und sie durfte nicht die Kontrolle über sich verlieren. Sie entspannte sich, bis sie glaubte, vor Eiseskälte zu frieren.

XXIV.

Draußen knirschte der Kies auf der Zufahrt unter den Rädern des schweren, silbergrauen Mercedes. Max kam. Judith trat aus der Küche in die Vorhalle. Absichtlich wandte sie der Eingangstür den Rücken zu und atmete nochmals tief durch. Als sie die Schwingtür des Windfangs hörte, drehte sie sich langsam um.

'Überraschung' wäre ein viel zu dürftiges Wort gewesen, um seine Reaktion zu beschreiben. Nicht einmal Fassungslosigkeit wurde seinem Zustand gerecht. Als hätte er aus heiterem Himmel einen kapitalen Schlag gegen die Stirn bekommen, so blickte er Judith an. Völlig in Schwarz gekleidet mit der großen, dunklen Sonnenbrille und den vor der Brust verschränkten Armen schien sie alles Licht um sich herum aufzusaugen, Max zu lähmen und die in ihr gespeicherte Kälte auf den ganzen Raum zu verströmen. Als er endlich stammelnd fragte, was sie hier wolle, teilte sie ihm ohne jede Modulierung in der Stimme mit, dass seine Frau tot sei. Fast hätte sie noch hinzugefügt "...und lässt dich grüssen." Aber es war nicht die Situation, um Mephisto zu zitieren. Als er endlich begriff, was sie eben gesagt hatte und nach oben stürmte, musste ihn einer der beiden Polizisten davon abhalten, sich über den Leichnam seiner Frau zu stürzen. Als er sich heftig wehrte und sich losreißen wollte, kam er auf der Galerie ins Straucheln und stürzte rückwärts so unglücklich die Treppenstufen hinab, dass er besinnungslos liegen blieb.

Nun kam doch noch Judiths Arzttasche zum Einsatz, die sie sofort aus dem Wagen vor der Tür holte, nicht ohne zuvor den Umschlag und die kleine Schatulle aus Cäcilias Arbeitszimmer schnell unter dem Vordersitz zu verstauen. Sie versorgte Max nach allen Regeln der ärztlichen Kunst, der Polizist alarmierte gleichzeitig die Ambulanz, die ihn mit weiteren stabilisierenden Maßnahmen im Fahrzeug mit Blaulicht auf Judiths Anweisung in ihre Klinik brachte. Sie folgte dem Ambulanzfahrzeug in die Klinik, wo sie nahezu zeitgleich eintrafen.

Max war noch bewusstlos, was ein schweres Schädel-Hirn-Trauma vermuten ließ. Judith hatte schon auf dem Weg in die Klinik ihren Kollegen, den Neurologen und Psychiater Dr. Philipp Nöther, verständigt. Dieser veranlasste sofort die Aufnahme in die neurologische Intensivstation. Dort ergaben die Untersuchungen und die MRT-Aufnahmen eine minimale Blutung am Cortex im Bereich des Precuneus. Durch mehrfaches Aufschlagen des Schädels auf den Treppenstufen war zudem von einer starken Hirnprellung auszugehen. Dr. Nöther entschied deshalb, Max für mehrere Tage in ein künstliches Koma zu versetzen und ihn genau zu überwachen, insbesondere den Hirndruck. Je nach Befund würde er dann über weitere Maßnahmen entscheiden.

Dass Dr. Nöther das künstliche Koma sicherheitshalber auf zehn Tage ausdehnte, war Judith sehr recht, denn Cäcilias Leichnam wurde nach drei Tagen freigegeben und musste bestattet werden. Da der Fall über die

Pressestelle der Polizei in die Zeitungen kam, sah sie es nicht als ihre Aufgabe an, weitere Personen, die sie im Übrigen auch nicht kannte, über Cäcilias Tod zu informieren, auch nicht das Landesinstitut für internationalen Kulturaustausch. Als Tochter von Max Sweberding und in seiner Vertretung organisierte sie jedoch das Begräbnis über einen Bestatter. Die Totenfeier besuchte sie aber nicht.

Dem Neurologen erzählte sie, ohne Einzelheiten zu nennen, dass sie ein schwieriges Verhältnis zu ihrem Vater habe und dass er momentan gar nicht gut auf sie zu sprechen sei. "Trotzdem mache ich mir große Sorgen um ihn. Gleichzeitig bin ich erleichtert, meinen Vater in Ihrer Obhut zu wissen. Trotz der Spannungen zwischen ihm und mir wäre ich Ihnen sehr dankbar, wenn sie es einrichten könnten, dass ich nach seinem Erwachen die erste Person bin, die er zu Gesicht bekommt. Als seine nächste Verwandte ist es wohl meine Aufgabe, ihm die näheren Todesumstände seiner Frau schonend beizubringen." Darüber hinaus wolle sie mit ihrem Kollegen gerne Kontakt halten, um zu erfahren, wie die gesundheitlichen Fortschritte ihres Vaters wären, vor allem auch, wenn dieser die weitere Behandlung durch ihn in Anspruch nähme.

Eigentlich gab es keinen Grund, Judiths Bitten abzuschlagen. Dennoch formulierte sie umständlich gedrechselte Höflichkeitsfloskeln, weil sie wusste, dass ihr Kollege eifersüchtig über seinen Arbeits- und Kompetenzbereich wachte und auch bei Selbstverständlichkeiten gerne gebeten werden wollte. Also tat ihm Judith diesen Gefallen. Denn mit ihm eröffnete sie sich eine wichtige Informationsquelle im weiteren Verlauf ihres Plans.

XXV.

Judith, die Ärztin, und Judith, die Tochter von Max, sind zwei völlig verschiedene Menschen in derselben Person. Genauso wie sie als Ärztin Cäcilia nach dem Anruf von Agnes geholfen hätte, wenn es noch etwas zu helfen gegeben hätte, so hatte sie ihren Vater nach seinem lebensgefährlichen Sturz auf der Treppe spontan und in bester notärztlicher Kunst versorgt. Das gebot ihr die Ethik ihres Berufsstandes, der sie sich bedingungslos verschrieben hatte. Aber genauso bedingungslos hasste die Tochter ihren Vater – jetzt, nach Cäcilias Tod, mehr denn je.

Obwohl sie wegen des Briefes sich selbst die Schuld dafür hätte geben müssen, machte sie Max für Cäcilias Selbstmord verantwortlich. Er war der Quell allen Übels, der Ursprung des Verhängnisses. Er hatte mit seiner Schandtat ihr und das Leben Mamans auf ein völlig anderes Gleis gesetzt, auf dem sie über die Jahre in ein immer dünner besiedeltes Niemandsland gerieten, zuletzt nur noch auf sich selbst bezogen, in selbstgewählter Isolation, ohne nennenswerten gesellschaftlichen Umgang. Nach Mamans Tod wurde ihr bewusst, wie allein und auf sich selbst gestellt sie war. Ihre Arbeit, die Kollegen und die sporadischen Treffen mit

Bekannten kamen ihr nun manchmal vor, als würde sie da draußen in der gottverlassenen Wüste vor den Kulissen einer Filmwesternstadt eine langweilige Rolle in einem langweiligen Film spielen.

Max hatte das Verhängnis in Gang gesetzt. Sie musste ihm begreiflich machen, was es in den vielen Jahren angerichtet hatte. Und weil es sich immer auf ihn als Urheber zurückverfolgen ließ, musste er die Folgen tragen. Da sich Judith als Opfer sah, leitete sie daraus das Recht ab, als Vollstreckerin aufzutreten. Plötzlich war es keine langweilige Rolle in einem Western mehr, sondern die machtvolle der Rachegöttin Alekto, die selbst die Art der Strafe wählte und vollzog.

Mit jedem Schritt, den das Verhängnis fortschreitet, wächst es. Die Geschehnisse, die es im Gefolge hat, verblassen im Lauf der Zeit vielleicht, aber sie verjähren nicht. Und je schrecklicher die Geschehnisse sind, desto schrecklicher rächt sich das Verhängnis an seinem Urheber. Nun war es, nach Jahren eines trügerischen Glücks mit Cäcilias Tod in Max' eigenes Leben getreten, ganz nah an ihn heran. Es streckte schon den Arm zum finalen Schlag nach ihm aus...

XXVI.

Sie hatte die viele Arbeit in der Klinik und die damit verbundene Abgespanntheit in der knapp bemessenen Freizeit als Grund vorgeschoben, um den weißen C4-Umschlag, den sie mit der kleinen, schwarzen Schatulle von Cäcilias Sekretär genommen hatte, nachhaltig zu ignorieren. Zeitweise machte sie Kuvert und Kästchen unsichtbar, indem sie beides daheim im Arbeitszimmer in eine Schreibtischschublade verbannte. Mehrmals nahm sie sich fest vor, den Abschiedsbrief zu lesen. Aber wochenlang schaffte Sie es nicht, obwohl sie wusste, dass es nötig sein würde, wenn sie ihren Plan weiterverfolgen wollte.

Den entscheidenden Impuls gab Dr. Nöther, der sie eines Tages anrief und um ein Gespräch bat. Darin schilderte er zunächst, dass es ihrem Vater den Umständen entsprechend gut ginge. Es wären sehr ermutigende Fortschritte zu verzeichnen. Das räumliche Sehen habe sich wieder weitgehend normalisiert, dasselbe sei auch absehbar bei den leichten kognitiven Schwächen als Folgen der Hirnprellung und der kleinen Blutung am Precuneus. Alles in allem könne man in Kürze von einer vollständigen Restitution seiner geistigen Kräfte ausgehen. Da er aber den Tod seiner Frau noch keineswegs verkraftet habe, mache ihm große Sorge, dass Herr Sweberding plane, im kommenden Frühjahr wieder auf Capri Urlaub zu machen. Zwar ohne seine Frau, aber es würde ihm nach seiner Auffassung sicher helfen, sich mit ihrem Tod besser abzufinden. So habe er sich geäußert. "Davon habe ich ihm dringend abgeraten. Vor allem von der Idee, gleichzeitig die Medikamente, die ich ihm zu seiner seelischen Stabilisierung verschrieben habe, abzusetzen. Psychopharmaka dieser Art kann man nicht einfach absetzen. Das bedarf eines langfristigen Ausschleichens, habe ich ihm gesagt. Sie, Frau Kollegin, wissen das natürlich auch. Deshalb bitte ich Sie, wirken

Sie als seine Tochter auf Herrn Sweberding ein, dass er von dieser fast schon fixen Idee Abstand nimmt. Das ist äußerst gefährlich und kann, zu gut Deutsch, im Wahnsinn enden."

Auf diese Botschaft hatte Judith unbewusst gewartet. Sofort erfasste sie, welche Absicht sie mit ihrem Plan verfolgen wollte. Nun mussten dafür die Vorgehensweise und die Aktionen entwickelt werden.

Ursprünglich hatte sie geglaubt, dass ihr Rachebedürfnis gelindert würde, sobald sie Max zur Trennung von seiner geliebten Cäcilia gezwungen hätte. Indem er seine große Liebe aufgeben musste, wäre er ihrer Vorstellung nach ein alter gebrochener Mann gewesen, mit dem man allenfalls noch Mitleid haben konnte. Aber nicht einmal Cäcilias Tod konnte ihre Rachsucht stillen – im Gegenteil: Nun war auch Cäcilias Schicksal durch seine Schuld in die verhängnisvolle Mühle geraten, die er selbst in Gang gesetzt hatte. Das befeuerte einmal mehr ihren Willen, ihn zu richten.

Erst jetzt kam sie darauf, dass ihre Rache danach dürstete, langsam gestillt zu werden. Sie musste ihm einen Schlag nach dem anderen versetzen – wohl kalkuliert und genau geplant. Jeden Schlag sollte er spüren wie einen Peitschenhieb. Sie wollte erleben, wie er taumelte, einknickte, auf die Knie sank und dann vor ihr endgültig im Staub lag wie ein Bündel Elend. Erst, wenn sie ihm seine Schandtat an ihr und alles, was daraus folgte, noch einmal ins Gesicht geschleudert hatte, konnte sie sich voller Verachtung von ihm abwenden, erst dann wäre ihr Verlangen nach Rache befriedigt. – Auf Capri wollte sie ihn zur Rechenschaft ziehen, dort wo er offenbar so glücklich mit seiner Cäcilia war. Diese so schöne, ja geradezu liebliche Insel sollte das Bühnenbild für den letzten Akt des Dramas abgeben.

XXVII.

Als sie endlich den großen Briefumschlag öffnete, zog sie ein weiteres, ziemlich dickes Kuvert im C5-Format heraus, das die vielen Seiten des Abschiedsbriefs enthielt. Es war nicht fest verschlossen, sondern die Klebelasche nur nach innen gesteckt. Merkwürdig sachlich für einen Abschiedsbrief hatte Cäcilia handschriftlich darauf vermerkt: 'Herrn Max Sweberding – persönlich'. Den Brief wollte sie nicht auf einmal lesen, das würde sie doch zu sehr involvieren. Besser war es, sich mehrmals mehrere Seiten vorzunehmen. Damit konnte sie besser die Distanz wahren und leichter einschätzen, ob und was sie aus dem Gelesenen für ihre Absichten verwerten konnte.

Auch das Schreiben des Rechtsanwalts, das sie sofort am Briefkopf erkannte, war dabei sowie das Schreiben eines medizinischen Labors, an das Computerausdrucke zur DNA-Analyse angeheftet waren. Ein DIN A4 großes Foto war ebenfalls beigelegt. Es zeigte eine glücklich lächelnde Cäcilia, an ein schmiedeeisernes, etwa hüfthohes Geländer gelehnt. Sie trug ein hellblaues Sommerkleid, mit dem weichen Faltenwurf und matten Glanz echter Chinaseide. Hinter ihr breitete sich das dunkelblaue Mittelmeer aus, in das die Halbinsel von Sorrent hineinragte und sich ein weiß beflockter, blauer Himmel darüber spannte – ein perfektes Urlaubserinnerungsfoto. Judith las auf der Rückseite: "Lieber Max, behalte mich so in Erinnerung, wie ich mich bei unserem ersten Aufenthalt, hier am Salto Tiberio fühlte: Glücklich, glücklich, glücklich... Cäcilia."

XXVIII.

Jedes Mal, wenn Judith ihren Kleiderschrank öffnete, sah sie schwarz: Schwarze Blusen, schwarze Kostüme, Röcke, Hosen, schwarze Unterwäsche. Nur ganz rechts außen hing seit etwa vier Wochen wie ein Fremdkörper ein hellblaues Sommerkleid aus Chinaseide, das sie sich bei einer Schneiderin hatte anfertigen lassen. Das nahm sie nun heraus und hängte es an den Rollen-Kleiderständer zu der hemdartig geschnittenen schwarzen Bluse und dem schwarzen Hosenkostüm, das sich auf Reisen mehrfach als sehr bequem und zugleich kleidsam erwiesen hatte.

Weitere Kleidungsstücke wollte sie nicht mitnehmen. Sie sagte sich, dass es für ihre Absichten auf Capri besser wäre, nicht immer in Schwarz herumzulaufen. Deshalb würde sie sich gleich nach ihrer Ankunft mit ein paar hellen, unauffälligen Sachen ausstaffieren. Zudem würde sie wohl auch mehrmals das hellblaue Kleid anziehen.

Den Kleidersack mit den eingearbeiteten Taschen hängte sie ebenfalls an die Garderobiere. Darin hatte sie einen schwarzen Ganzkörper-Bodysuit verstaut. Eine weiße, lange Schulterstola aus feingewirktem Seidentaft, ein Erbstück ihrer Maman, kam ebenfalls in eine der Taschen. Ihre Mutter sollte, wenn auch nur symbolisch und posthum, bei diesem Unternehmen dabei sein. Dazu kamen noch ein Gürteltäschchen und eine Reihe weiterer Utensilien, die sie für ihre Mission auf Capri benötigte. Auf dem Bett lag, in kleinen Stapeln geordnet, die Unterwäsche bereit. Aus dem Schuhschrank stellte sie die leichten, weichen Mokassins aus Nubukleder bereit, die zum Hosenkostüm gut passten.

Noch einmal überlegte sie, ob alles komplett war und begann dann, die Sachen in den Rollkoffer zu packen. Nur die Reisegarderobe ließ sie draußen. Auch die Kulturtasche und das Kosmetikköfferchen befanden sich noch im Badezimmer. Die würde sie morgen früh, nach der Morgentoilette, als letztes in den Koffer geben. Es war nicht viel, sie reiste mit kleinem Gepäck. Die Brieftasche mit den Reisedokumenten steckte schon im Bordcase. Morgen früh, um halb acht, ging der Flieger, da wollte sie nur noch den Koffer und die Haustür abschließen müssen und sich ohne Stress mit dem Taxi zum Flughafen bringen lassen.

XXIX.

Judith flog ungern. Nicht, dass sie Flugangst gehabt hätte. Es war vielmehr die buchstäbliche Distanzlosigkeit, durch die sie sich von wildfremden Passagieren bedrängt fühlte. Sie bezeichnete das als Fluggast-Intensivhaltung: Maximalabstand nach vorne fünfzig, seitlich etwa dreißig Zentimeter, an den Ellbogen null. So fühlte sie sich von allen Seiten eingepfercht. Am schlimmsten war es, wenn die Sitznachbarn auch noch versuchten, ihr ein Gespräch aufzudrängen. Sie wollte diese plumpe Anbiederung nicht, meistens hatten die Leute auch noch schlechten Atem. Deshalb hatte sie zwei Plätze nebeneinander gebucht: einen Fensterplatz und den Mittelsitz. Bei dem günstigen Flugpreis konnte sie sich das leisten.

Ein paar Minuten nach dem Start, als das Anschnallsignal erlosch, holte sie ihr Bordcase unter ihrem Sitz hervor und stellte es auf den Mittelsitz, quasi als Bollwerk zwischen sich und dem Platz am Gang. So war ihr etwas wohler. Sie blickte aus dem Fenster und sah die flauschige Wolkendecke unter dem Triebwerk, dazu den perfekt stufenlosen Verlauf vom milchblau blassen Horizont zum satten Dunkelblau im Zenit - ein Bild, das unversehens überlagert wurde von dem fast deckungsgleichen Bild in ihrer Erinnerung, als sie damals mit acht Jahren im Flugzeug saß auf dem Flug nach London. Über den Alpen zerfledderte sich die Wolkendecke und ging über in locker angeordnete Stratocumuli. Judith orientierte sich an dem Monitor schräg über ihr, der anzeigte, dass sie Zürich passierten und auf rund elftausend Metern Höhe flogen. Als sie nach unten schaute, hatte sie den Gedanken, dass die dritte Dimension umso unbedeutender wurde, je höher man in ihr aufsteigt. Für Astronauten im Universum oder auf dem Mond wird die Erdkugel wieder zur Scheibe, während Bergsteiger respektvoll vor dem gewaltig aufragenden Gipfel des

Mount Everest stehen. Sogar schon von hier oben aus liegen die Berge platt da wie eine Landkarte. Die ausgefransten Schnee- und Gletscherfelder hoben sich von den dunklen Tälern nur durch das Schneeweiß ab. Dann und wann kreuzte in respektvollem Abstand ein anderer Jet die Flugbahn. Erst bei solchen Begegnungen war die enorme Geschwindigkeit zu erkennen, mit der sie den Himmel durchflogen.

Über der Poebene, etwas seitab von Mailand und mit fast genau südlichem Kurs, wurde die Landschaft langweilig und Judiths Gedanken wanderten zu dem Gespräch mit Dr. Nöther, in dem er ihr unter anderem erzählte, dass Max sich nach wie vor nicht davon abbringen ließ, wieder nach Capri zu reisen und welche Absichten er damit verband. Er habe sogar schon den Flug und das Hotel gebucht. Mit gespielter Unbefangenheit gab sie vor, eventuell zur selben Zeit ebenfalls dorthin zu reisen, um ihren Vater ein wenig im Auge zu behalten. So konnte sie ihren Kollegen völlig unverdächtig nach Termin und Hotel fragen. Sogar die Namen der beiden verschriebenen Medikamente erfuhr sie auf diese Weise. "Sagen Sie ihm aber bitte nichts von meiner Absicht, weil ich nicht weiß, wie er darauf reagiert. Außerdem ist es noch unsicher, ob ich mich in dieser Zeit hier an der Klinik frei machen kann."

XXX.

Kurz vor Rom blickten von tief unten im Abstand von einigen Minuten nacheinander die schwarzen

Augen der drei Seen hoch: ein wenig abseits der Trasimeno, dann der Bolsena und kurz danach der fast kreisrunde Lago Bracciano. Gleich würden sie die Hauptstadt überfliegen und Kurs auf Neapel nehmen. Judith lehnte sich in ihrem Sitz zurück und schloss die Augen: Sie sah das Kolosseum, die antiken Foren, die wuchtige Trajanssäule, den Petersdom und die Sixtinische Kapelle...

Auf der Piazza Navona warf sie damals keine Münze über die Schulter in den Trevi-Brunnen, damit sie bald wiederkäme. Sie glaubte nicht an solchen Humbug. Ihre Maman hingegen konnte sie nicht davon abhalten, fünfzig Cent auf diese Weise zu opfern, obwohl sie den geringsten Anlass hatte, auf eine Wiederkehr zu hoffen. Denn sechs Wochen zuvor war ihr Leberkrebs attestiert worden, in fortgeschrittenem Stadium, mit minimalen Aussichten auf Heilerfolg. In diesem kurzen Zeitraum war sie erschreckend gealtert. Sie sah nicht mehr wie eine vitale Fünfundsechzigjährige aus, sondern wie eine zerfallende Greisin, die mit dem Leben abgeschlossen hatte. Das war vor rund anderthalb Jahren, im Oktober – sozusagen im Spätherbst ihres Lebens.

Obwohl es Marthas sehnlichster Wunsch war, Rom zu sehen, bevor es nicht mehr ging, hatte Judith den Eindruck, dass sie von all den großartigen Bauwerken kaum etwas mitbekam, so sehr war ihre Mutter mit sich und ihrem Unglück beschäftigt. Es kam Judith wie eine umgekehrte Rollenverteilung vor: Damals, während der London-Reise, war sie das schwache, traurige Kind, dem die Mutter unentwegt Trost spenden musste. Nun spürte sie, wie hilf- und machtlos sie gegenüber der Depression ihrer Mutter war. Der Wurf des Geldstücks in den Brunnen hatte etwas derart verzweifelt Beschwörendes und zugleich Naives, dass es Judith einen schmerzhaften Stich versetzte. Sie liebte ihre Mutter so aufrichtig, wie es bei ihrer eingeschränkten Fähigkeit zur Empathie möglich war. Bis zu dieser Geste hatte sie die Tatsache verdrängt, dass Mamans Leben zu Ende ging und sie bald allein sein würde. – Nun war sie allein.

XXXI.

Die obligatorische Ansage, dass die Maschine ihre Reiseflughöhe verlassen habe, sich im Landeanflug auf Neapel-Capodichino befände, die Fluggäste gebeten würden, sich anzuschnallen und so weiter, brachte sie wieder an die Oberfläche der Gegenwart. Sie nahm das Bordcase vom Mittelsitz und stellte es unter den eigenen. Die rechte Tragfläche senkte sich zum Kurvenflug, die Maschine richtete sich auf die Landebahn aus, kurz danach setzten sie auf. – Aus der klimatisierten Kabine kam sie nicht durch eine komfortable Fluggastbrücke direkt in das ebenfalls klimatisierte Flughafengebäude, so etwas hat dieser Flughafen nicht zu bieten, jedenfalls nicht für die Billigflieger. Stattdessen fuhr eine altmodische Gangway heran und dahinter ein Zubringerbus. Die pralle Sonne und für Anfang Juni unübliche dreißig Grad Celsius brachten Judith in ihrem schwarzen Reisekostüm sofort ins Schwitzen, was sie als sehr unangenehm empfand. Dann wieder in die Kühle der Ankunftshalle mit den Koffertransportbändern und mit dem Gepäck erneut raus in die Hitze zum Taxistand.

Es war ekelig, so zu schwitzen. Sie hätte zuvor im Internet nachsehen sollen, wie das Wetter und die Temperaturen hier in Süditalien sind. Dann hätte sie gleich etwas Leichteres angezogen. 'Irgendetwas vergisst man immer bei einer Reise', dachte sie, als sie im Taxi Richtung Hafen losfuhr.

"About thirty minutes, but it depends..." antwortete der Taxifahrer auf die Frage, wie lange die Fahrt wohl dauern würde. Was der Chauffeur damit meinte, wurde ihr klar, als sie bald die Schnellstraße verlassen und sich ins Verkehrsgewühl der Innenstadt von Neapel stürzen mussten. Spätestens an der Piazza Garibaldi, also am Hauptbahnhof, müsse man 'Pazienza, Patience' aufbringen, erklärte der Fahrer in bestem Italo-Englisch. Und es brächte auch nichts, Schleichwege zu fahren, weil die Gassen abseits der Hauptstraßen so eng seien, dass man dort unweigerlich für immer stecken bleiben würde.

Der Eindruck des organisierten Chaos, des zum Prinzip erhobenen Provisoriums, drängte sich Judith während der Fahrt durch die Stadt auf. Einerseits die kompromisslos über ganze Stadtteile auf Stelzen hinwegführende Schnellstraße, andererseits breite Boulevards und weitläufige Plätze, einerseits schmale Gassen, gesäumt von dicht an dicht stehenden heruntergekommen Wohnblöcken mit bröckelnden Fassaden, andererseits protzig-repräsentative Prachtbauten aus dem neunzehnten Jahrhundert. Sie rätselte noch, was Goethe mit dem Satz 'Neapel sehen und sterben' in seiner 'Italienischen Reise' wohl gemeint haben mochte, als sie am Hafen ankamen.

Klimaanlagen in Taxis sind bei dreißig Grad Außentemperatur sehr angenehm. Aber sie konnte hier am Molo Beverello nicht einfach sitzen bleiben, zumal der Fahrer schon die Hand aufhielt, um das Fahrgeld zu kassieren. Also schickte sie sich ins Unvermeidliche, bezahlte, stieg aus und spürte schon während der drei Schritte zum Kofferraum, wie ihre Haut unter dem schwarzen Hosenkostüm wieder feucht wurde. An der Biglietteria, wo in großen Lettern CAPRI stand, löste sie ihren Fahrschein und konnte auch gleich an Bord der Fähre gehen. Sie setzte sich nicht zwischen die Touristen an Deck, sondern wählte einen Platz in der weitläufigen, klimatisierten Passagierkabine. Dort roch es zwar muffig, aber sie saß mit nur wenigen weiteren Fahrgästen in einem angenehm kühlen Raum.

XXXII.

An die Temperaturen musste sie sich erst gewöhnen. Dabei würden ihr ein paar leichte, helle Sommersachen helfen, die sie sich sofort nach Ankunft im Hotel bei einem Shoppingbummel durch die Boutiquen von Capri besorgen wollte. Das Gefühl, wie verkleidet herumzulaufen ohne ihr gewohntes schwarzes Outfit, musste sie ertragen, wenn sie von Max nicht unversehens erkannt werden wollte. Diese Gefahr war durchaus real, denn um ihren Plan ausführen zu können, musste sie ihm wie ein Schatten folgen, ihn beobachten und seine Absichten antizipieren, damit sie im richtigen Moment handeln konnte. Einerseits musste sie ihn ständig im Auge behalten, andererseits durfte er nichts davon bemerken, außer, sie wollte es.

Den ersten Teil der Maskerade hatte sie noch gestern zu Hause erledigt: Die schulterlangen, schwarzen Haare waren einem Coiffeur in der Düsseldorfer Innenstadt zum Opfer gefallen, der sie in eine nackenkurze, glatte Frisur verwandelt und in ein nahezu tarnfarbenes Aschblond umgefärbt hatte. Bekleidet beispielsweise mit einer hellgelben Bluse und sandfarbenen Jeans, würde sie sicher zwischen den vielen Touristen wie ein Herdentier untertauchen. Im Dienst ihrer Mission musste sie diese Rolle akzeptieren, bis sie ausgeführt hatte, was sie ihrer Maman am Sterbebett versprochen hatte. Dafür war sie gekommen – drei Tage früher als Max.

Für diese drei Tage hatte sie sich vorgenommen, die Insel soweit kennen zu lernen, dass sie sich schnell orientieren konnte und zumindest die wichtigen Örtlichkeiten inspiziert hatte. Denn auch wenn sie ihre Strategie schon festgelegt hatte, mussten die Aktionen an die Gegebenheiten angepasst werden. Ihr Plan trat nun in die entscheidende Phase. Mit ihrer Ankunft auf Capri würde sie den Vorhang zum letzten Akt öffnen.

XXXIII.

Die Fähre, ein großer Katamaran, glitt fast ebenso erschütterungsfrei wie vorhin der Flieger, aber deutlich lauter, über das Wasser des Golfs von Neapel. Bei dem Fahrtwind war die Wärme draußen erträglicher, als Judith das Außendeck betrat. Nach achtern hatte sie das ganze Panorama der Bucht vor sich. Und in der Tat, was sie bisher nur von Fotos kannte, war auch in Wirklichkeit optisch außerordentlich ansprechend arrangiert. Sogar das typische, leicht bittere Aroma der Meeresluft roch und schmeckte Judith. In Fahrtrichtung und erkannte sie über dem Bugsteven die charakteristische, sattelförmige Silhouette der Insel.

Sie setzte sich wieder zu ihrem Gepäck in der Passagierkabine. Aus ihrem Bordcase kramte sie einen Kosmetikspiegel und betrachtete sich mit ihrer neuen Frisur, als wollte sie sich vergewissern, dass sie damit wirklich anders aussah als gewohnt. Und mit der neuen Sonnenbrille hätte sie Max direkt gegenüber stehen müssen, damit er sie erkannte. Aber das würde nicht passieren – noch nicht!

Als sie von Bord ging, sah sie schon an der Frontseite des Hafens die lange Schlange der angekommenen Besucher, die mit der Funicolare den Ort in Halbhöhenlage erreichen wollten. Statt der Aussicht, in der prallen Sonne mindestens eine Viertelstunde unter den vielen Leuten schrittweise der Station und dem Drehkreuz vor dem Bahnsteig näher zu kommen, entschied sie sich für eine Fahrt mit dem Taxi. Der Fahrer erklärte ihr allerdings, dass er nur bis zur Piazzetta fahren dürfe. Von dort seien dann noch etwa zehn Minuten leicht bergan zu Fuß zurückzulegen.

Völlig durchgeschwitzt erreichte sie ihr Hotel, das von der schmalen Straße aus ganz im Hintergrund inmitten eines Parkrundstücks residierte – ein altes, vornehmes und gepflegtes Gebäude aus den letzten Jahren des neunzehnten Jahrhunderts. Nach dem Einchecken, als Judith ihr Zimmer besichtigte, fand sie, dass sie ein schönes, ruhiges und freundlich geführtes Haus gebucht hatte. Sie war zufrieden.

XXXIV.

'Gesalzene Preise haben sie hier. Da bezahlst du für die gleichen Sachen mehr als auf der Kö in Düsseldorf', dachte sich Judith, als sie kurz darauf zurück in den Ort gegangen war, um sich mit leichter Sommergarderobe auszustaffieren, wie sie es sich vorgenommen hatte. Allerdings räumte sie gerne ein, dass es traumhaft schöne Sachen der edelsten Marken waren. Und jede zelebrierte in ihrem Solitaire-Shop ein wahres Hochamt um ihre Kreationen – Exklusivität und Luxus pur. Judith konnte sich gar nicht entscheiden, an welchen dieser Altäre des Konsums sie herantreten wollte, um sich einige Proben des Sortiments zeigen zu lassen. Nachdem sie so ziemlich alle Stores ausfindig gemacht hatte, war sie dann doch ziemlich kurz entschlossen und wählte eine helle Bluse, zwei Tops mit Spaghettiträgern aus feiner Baumwolle und ein Blouson aus leichtem Leinengewebe, dazu zwei knapp knielange Bermuda-Shorts und eine khaki Chino. Alle Teile in Farbstellungen, die sich untereinander unbegrenzt kombinieren ließen. Ein Paar schicke und zugleich bequeme Sandaletten fand sie auch noch. Zum Abschluss ihrer Einkaufstour setzte sie sich ziemlich ermattet in eines der vielen Cafés auf der Piazzetta. Sie brauchte unbedingt einen Drink und einen Espresso.

Das also war Capri, der Ort, nach dem die ganze Insel benannt ist. Ohne Autos, ohne Verkehrslärm, aber mit dem Geschiebe und Gedränge der Touristenmassen – und Judith verabscheute solche Menschenansammlungen. Folglich betrachtete sie das Getümmel abschätzig und fragte sich, wie man hier regelmäßig Urlaub machen konnte. Gut, vielleicht einmal zwei oder drei Tage, dann hat man doch alles gesehen, was an dieser angeblich so schönen Insel bemerkenswert ist, aber doch nicht zwei Wochen! Allerdings würde sie sich hier doch länger als drei Tage aufhalten müssen, so lange eben, bis sie ihre Mission erfüllt hatte.

Ein Blick auf die Armbanduhr – es war gerade drei geworden – sagte ihr, dass sie nach der Einkaufstour noch eine weitere kleine Exkursion unternehmen konnte. Sie bezahlte die Rechnung, wanderte mit ihren Tüten zum Hotel, erfrischte sich mit einer kalten Dusche auf dem Zimmer und war in heller Bluse, Bermudas, Sonnenbrille und leichten Sandalen bald wieder unterwegs.

XXXV.

Von der Piazzetta aus begann sie, systematisch den Ort zu begehen, sich den Verlauf der Straßen, die Lage der Sehenswürdigkeiten zu merken und mit dem Stadtplan zu vergleichen. So konnte sie sich am schnellsten die örtlichen Verhältnisse einprägen. Auch in den vielen verwinkelten Gässchen, die den Ortskern durchziehen, schaute sich Judith aufmerksam um.

Am Tag zwei ihres Aufenthalts stand der Besuch der Villa Jovis auf dem Programm. Das Wetter hatte sich etwas eingetrübt, Schleierwolken bedeckten den Himmel, diffuses Licht löste die Schattenkanten auf. Es war auch nicht mehr so warm. Sie kam daher leichtfüßig voran, auch wenn es beständig bergauf ging. Bald sah sie das antike Gemäuer über dem ausgedehnten Pinienhain aufragen und war überrascht, weil keine Menschenseele auf dem weitläufigen Gelände zu sehen war. Hier und da eine Bank, auf der niemand saß; ein Geflecht an unbefestigten Pfaden, die niemand frequentierte, eine beklemmende Stille am Fuß der mächtigen Ruinen. Überall verstreut weitere Mauerreste unterschiedlicher Höhe, zum Teil noch im Boden belassen als baufällige Umwandungen ehemaliger Kellerräume und Verliese – ein Terrain mit Ausgrabungen, die hier einmal vor vielen Jahren stattgefunden hatten. Davon aber zeugten nur noch ein paar vergessene, völlig verrostete und von Wildwuchs überwucherte Gerätschaften.

Sie folgte den Wegweisern durch labyrinthisch angeordnete Räume und Gänge des mehrstöckigen Kernbereichs. Ein paar ausgebleichte Texttafeln verrieten in spärlichen Kommentaren, um welche Palastbereiche es sich ursprünglich gehandelt haben könnte. Ein paar Mal versuchte sie, den markierten Weg zu verlassen und geriet prompt in blind endende Gewölbe, so dass sie umkehren und sich an der nächsten Ecke neu orientieren musste.

Der Pfad endete auf einem Aussichtsplateau am höchsten Punkt der Palastruine. Sie erkannte sofort das schmiedeeiserne Geländer, wo Max Cäcilia fotografiert hatte. Als sie herantrat, gestand sie sich ein, dass ihr noch nie ein so imposantes Panorama geboten worden war. Mit diesem Ausblick musste sich Tiberius als Kaiser und unumschränkter Herrscher des Imperium Romanum den Göttern gleich gefühlt haben: Hier lag ihm die Welt buchstäblich zu Füßen!

Und wahrscheinlich trennte auch ihn nicht mehr als dieses hüfthohe Geländer von dem senkrechten Felsensturz. Judith wunderte sich, dass nirgendwo zusätzliche Sicherheitsmaßnahmen installiert waren. Kein Hinweis, dass man sich nicht über das Geländer beugen solle, ähnlich wie es früher noch in alten italienischen Eisenbahnwaggons zu lesen war: "È vietato sporgersi dal finestrino." – Nichts.

Judith trat ganz nah an das Geländer heran und schaute nach unten. Ihr wurde schwindelig, aber aus dieser Höhe auf das gegenüberliegende Festland zu schauen, war wie die Vorstufe zum vogelgleichen Fliegen. Dass hier, quasi auf dem Dach des Regierungspalastes des römischen Kaisers, eine Marienkapelle und eine hohe Säule mit einer Muttergottesstatue standen, schockierte Judith. Wie gingen die Italiener mit ihrem kulturellen Erbe hier um, fragte sie sich. War es die Bigotterie der Bevölkerung oder war es ein schamloser Akt der Machtdemonstration der Kirche, die mit ihren Symbolen über das antike Weltreich triumphieren wollte? Was auch immer es war, sie fand, dass damit ein unvergleichliches Monument des alten Rom verschandelt wurde.

Sie prägte sich die Örtlichkeiten genau ein und ging denselben Weg wieder zurück. Am Fuß der Ruine, wo der Rundgang begann, kehrte sie um und ging ein weiteres Mal die Strecke durch die Grabungsräume hinauf zur Aussichtsplattform, weil sie sicher sein wollte, dass sie den Weg schnell und auf Anhieb fehlerfrei fand.

XXXVI.

Am dritten Tag ihrer Inspektionstour besuchte sie Anacapri. Dazu fuhr sie mit einem der kompakten kommunalen Linienbusse, die alle paar Minuten von der Zentralstation unweit der Piazzetta in Capri starten. Unmittelbar an der Endstation Piazza Vittoria beginnt der Fußweg und einzige Zugang zur Villa San Michele, die ähnlich wie die Villa Jovis in exponierter Lage erbaut wurde und einen ebenso grandiosen Ausblick bietet.

Tief unten liegt der Hafen, von dem aus die Fähren ihre weißen Schweife auf tiefblauem Grund in die Bucht von Neapel zeichnen. Kaum vorstellbar, dass es noch gegen Ende des neunzehnten Jahrhunderts von dort unten bis hier herauf als einzige Verbindung nur die mehr als achthundert steilen Stufen der Scala Fenicia gab.

Wieder zurück auf der Piazza von Anacapri, folgte Judith eher der Neugier als dem Zweck ihrer Mission und fuhr mit dem Taxi zur Blauen Grotte. Das Getümmel auf dem Wasser vor dem kleinen Loch dort in der Felswand genügte ihr als Eindruck, so dass sie sich bald weiter zum Leuchtturm chauffieren ließ. Hier umgab sie märchenhafte Ruhe. 'Kein Wunder,' dachte sie sich, 'außer dem Leuchtturm und einem ziemlich tot wirkenden Ristorante in der kleinen Bucht nebenan ist hier überhaupt nichts los, auch die Landschaft: geradezu langweilig, fand Judith. Aber man konnte hier auf den verzweigten Pfaden gut spazieren gehen.

Auf der Rückfahrt nach Anacapri fiel ihr auf, dass dieser Leuchtturm, wie er aus dem Grün des Buschwerks aufragte, eine fatale Ähnlichkeit mit ihrem Pop-up-Angstbild hatte. Zum Glück wurde ihr nicht übel.

XXXVII.

Drei Tage anstrengender und konzentrierter Arbeit lagen hinter ihr. Kaum auf der Insel angekommen, war sie auch schon unterwegs gewesen. Sie hatte sich alle Örtlichkeiten dieser Insel angesehen, sich ihre Lage eingeprägt und unter dem Aspekt bewertet, ob Max sie aufsuchen würde und welche Aktion sie damit verbinden könnte. Auch sein Hotel hatte sie von außen inspiziert und sich kurz in der Lobby umgesehen: Keine zehn Schritte, genau gegenüber den gläsernen Schwingtüren des Eingangs befand sich der Empfang. Der Portier erledigte wohl gerade die Abrechnung im dahinter liegenden Büro für einen Gast, der mit dem Rücken zu ihr am Tresen stand. Judith zog sich schnell zurück, als der Concierge wieder in seine Loge zurückkehrte.

Entscheidend war, dass sie Max während ihrer Pirsch nicht aus den Augen ließ und in der Lage war, schnell auf seine vermutlichen Absichten zu reagieren. Sie wusste, dass jede Aktion, die sie vorhatte, ein riskantes Unterfangen war. Denn wenn er sie entdecken und als seine Tochter Judith enttarnen würde, war ihre Mission gescheitert. Nun, am Abend des dritten Tages, versuchte sie, im Liegestuhl am Hotel-Pool die letzten Strahlen der Sonne zu genießen. Aber so recht relaxen konnte sie nicht. Sie fühlte sich vielmehr wie ein Chirurg kurz vor einer schwierigen Operation. Oft genug in ihrer Ausbildung hatte sie bei solchen Ereignissen hospitiert und die aktiv Beteiligten dabei beobachtet: äußerlich gelassen zwar, ihre Anspannung aber war förmlich greifbar. Auch ihre Anspannung wuchs: Morgen würde Max eintreffen.

XXXVIII.

Aus der Schar der Passagiere, die die Fähre verliessen, ragte ein Panamahut, der auf der Kaimauer in der Menge der neu Angekommenen mitschwamm und dann in einem Taxi verschwand. Judith hatte nahebei, aber verdeckt durch die dicht gedrängt stehenden Touristengruppen, gewartet. Nun wand sie sich hindurch, nahm ebenfalls ein Taxi und folgte dem Panamahut. 'Nur zur Übung – sozusagen, um Witterung aufzunehmen', begründete sie vor sich diese ansonsten eher nutzlose Aktion. Immerhin war sie nun sicher, dass Max angekommen war und dass sie sich ab sofort nur noch mit großer Umsicht auf der Insel bewegen durfte. Max verließ sein Taxi, ließ sich den Rollkoffer aus dem Gepäckraum heben, ging über die Piazzetta und weiter in Richtung seines Hotels. Judith ließ mit etwas Abstand halten, bezahlte den Fahrer und stieg dann ebenfalls aus, um Max zu folgen. Manchmal blieb sie stehen und betrachtete angelegentlich Schaufensterauslagen, damit sie Max nicht zu nahe kam. Erst als er das Hotel betreten hatte, kam sie näher und machte auf neugierige Touristin, indem sie vorsichtig durch die Glastüren spähte, während Max am Empfangstresen stand. Einen Augenblick später griff der Portier hinter sich ans Schlüsselbrett. Oberste Reihe, dritte Position von rechts, das war Max' Schlüssel, den er dem bereitstehenden Hoteldiener gab, während Max seine Unterschrift auf der Anmeldung leistete. Noch bevor er sich dem Aufzug zuwandte, war Judith verschwunden.

XXXIX.

Ältere Herrschaften überstürzen nichts mehr, selten sind sie noch so voller Tatendrang, dass sie ständig etwas unternehmen müssen. Deshalb glaubte Judith nicht, dass Max gleich an seinem Ankunftstag größere Aktivitäten entfalten würde, zumal er ja Stammgast auf der Insel war. Sie zog sich deshalb in ihr Hotel zurück, legte sich auf die Sonnenterrasse unter einen Sonnenschirm und las einige Beiträge aus medizinischen Fachzeitschriften, die sie zu Hause herausgetrennt und gesammelt hatte. Zwischenrein lauschte sie den vielfältigen Geräuschen, dem Zwitschern der Vögel, dem keckernden Lachen der Möwen, irgendwo in der Ferne lieferten sich zwei Hunde ein Gefecht im gegenseitigen Verbellen. Ein Kreuzfahrtschiff auf Reede schickte zum Abschied drei dumpfe Signale mit dem Nebelhorn herauf, ansonsten herrschte wohltuende Ruhe.

Die Konzentration beim Lesen ließ allmählich nach. Immer häufiger schweiften ihre Gedanken zu einem anderen Thema ab: zu ihrer ersten Aktion, dem Besuch in Max' Hotelzimmer. Und je mehr sie sich damit beschäftigte, umso stärker spürte sie Beklemmung: Ihr Vorhaben war strafbar und barg hohe Risiken, erwischt, ja sogar als Hoteldiebin verdächtigt zu werden. Zudem konnte Max sie selbst ertappen, wenn er unvermutet von einem Spaziergang oder Ausflug zurückkehrte. Dennoch musste sie die Sache möglichst schnell erledigen. Denn erst danach machte es Sinn, die anderen geplanten Aktionen zu starten.

Irgendwann legte sie alle Fachartikel beiseite und konzentrierte sich allein auf die Lösung dieses Problems. Dabei half ihr die Idee, dass Diebe bekanntlich ihr Ziel vorher ausbaldowern. Sie machen sich vertraut mit den Gegebenheiten vor Ort und reduzieren dadurch die Gefahr, entdeckt zu werden.

XL.

Am folgenden Morgen saß sie schon kurz nach Neun in dem Café, von dem aus sie die Straße beobachten konnte, auf der Max vorbeikommen musste, wenn er das Hotel Richtung Piazzetta verließ. Einfach dasitzen und warten, war aber nicht Judiths Stärke. Deshalb kramte sie aus der großen Trägertasche den Schnellhefter mit den Fachartikeln, deren Lektüre sie gestern Nachmittag unterbrochen hatte. Es dauerte einen Cappuccino, ein mit Vanillecreme gefülltes Brioche und anschließend einen Crodino, umgerechnet mehr als eine Stunde, bis Max das Café passierte. Sie bezahlte und ging in entgegengesetzter Richtung zu seinem Hotel.

"Guten Tag, ich suche für drei Nächte ein Doppelzimmer, vom kommenden Dienstag bis Freitag. Haben Sie noch etwas frei, und zwar bitte im obersten Stockwerk?" Der Portier, auf dessen Namensschildchen Judith 'Guglielmo' entzifferte, war ein typischer Vertreter des süditalienischen Menschenschlages: mittelgroß, gedrungen, kurzbeinig, mit rundem Leib, rundem Kopf und runder Nase. Die Farbe des Haarkranzes über den Ohren ging deutlich ins Grau, das wiederum fast dem

Farbton der Uniformjacke entsprach. Die Revers waren mit goldener Bordüre eingefasst und die gekreuzten Portiersschlüssel ebenfalls in Gold aufgestickt. Er sah in seiner Belegungsliste nach, fuhr mit seinem kurzen, fleischigen Zeigefinger die Zeilen und Spalten entlang und antwortete dann in demselben Italo-Englisch wie schon der Taxi-Fahrer in Neapel, dass er ihren Wunsch erfüllen könne.

"Kann ich das Zimmer einmal sehen?", fragte Judith und indem der Portier mit "Of course" antwortete, winkte er den Hoteldiener herbei und nahm den Schlüssel Nummer Vierundfünfzig von der vierten Position in der obersten Reihe des Schlüsselbretts. So war nun klar, dass Max die Nummer Dreiundfünfzig belegt hatte und vierundfünfzig direkt nebenan lag.

Sie sah sich in dem Raum um und prägte sich alles ein, dabei fragte sie: "Sind die Räume auf diesem Stockwerk alle gleich ausgestattet? Und das Badezimmer von dreiundfünfzig liegt Wand an Wand mit diesem Badezimmer?" Hoteldiener sind zuweilen mit Geistesgaben und Sprachkenntnissen nicht allzu großzügig ausgestattet. Deshalb formulierte Judith ihr Englisch absichtlich einfach und unterstrich ihre Fragen mit entsprechenden Gesten, damit er sie verstand. Das tat er wohl auch, da er nachdrücklich mit dem Kopf nickte und "Yes, Yes" sagte.

Auf der Fahrt im Aufzug nach unten überlegte sie einen Augenblick lang, ob sie das Zimmer buchen sollte. Aber das schien ihr dann doch übertrieben und zu gefährlich. Dem Portier flunkerte sie vor, dass sie es sich noch überlegen wolle. Wie lange er denn Dienst habe, wenn sie heute Abend mit ihrem Gepäck vorbeikäme. "Bis Neun Uhr, dann kommt der Nachtportier." Sie bedankte sich, setzte ihre dunkle Sonnenbrille wieder auf und verließ das Hotel, indem sie noch schnell die Straße auf- und abwärts nach Max absuchte. Sie bog in die nächste Gasse ein, wo die Gefahr gering war, dass er ihr hier begegnete. Obwohl sie sich den Anschein einer völlig entspannten Touristin unter all den anderen gab, war sie hoch konzentriert. Fortwährend scannten ihre Augen hinter der Sonnenbrille das Gesichtsfeld vor ihr, um sofort überlegt und nicht panisch reagieren zu können, wenn plötzlich Max auftauchen sollte.

Zurück im Hotel zeichnete sie aus dem Gedächtnis den Grundriss von Max' Hotelzimmer, den sie von dem ableitete, das sie besichtigt hatte. So prägte sie sich alles ein und würde vor Ort keine Zeit verlieren. Sie musste nur den geschicktesten Zeitpunkt wählen, um in Max' Zimmer zu gelangen.

XLI.

Die Erfahrungen aus vielen Hotelaufenthalten während ihrer Urlaube oder Kongressteilnahmen hatten Judith gelehrt, dass Nachtportiers offenbar eine eigene Spezies sind: Sie zählen zu den nachtaktiven Lebewesen, sofern man die rein körperliche Anwesenheit und den seltenen Griff zum Schlüsselbrett im Dienste spät heimkehrender Gäste als Aktivität bezeichnen kann. Ganz überwiegend aber sind sie bemitleidenswerte

Geschöpfe, weil sie es zu nicht mehr geschafft haben, als ihr kümmerliches Einkommen im Abseits des täglichen Lebens und ausschließlich im Halbdunkel der Nachtbeleuchtung eines Hotels zu verdienen. Das drängt Geist und Seele in eine misanthropische Frustrationshaltung oder ganz einfach gesagt: Ein Nachtportier ist in aller Regel muffig, desinteressiert und chronisch schläfrig.

Für Judith war diese Haltung hilfreich, weil sie darauf vertraute, dadurch in Max' Abwesenheit seinem Hotelzimmer leichter einen Besuch abstatten zu können. Sie würde 'frech wie Oskar' um den Schlüssel Nummer Dreiundfünfzig bitten und könnte ziemlich sicher sein, dass sich der Concierge keinerlei Gedanken darüber machen würde, wem er den Schlüssel aushändigte. In diesen Monaten der Vorsaison ist die Verweildauer der Gäste mit meist nur zwei oder drei Tagen sehr kurz, da macht sich kein Nachtportier die Mühe, sich jedes Gesicht und Namen zum dazugehörigen Zimmerschlüssel zu merken. Und sollte er irgendwelche Bedenken hegen, lag ein Fünfzig-Euro-Schein in ihrer Handtasche bereit. Welche Vermutungen er dann mit ihrem 'Besuch' verknüpfte, war ihr völlig gleichgültig.

Aus der Beklemmung war ein rasender Puls geworden, als sie am Abend, kurz nach Neun, im Dunkeln vor dem spärlich beleuchteten Hotelportal stand. Sie spürte das Herz in der Halsarterie pochen, ihre Atmung neigte zur Hyperventilation und sie transpirierte, als würde sie im nächsten Moment vollständig in den flüssigen Aggregatzustand übergehen.

Max hatte vor etwa zehn Minuten das Hotel verlassen. Während sie versuchte, ihr galoppierendes Gemüt wieder einzufangen, ließ sie einem Gästepaar den Vortritt. Der Mann trat geradewegs hinter den Tresen und bediente sich am Schlüsselbrett kurzerhand selbst; vom Nachtportier keine Spur. Diese Beobachtung trug wesentlich zu Judiths Beruhigung bei: 'Wenn das so einfach ist...' Wenige Augenblicke später betrat sie das Foyer, ständig darauf gefasst, dass der Portier doch noch auftauchte.

Als sei es das Selbstverständlichste der Welt nahm sie die Nummer Dreiundfünfzig an sich, mied den Aufzug und ging über die Treppe ins oberste Stockwerk. Einerseits musste sie sich beeilen, andererseits wollte sie möglichst niemandem begegnen und wenn doch, durfte sie nicht wegen übertriebener Hast auffallen. Jedenfalls wollte sie sich keine Sekunde länger als unbedingt nötig in dieser Gefahrenzone aufhalten. Schnell schloss sie das Zimmer auf und zog die Tür sofort wieder hinter sich zu. Ohne Licht zu machen, stand sie in dem schmalen Gang, der sich zum eigentlichen Wohnraum öffnete. Links von ihr ertastete sie die Türklinke zum Badezimmer. Sie trat ein und fand schnell den Lichtschalter für das Spiegelschränkchen. Nur diese sparsame Beleuchtung brauchte sie, weil sie ziemlich sicher war, dass die Medikamente, auf die sie es abgesehen hatte, sich in dem Schränkchen über dem Waschbecken befanden. Und tatsächlich, da standen die beiden braunen, gedrungenen Apothekenfläschchen. Den Inhalt entleerte sie in ihre Handtasche und befüllte sie mit den identisch aussehenden Placebo-Kapseln, die sie mitgebracht hatte.

Der ganze Vorgang hatte keine drei Minuten gedauert, als sie den Raum wieder verließ, die Zimmertür leise zuzog, den Schlüssel einmal drehte, wie sie es beim Aufschließen bemerkt hatte und über die Treppe nach unten ging. Sie hängte den Schlüssel wieder an seinen Platz, aus der Bürokammer hörte sie durch die angelehnte Tür irgendwelche italienischen Gesprächsfetzen eines TV-Spielfilms; vom Nachtportier wieder keine Spur. Unermesslich erleichtert trat sie durch die Glastür in die laue Nachtluft, die von irgendwoher mit einer Wolke aus Jasmin aufgeladen war. Noch einmal sicherte sie die Straße auf- und abwärts und verschwand wie nach ihrem ersten Besuch wieder in der schmalen Seitengasse.

Die Erleichterung wollte umschlagen in unendliche Ermattung, die Euphorie aber über die geglückte Aktion ließ sie federleicht dahin schweben. Diese spitze, scharfkantige Klippe hatte sie glücklich umschifft. Nun war sie sicher, dass sie auf dem richtigen Kurs war. Denn sie war davon überzeugt, dass er seinen Vorsatz revidieren musste, die Medikamente hier auf Capri absetzen zu können. Deshalb hatte sie das 'Gift', das ja gar keines war, bereitgestellt. Er würde es sich selbst verabreichen und sich wundern, warum die gewohnte Wirkung ausblieb. Es käme also zu der paradoxen Situation, dass ein völlig unwirksamer Wirkstoff eine rapide Verschlechterung seines Geisteszustandes bewirken würde. Ein Prise Puderzucker, in Gelatinekapseln abgefüllt genügte, um eine Bresche in Max' nur künstlich stabilisiertes Seelenleben zu schlagen. Und er würde sie selbst schlagen wie weiland die Trojaner ihr Stadttor für das hölzerne Pferd öffneten, das ihnen die Griechen davor gestellt hatten.

XLII.

Als Judith tags darauf kurz nach Neun in der Frühe das Café betrat, bat der Ober sie sogleich an den Tisch, an dem sie gestern gesessen hatte. Dabei machte er eine einladende Handbewegung, sie möge doch auf demselben Leder bezogenen Cocktailsessel wie am Vortag Platz nehmen. Und auf die Frage, ob sie dasselbe wie gestern bestellen wolle, nämlich einen Cappuccino mit Brioche, war sie von der Aufmerksamkeit und dem Gedächtnis des Cameriere angenehm überrascht.

Für weitere Bestellungen reichte es aber nicht, weil Max etwas früher als gestern vorbeikam. Schnell legte sie den deutlich aufgerundeten Rechnungsbetrag auf den Tisch, verabschiedete sich mit freundlichem Lächeln und verließ das Café so, dass sie ihm unbemerkt folgen konnte. Sie sah, wie er am Kiosk im Torre dell'Orologio eine Zeitung kaufte und danach sich mit dem Ober des Cafés "Al Piccolo Bar" kurz unterhielt, bevor er an einen der hinteren Tische Platz nahm und die Zeitung aufschlug. Ihn vielleicht eine Stunde lang zu beobachten, bis er endlich zu einem Spaziergang oder einer Taxifahrt aufbrach, war ihr zu langweilig. In der Zwischenzeit konnte sie auch etwas anderes unternehmen. Sie machte kehrt, um nicht quasi vor seinen Augen die Piazzetta überqueren zu müssen. Über die abschüssige Via Vittorio Emmanuele ging sie vorbei am Hotel 'Quisisana', dem teuersten und bedeutendsten der Insel.

Weiter unten, als sie nach rechts abbog, durchwanderte sie den Duft, den die Parfümerie Carthusia vor ihren Verkaufsräumen verbreitete und spazierte keine hundert Meter weiter durch die 'Giardini Augusto'. Sie merkte aber schnell, dass die kleine, hübsch angelegte Gartenanlage einer der Hotspots für die Tagesbesucher war und sie anscheinend nur wenige Minuten Vorsprung vor all den Touristenpulks hatte, die von dort den Blick auf die Faraglioni mit der Foto- oder Videokamera festhalten wollten. So war sie unversehens von Gewimmel umgeben, dem sie sich schnellstens entzog.

Soeben hatte sie den Garten verlassen und war wieder auf dem Weg zurück zur Piazzetta, als ihr Herz einen Schlag lang aussetzte: Max kam ihr geradewegs entgegen. Es gab keine Möglichkeit auszuweichen. Sie sah noch, wie er auf Höhe der Carthusia plötzlich stehen blieb und sich mit beiden Händen an den Kopf griff, dann drehte sie sich weg und tat, als würde sie über das alte Kartäuserkloster hinweg aufs Meer blicken. In Wahrheit sah sie nichts, sondern fühlte nur ihren Puls schlagen und war kurz davor, panisch zu werden. Wenn er sie jetzt entdecken würde, konnte sie geradewegs die Koffer packen und wieder nach Hause fahren. An seinen

Schritten hörte sie, wie er nun schneller weiterging, an ihr vorbei, ohne sie zu bemerken. Vorsichtig drehte sie sich nach ihm um und sah, wie er das Eisentor zur Via Krupp passierte, nun wieder etwas langsamer, sogar müder, wie ihr schien und in den Schultern etwas schlaffer als noch vorhin als sie ihm auf dem Weg zu seiner Zeitungslektüre folgte.

Was Max unten an der Marina Piccola wollte, wusste sie nicht. Sie wusste nur, dass sich der Ort am Ende des Serpentinenweges für keine ihrer Aktionen eignete. Deshalb beschloss sie, den Rest des Tages für sich zu nutzen. Der Schreck gerade eben und die Aufregung gestern Abend waren dafür Grund genug.

XLIII.

Seit dem Tod ihrer Mutter waren viele Monate vergangen, in denen ihr Plan, den 'Auftrag' auszuführen, erst ganz langsam, dann immer konkretere Formen annahm. Als dann Dr. Nöther vor mehr als einem halben Jahr von der Gefahr sprach, dass Max leicht im Wahnsinn enden könne, wenn er unkontrolliert die Anti-Depressiva absetzen würde, verfolgte sie genau diese Absicht.

Den ersten Schritt hatte sie erledigt, indem sie mit dem Medikamenten-Austausch sicherstellte, dass er seinen Entschluss nicht rückgängig machen konnte, auch wenn er wollte. Er würde also durch seine eigenmächtige Therapie in schwere seelische Nöte geraten. Und sie würden sich in den folgenden Tagen steigern, das wusste sie durch die Lektüre diverser klinischer Studien zu den Medikamenten. Nur die Intensität war schwer abschätzbar, weil sich der plötzliche Medikamentenentzug individuell sehr unterschiedlich auswirken konnte. Folglich gehörte zu dem Plan, dass sie nach dem Austausch der Kapseln weitere Aktionen starten würde, die den labilen Seelenzustand verschärften.

Judith war sich bewusst, dass sie eine schwierige Gratwanderung zu bewältigen hatte. Sie musste erreichen, dass sich für Max die Grenzen zwischen bewusster Wahrnehmung und Halluzination verwischten. Und weil diese Grenzverwischung anfänglich oft nur wenige Momente dauert und dann wieder eine Normalisierung eintritt, waren mehrfache Anstöße notwendig. Sie wollte ihn wiederholt in eine Situation versetzen, in der er, wie ein Verdurstender in der Wüste, eine Fata Morgana für ein reales Erlebnis hielt und diese Wahnvorstellungen sich womöglich häuften. Je länger und eindrücklicher ein solches Erlebnis dauerte, desto intensiver würde er die Enttäuschung spüren, wenn er anschließend feststellen musste, dass er vom eigenen Gehirn genarrt worden war. Zu diesen dramatischen Entzugserscheinungen addierte sich die Erfahrung, dass die Medikamente ihre gewohnte Wirkung nicht mehr entfalteten, da er ja unwissentlich die Placebo-Version einnahm, die ihm Judith untergeschoben hatte – solche Erlebnisse würden ihn schnell verzweifeln lassen, diese Rückschlüsse zog sie aus ihrer medizinischen Lektüre.

Im 'Feintuning', wie sie es nannte, kam es bei der Gratwanderung darauf an, möglichst die Dosis an Eindrücken anzubieten, die ihn wirksam dem Zweifel aussetzte, ob es Realität oder ein Hirngespinst war, was er sah. Auch, wie lange er diesen klaffenden Zwiespalt zwischen dem unsinnigen Hoffen und Glauben an Cäcilias tatsächlicher Gegenwart und dem bewussten Verwerfen dieser Möglichkeit aushalten würde. Entscheidend war also die rationale Überzeugungskraft sich selbst gegenüber, den so innig gewünschten Traum oder geträumten Wunsch als solchen zu erkennen und sich aus eigener Kraft zu stabilisieren. Sie glaubte nicht, dass ihm das gelingen würde, sondern vielmehr, dass er diesem Vexierspiel nicht lange Widerstand würde leisten können. Vieles an diesen Überlegungen war Spekulation. Ob Max tatsächlich so reagierte, wusste sie nicht, niemand konnte das wissen. Aber Erkenntnisse aus der Psychiatrie, die sie seit dem Studium interessierten, erwähnten häufig solche Bewusstseinsstörungen.

XLIV.

Judith rannte. Sie musste Max überholen. Nachdem sie beobachtet hatte, dass er in die Via Le Botteghe einbog, war sie ziemlich sicher, dass er die Villa Jovis besuchen wollte. Dort sollte ihm Cäcilia begegnen.

Sie musste sich beeilen. Denn, um ungesehen an ihm vorbei zu kommen und vor ihm dort zu sein, hatte sie nur das kurze Stück der parallel verlaufenden Via Sopramonte zur Verfügung. Hier waren fast nur ein paar wenige Einheimische unterwegs, so dass sie ungehindert die kurze Wegstrecke im schnellen Laufschritt hinter sich bringen konnte. Am Ende der Straße traf sie auf die Via Tiberio, die auch Max nehmen musste, um die Ruine zu erreichen.

Die Sonne verbreitete durch diesige Wolkenschleier nur ein diffuses Licht, es war warm und schwül. Für Judith war es dennoch nicht weiter anstrengend, schließlich hielt sie sich fit durch ihr regelmäßiges Jogging am Rhein entlang. Ein wenig störend war nur die große Tasche mit dem Schulterriemen, die sie unter dem abgewinkelten rechten Arm an den Oberkörper presste, so dass sie sie beim Laufen nicht behinderte. An der Ecke zur Via Tiberio war Max noch nicht zu sehen. Trotzdem rannte sie noch ein paar Schritte weiter bis zur nächsten Biegung. Danach ging sie in einen zügigen Schritt über.

Der Vorsprung reichte aus, und schnell hatte sie am Fuß der Ruine ein uneinsehbares Plätzchen gefunden, von dem aus sie seine Ankunft beobachten konnte. Sie legte den leichten Leinenblouson ab, unter der sie nur ein Spaghetti-Top trug und streifte auch die Bermuda ab. Aus der Tasche entnahm sie das sorgfältig zusammengelegte, blaue Seidenkleid und zog es an. Ihre aschblonden Haare versteckte sie unter einer Perücke mit, blondem, streichholzkurzen Haarschopf – fertig war Cäcilia. So wollte sie ihm unter die Augen treten, sozusagen als falsche Fata Morgana, die er für echt hielt.

In dem handtellergroßen Taschenspiegel prüfte sie den Sitz des Haarteils und wunderte sich schon, wo Max denn blieb. Endlich sah sie ihn. Wie erwartet ging er gleich in Richtung Aussichtsplattform, aber mit seltsam schleppenden Schritten, auch leicht vornüber gebeugt wie nach einer harten Anstrengung, ganz im Gegensatz zu seiner sonst üblichen straffen Haltung.

Stets Blickschutz suchend hinter den Stämmen der Pinien oder geduckt hinter halbhohem Wildgebüsch folgte sie ihm lautlos. Nicht weit, denn in Sichtweite des Salto ließ er sich wie ein alter Greis auf einer der Parkbänke nieder. Ungelenk stützte er sich an der Lehne ab und ließ sich knapp oberhalb der Sitzfläche fallen. Wie er so da saß, schwer atmend und schlaff, dacht Judith: 'Fehlt eigentlich nur noch der Krückstock zwischen den Knien, auf dem er die Hände verschränkt ablegt und das Stillleben eines alten Tattergreises wäre perfekt.' Stattdessen befächelte er sein Gesicht mit dem Hut und zog kurz darauf die Zeitung aus dem Jackett. Zum Lesen aber kam er nicht mehr. Zeitung und Hut legte er beiseite, als ihm auch schon Kopf und Schultern nach vorn fielen. 'Jetzt pennt der ein! Geht's denn noch?', schimpfte Judith lautlos vor sich hin.

Ursprünglich hatte sie beabsichtigt, als scheinbare Cäcilia durch den schattigen Pinienhain zu spazieren und auf diese Weise die Fata Morgana vor Max' Augen zu inszenieren. Sie hatte damit gerechnet, dass er nach einer Schrecksekunde vielleicht 'Cäcilia!' rufen würde, worauf sie natürlich nicht reagieren würde, sondern ohne Hast hinter dem nächsten Strauch verschwände und sich dann aus dem Gelände für ihn unsichtbar zurückzöge. Aber seine Ruhepause brachte sie auf eine bessere Idee. Sie löste sich vorsichtig aus ihrer Beobachtungsposition, ging schnell den Weg durch die Ruinengänge und suchte Deckung hinter dieser schrecklichen Marienkapelle in unmittelbarer Nähe zum Salto. Von dort aus konnte sie Max gut sehen und im entscheidenden Moment mit wenigen Schritten das Eisengeländer am Aussichtspunkt erreichen.

Es musste ein schwerer Traum sein, der ihn während seines Schlafs heimsuchte. Immer wieder zuckte er und versuchte mit spontanen Armbewegungen, bedrängende Traumbilder wegzuwischen oder sich vor imaginären Gefahren zu schützen. Manchmal brachen gutturale Laute aus ihm hervor, einmal auch ein flehendes "Nein, nein!". – 'Sieh' ihn dir an: der Best Ager aus dem Bilderbuch ist auch nur ein armes Würstchen. – Was für ein unwürdiges Schauspiel', fand Judith voller Verachtung.

Max hatte einen ungünstigen Sitzplatz eingenommen, denn seit einiger Zeit, da die Wolkenschleier sich aufgelöst hatten, stach die pralle Sonne auf ihn ein. Aber er wachte nicht gleich auf. Irgendwann erst ließen die Zuckungen und das Stöhnen nach. Judith vermutete, dass er bald zu sich käme und huschte an das Eisengeländer des Salto Tiberio. Sie stellte sich mit dem Rücken zu ihm, als würde sie das herrliche Panorama bewundern. Tatsächlich aber beobachtete sie ihn. Unauffällig hielt sie in der Rechten den Taschenspiegel so, dass sie ihn wie in einem Rückspiegel beobachten konnte. Wenn er erwachte, würde er als erstes sie sehen, weil sie genau in seiner Blickrichtung stand. Als es soweit war, blieb sie noch einen Augenblick, machte ein paar Schritte in Richtung der Lorbeerhecke die sich keine fünf Meter entfernt an das Eisengeländer anschloss und verschwand dahinter. Aus den Augenwinkeln beobachtete sie noch, wie er beide Arme nach vorn warf, als wollte er sie festhalten und dabei den Mund öffnete, als wollte er rufen. Auch versuchte er wohl, sich von der Bank zu erheben. Nichts gelang, wie sie mit einem weiteren, kurzen Blick durch die Zweige des Gebüschs erkannte. Dann huschte sie von Busch zu Busch weiter, ohne dass er sie sehen konnte.

Aus einem quälenden Alptraum ins wahre Leben zu erwachen, das aber nicht die erhoffte Erlösung bringt, sondern nur die Ungewissheit, ob er weiterträumte oder in Echtzeit erlebte, was er sah – das richtet Chaos im Kopf an. 'Max leidet, und das ist gut so.' Im ersten Moment glaubte sie, dass es eine reine Feststellung sei, die bestätigte, dass ihr Tun Wirkung zeigte. Dann aber wuchs das Gefühl der Genugtuung, dass sie dadurch Macht über ihn ausübte. Nun drängte es sie nachzulegen. Sie wollte ihn immer und immer wieder so erleben: als ein Häufchen Elend, das sich auf ihr Geheiß hin die Qualen selbst zufügte. Es fühlte sich gut an.

XLV.

Diesmal brauchte Judith nicht zu rennen. Nachdem sie gesehen hatte, dass Max in ein Taxi stieg, vermutete sie, dass er eine längere Strecke, entweder nach Anacapri oder zum Leuchtturm zurücklegen wollte. Also fuhr sie ihm mit einem anderen hinterher. Am Ortsausgang von Anacapri bog Max' Taxi in Richtung Blaue Grotte ab. Sie bat den Chauffeur, ebenfalls abzubiegen, aber langsamer zu fahren.

Es war zu riskant, ihm in kurzem Abstand bis unten zu folgen. Denn durch ihren Besuch vor ein paar Tagen erinnerte sie sich, dass der Parkplatz an der Grotte gerade mal so groß war wie ein Tennisplatz. Max würde sie also leicht entdecken können. Weil sie es aber für ziemlich ausgeschlossen hielt, dass er inmitten des Getümmels auf dem Wasser selbst in die Grotte einfahren würde, gab es zwei Möglichkeiten: Entweder, er setzte sich in dem kleinen Restaurant am Parkplatz auf die Terrasse und genoss die Aussicht auf das weite Meer oder er sah wie in einem Film dem Treiben vor der Grotte zu. In beiden Fällen würde er ihre Ankunft kaum bemerken.

Je nachdem, welche Variante er gewählt hatte, würde sie die andere nehmen. Denn sie mochte ihn nicht aus den Augen lassen. Und im Sinne ihrer Absicht wäre es sehr wirkungsvoll, nach dem gestrigen Tag gleich eine weitere 'Erscheinung' folgen zu lassen. Deshalb musste sie ihm auf den Fersen bleiben. An der Grotte wohl kaum, aber wenn sich woanders eine gute

Gelegenheit bieten sollte, würde sie heute noch einmal als Cäcilia auftreten. Die Sachen dafür hatte sie ja in ihrer großen Tasche mit dabei. Also ließ sie wenden und sich vom hoch gelegenen Anacapri über die Via Pagliaro, Tuoro und die Serpentinen der Via Grotta Azzurra ebenfalls hinab zu dieser Touristenattraktion bringen.

Schon bei der Ankunft auf dem Parkplatz erkannte sie den cremefarbenen Leinenanzug und den Panamahut. Mit dem Rücken zu ihr beobachtete Max die Boote, die vor der Felsenhöhle im Wasser dümpelten und darauf warteten, einfahren zu können. Auf der gegenüberliegenden Seite des Parkplatzes befand sich das Ristorante, wo sie den Taxifahrer in der Nähe des Eingangs zur Seeterrasse bat zu warten, während sie sich an einen kleinen Zweiertisch setzte, der so gelegen war, dass sie, falls er ebenfalls hier einkehren wollte, unbemerkt in das Restaurantgebäude wechseln und von dort wieder entkommen konnte. Die Situation aber blieb entspannt. Kaum hatte sie den Cappuccino getrunken, musste sie wieder aufbrechen, weil Max weiterfuhr, die Wegstrecke zurück und dann, an der Abzweigung in Richtung Punta Carena.

Auch an diesem abgelegenen und kaum besuchten Zipfel der Insel gibt es einen Parkplatz, der zugleich Endhaltestelle für die kompakten kommunalen Linienbusse ist. Noch auf der Zufahrt dorthin kam Judith das Taxi entgegen, in dem aber Max nicht mehr saß, also ausgestiegen war. Daraus schloss sie, dass er länger dort bleiben wollte, sonst hätte er das Taxi warten lassen.

Sie konnte sich also ohne Hektik auf die Suche nach ihm machen.

Es gab zwei befestigte Hauptwege. Der eine führte zum Leuchtturm, der andere fast bis zur äußersten Spitze des Kaps. Den dritten beachtete sie nicht, weil Max wohl kaum ein offenbar geschlossenes Ristorante besuchen würde. Sie entschied sich, möglichst zügig und dennoch mit viel Vorsicht eine Schleife zu gehen: erst zum Leuchtturm, von dort auf einem der Fußpfade an dem felsigen Ufer entlang bis zum Kap und auf dem zweiten Hauptweg zurück zum Parkplatz. Irgendwo würde sie auf ihn stoßen. Wenn sie ihn gefunden hatte und wusste, was er tat, würde sie sich seitlich in die locker stehenden Büsche schlagen, um ihre Metamorphose zur Cäcilia mittels blauem Seidenkleid und blonder Perücke zu vollziehen. Als Vorsichtsmaßnahme hatte sie sich nämlich noch nicht umgezogen, denn in dem momentanen Outfit als unauffällige Durchschnitts-Touristin mit aschblondem Haar und großer Sonnenbrille würde er sie wahrscheinlich auch aus der Nähe kaum erkennen, genauso wenig wie vorgestern bei den Augustusgärten.

"Da sitzt er und schläft schon wieder", flüsterte sie leise zu sich selbst. Diesmal wollte sie ihn wecken, ohne dass er sich dessen bewusst wurde. Sie schlich sich in die Büsche und erforschte mit den Augen die Umgebung. Eine Weile wartete sie noch, ob er von selbst aufwachte, dann arbeitete sie sich im Schutz der Sträucher nahezu lautlos schräg von hinten auf wenige

Meter an ihn heran. Hier konnte sie stehen und dennoch von ihm nicht gesehen werden, auch wenn er sich unverhofft umdrehen sollte. Direkt hinter ihr verlief einer der Pfade, die den Weg zum Faro kreuzten. Sie formte die Hände am Mund zu einem Sprachrohr und rief erst leise: "Max!". Nach einer kurzen Pause wieder: "Max!". Er rührte sich nicht. Sie sah sich um, ob auch wirklich niemand in der Nähe war, der ihr merkwürdiges Versteckspiel mitverfolgte. Dann noch einmal, etwas lauter: "Max!" und nochmal gezogener, mit eingebauter Terz: "Maaax!" Sein linker Arm zuckte, der Kopf hob sich ein wenig, sank aber mit dem Kinn wieder auf die Brust. Ein letztes Mal noch "Maaax!" Dann verschwand sie zwischen den Büschen und gelangte über den Hauptweg zum Leuchtturm.

Nun musste sie doch wieder rennen und zwar geradewegs zu dem kleinen Panoramaplatz am Fuß des aufragenden Seezeichens. Dort zog sie sich schnell um, was nur eine Minute dauerte: Blouson aus, Kleid über den Spaghetti-Top gestreift, aus den Bermudas steigen, Perücke auf, Blouson und Bermudas in die Tasche, fertig. Danach stieg sie auf das Bruchsteinmäuerchen, das den Platz einfasste. Wenige Meter vor ihr fiel die Felswand steil ins Meer und nicht einmal zweihundert Meter entfernt saß Max, der sie in dieser Position sehen konnte.

Da stand sie statuengleich vor dem hellen Horizont. Im Gegenlicht zeichnete sich ihr Körper durch das leichte Sommerkleid im Schattenriss ab. Wie das Meer vor ihr schlug der Seidenstoff sanfte Wellen in der Brise. Der strohblonde Haarschopf schimmerte golden und glich einem Strahlenkranz.

Wenige Augenblicke nur vergingen, bis sie ihn mehrmals aufgeregt "Cäcilia!" rufen hörte. Scheinbar ohne darauf zu reagieren, blickte sie hinaus aufs Meer und zwang sich, 'einundzwanzig, zweiundzwanzig, dreiundzwanzig' zu zählen. Dann erst stieg sie betont vorsichtig und ohne Hast von dem Mäuerchen, klemmte ihre Tasche wieder unter den Arm und lief los, da er sie nicht mehr sehen konnte. Natürlich würde er versuchen, sie zu erreichen. Aber er kam gewiss nicht schnell genug voran. Sie bog vom Hauptweg ab und nahm den kürzesten Pfad Richtung Taxi, das auf dem Parkplatz wartete. Im Gebüsch stoppte sie kurz, streifte das Kleid ab, schlüpfte in die Bermudas und zog den Blouson über das Trägerhemdchen. Dann lief sie weiter und saß wenig später im Taxi auf dem Weg über Anacapri nach Capri. Judith war mit sich und ihrer Aktion zufrieden. Eine schier ausufernde Genugtuung machte sich in ihr breit.

XLVI.

Am nächsten Morgen war ihre Absicht gewesen, wie an den zwei Tagen zuvor, ein drittes Mal im blauen Sommerkleid die Rolle der Cäcilia zu spielen. Als sie sicher war, dass er wieder zur Palastruine wandern wollte, kam es aber wegen eines lächerlichen Zufalls nicht dazu. Auf ihrer 'Überholspur', der schmalen Via Sopramonte, rumpelte ein Elektrokarren mit turmhoch kofferbeladener Pritsche vor ihr her. Sie konnte ihn lange nicht passieren, weil seitlich einfach zu wenig Platz war. Endlich bemerkte sie der Fahrer und hielt an einer kleinen Ausweichbucht, um sie vorbei zu lassen. Da war es aber schon zu spät. Kurz nach Max traf Sie an der Einmündung zur Via Tiberio ein und konnte ihm deshalb nur folgen. Gerne hätte sie den irrlichternden Geist im Gebüsch gespielt, wie sie es gestern vorhatte. Stattdessen musste sie zusehen, wie er zwar angestrengt, aber zielstrebig den labyrinthischen Weg durch die Ruine suchte und auf die Aussichtskanzel zusteuerte.

Als er dort zu schwanken begann und sich vornüberbeugte, hätte sie eigentlich einen Schreck bekommen müssen. Denn für Augenblicke schien es, als wolle er sich in die Tiefe stürzen. Diese fehlende Anteilnahme machte ihr aber keine Gewissensbisse. Vielmehr schaute sie wie bei einem spannenden Krimi zu, was wohl passieren würde. Als er sich dann von dem Geländer wegdrückte und dabei auf die Knie sank, gleichzeitig die Arme über dem Kopf verschränkte, als wolle er sich vor einem Hagelschauer schützen und mit rundem Rücken fast den Boden mit der Stirn berührte, war sie zunächst enttäuscht und ärgerlich über seine vermeintliche Feigheit, aber nur wenige Sekunden. Dann murmelte sie mit grimmiger Entschlossenheit: "Gut so, du bleibst mir noch ein Weilchen erhalten. Nicht du darfst dich richten, sondern ich werde es tun." Dabei ballte sie unwillkürlich beide Fäuste.

Auch diese Begebenheit zeigte ihr, dass es ihm nicht gut ging. Sie wartete noch ab, bis der Aufseher, der auf seiner Runde zufällig vorbei gekommen war, Max bis zu derselben Bank begleitet hatte, die schon vorgestern sein Rastplatz war. Danach verließ sie das Gelände. Was sie dort eben gesehen hatte, war sinnbildlich: Max wankte, aber er fiel noch nicht. Deshalb wollte sie ihm möglichst schnell den nächsten Hieb versetzen. Nun stand auf ihrer Agenda die Aktion 'Ninja'. Extra dafür hatte sie den schwarzen Ganzkörper-Bodysuit mitgebracht.

XLVII.

Nach dem allabendlichen Kehraus der Tagestouristen wurde es erfreulich still auf der Insel. Judith wunderte sich, weil sie wegen der vielen Hotels weit mehr Hotelgäste vermutet hatte, die abends in Cafés, Bars und Restaurants anzutreffen waren. Aber anscheinend galt das nur für die beiden Sommermonate. Immerhin erleichterte das ihre nächste Mission. Ihr wäre sogar am liebsten, wenn sie außer Max niemand sonst begegnen würde. Denn sie musste ganz nah bei ihm agieren: lautlos und unsichtbar. Es war schon schwierig genug, dass er nichts merkte. Da konnte sie keine weiteren Passanten gebrauchen, die ihr in die Quere kamen und sich auch noch wunderten, was sie da trieb.

Gemäß dem Sprichwort, wo viel Licht ist (nämlich die abends hell erleuchteten Schaufenster in den Flanier- und Shopping-Straßen), da ist auch viel Schatten (die Nacht jenseits der Schaufenster, die dem geblendeten Betrachter der Auslagen umso schwärzer vorkommt), würde sie die Lichthöfe meiden und sich nur im jenseitigen nächtlichen Schatten bewegen. So würde sie in ihrem schwarzen Bodysuit, den sie bisher noch unter der khaki Chino und dem Leinenblouson verborgen trug und dabei ziemlich schwitzte, wie unter einer Tarnkappe mit der Nacht verschmelzen.

Nachdem sie herausgefunden hatte, welche Richtung Max bei seinem Spaziergang durch die Via Le Botteghe und die Via Camerelle einschlagen würde, verschwand sie in der dunklen Mauernische eines ohnehin schon düsteren Seitengässchens und streifte blitzschnell Hose und Blouson ab. Beides stopfte sie in die große Tasche, zog die schwarze Sturmhaube über Kopf und Gesicht und schnallte sich das schwarze Gürteltäschchen um, in dem die Schmuckschatulle mit den beiden Ohrhängern und ein Parfüm-Flacon mit Cäcilias Duftmarke verstaut waren. Sie öffnete das Täschchen und die Schatulle und sprühte mit dem Zerstäuber zweimal kurz, so dass der Ohrschmuck den Duft annahm und schloss beides wieder. Dann streifte sie noch die hauchdünnen Gummihandschuhe über, die sie aus der Klinik mit nach Hause genommen, dort einfach in schwarze Textilfarbe getaucht und sorgfältig getrocknet hatte. Die leichten, schwarzen Mokassins trug sie schon die ganze Zeit an den Füßen. Ein zufälliger Beobachter hätte seinen Augen nicht getraut, wie Judith buchstäblich 'zusehends' unsichtbar wurde. Die

Tasche stellte sie so, dass sie unentdeckt blieb, bis sie nach ihrer Aktion zurückkehrte.

Vorsichtig schaute sie sich aus der Nische heraus in der Seitengasse um, löste sich aus ihrer Deckung und schlich die paar Meter vor, wo sie auf die Via Le Botthege mündete. Hier musste Max vorbei kommen. Entscheidend war, dass sie immer ganz nah an ihm dran war, damit sie ihn beobachten und voraussahnen konnte, wohin er sich als nächstes wenden werde.

Das Revier für einen abendlichen Schaufensterbummel ist eng begrenzt und beginnt direkt an der Piazzetta. Es war also recht einfach, sich die Tage zuvor drei Geschäfte zu merken, die am günstigsten gelegen waren. Direkt um die Ecke, wo sie jetzt stand, befand sich ein Geschäft mit Yachting-Mode. Etwa fünfzig Meter entfernt sah sie Max die Straße entlang schlendern. Als er sich dem nächsten Geschäft zuwandte, huschte sie aus ihrem Versteck hervor, legte einen der Ohrhänger direkt vor das Schaufenster, das bis knapp über den Boden reichte. Im nächsten Moment war sie schon wieder hinter der Ecke verschwunden und zog sich bis in ihre ursprüngliche Nische zurück. Dort wartete sie, bis er in dem Ausschnitt auftauchte, den ihr das Gässchen von der Straße freigab.

'Mist', dachte sie, 'nächster Versuch.' Max hatte den Ohrhänger übersehen oder war sogar an dem Geschäft einfach vorbeigegangen. Judith sammelte ihn wieder ein und lief durch das Gewirr der Gässchen, um schnellstens zu dem nächsten Geschäft zu kommen, das ihr geeignet schien. Es war ein Schuhgeschäft mit sehr exklusiver Ware, auch für Herren. Davor stand noch eine Dame, die Ihrem Begleiter einzureden versuchte, dass für sie ein Souvenir von Capri und dazu noch ein so praktisches und exklusives die Erfüllung eines Traums wäre. Da er darauf aber nicht einging, zog sie schmollend allein weiter, er folgte ihr sogleich und flüsterte, unhörbar für Judith, noch etwas in ihr Ohr. Dann musste sie schleunigst die fünf Schritte aus ihrem Versteck machen, um ihre 'Ware' auszulegen. Im nächsten Augenblick huschte sie schräg über die halbdunkle Straße in die unscheinbare Gasse die auf kürzerem Weg als die Via Vittorio Emmanuele zur Via Camerelle führte. Von dort aus beobachtete sie gespannt, wie sich Max diesmal von dem hell erleuchteten Warenangebot einfangen ließ. Um ein Haar hätte er Judiths Angebot zertreten, und er bemerkte es nicht einmal.

'Shit. Dritter und letzter Versuch für heute.' Sie schlich lautlos hinter Max' Rücken hinüber, hob das Schmuckstück auf und zog sich wieder zurück – gerade rechtzeitig, um nicht von weiteren Passanten bemerkt zu werden, die hier ebenfalls die Schätze des gehobenen Einzelhandels bewunderten.

Das dritte Geschäft, in der Via Camerelle, war ungünstiger gelegen, weil es in eine homogene Reihe von mehreren Ladenlokalen eingebettet und etwas unscheinbarer war als die anderen. Es verband sich jedoch mit den Erinnerungen von Max, da war sich Judith ganz sicher. Denn der Name des Juweliers stand auch auf der Schmuckschatulle, aus der Judith vorhin das Ohrhängerpaar entnommen hatte. Max würde hier ganz gewiss stehen bleiben. Wieder musste sie auf späte Flaneure achten. Wenn sie zu früh auslegte, fanden womöglich fremde Passanten das wertvolle Stück, zu spät kam sie, wenn die Gefahr bestand, von Max entdeckt zu werden. Das Risiko musste sie jetzt, genau jetzt, eingehen: mit drei, vier katzengleichen Sprüngen war sie an dem Schaufenster. Diesmal legte sie den Hänger außerhalb der Schattenzone des tiefliegenden Sims' auf die marmornen Bodenfliesen, so dass Max ihn nicht übersehen konnte. Auf ihrem blitzschnellen Rückzug in einen dunklen Durchgang, der zum Patio einer dreiflügeligen Wohnanlage führte, sah sie Max gerade um die Ecke kommen. Von hier aus beobachtete sie ihn, wie er sich erst ein wenig bückte, wohl um eine Auslage besser betrachten zu können, wie er sich dann ruckartig noch tiefer beugte und Cäcilias Ohrschmuck aufhob.

Gebannt starrte er auf den Gegenstand in seiner linken Hand. Mit der rechten tastete er nach festem Halt am Rahmen des Schaufensters 'wie damals, als ich ihm sagte, dass seine Frau tot sei', erinnerte sich Judith. Sie hörte noch ein verhaltenes, gequältes Stöhnen, als er sich mit schleppendem Schritt in die Richtung, aus der er gekommen war, wieder in Bewegung setzte.

'Dead man walking. Du wirst wohl jetzt in dein Hotel zurückkehren und darüber grübeln, wie Cäcilias Schmuckstück ausgerechnet an diesen Ort kommt und dass ausgerechnet du ihn findest. Warte bis morgen.

Dann erfährst du die Lösung – wenn du dann noch in der Lage bist, einen vernünftigen Gedanken zu fassen.'

Judith machte sich auf den Rückweg. Sie holte ihre Tasche, streifte die Sturmhaube und die Gummihandschuhe ab und zog schnell wieder Chino und Leinenblouson an. Soeben hatte sie in einer erfolgreichen Aktion Max noch mehr Zweifel und Verzweiflung beigebracht. Sie fühlte sich etwas matt aber großartig. Da machte es auch nichts, dass sie unangenehm schwitzte. Sie zog die Mokassins aus und ging beschwingt barfuß zurück ins Hotel.

XLVIII.

'Authentischer könnte das Original nicht sein, sofern es eines gäbe', sagte sich Judith, als sie vor ein paar Wochen zu Hause den Brief angefertigt hatte, den sie jetzt in ihrem Hotelzimmer aus dem Kleidersack holte und dabei die Schmuckschatulle mit dem verbliebenen Ohrhänger und das Parfüm-Flacon in eine der Taschen zurück steckte. Diese Nachricht in Cäcilias originaler Handschrift würde sie Max ins Hotel zustellen lassen. Und sie würde ihre Wirkung gewiss nicht verfehlen.

Viele Stunden ihrer dienstfreien Zeit hatte sie damit verbracht, diesen Brief so echt aussehen zu lassen, als hätte ihn Cäcilia selbst geschrieben. Und genau genommen hatte sie ja auch jedes Wort selbst geschrieben. Judith hatte lediglich einzelne Wörter aus dem langen

Abschiedsbrief entnommen und damit einen neuen Text zusammengesetzt, den sie sich für diesen Zweck ausgedacht hatte. Dazu nutzte sie ihren Mac und einen hoch auflösenden Scanner, eine erstklassige Bildbearbeitungs-Software und den besten Foto-Tintenstrahldrucker, den sie auftreiben konnte. Dann machte sie sich in mehreren Arbeitsschritten ans Werk.

Da Cäcilia mit Füllfederhalter und blauer Tinte geschrieben hatte, war das Schriftbild außerordentlich lebendig und nuancenreich. Diesen Duktus eins zu eins wiederzugeben, war also eine besondere Herausforderung. Im ersten Schritt fertigte Judith ihren Brieftext an und – ohne den Sinngehalt zu verändern – modifizierte ihn so lange, bis sie alle dafür benötigten Wörter aus Cäcilias Brief entnehmen konnte. Der zweite Schritt war, dass sie mit höchster Auflösung diese Wör-ter aus dem Brief abscannte, jeweils in eine JPEG-Datei packte und zunächst nur als eng begrenztes Rechteck beschnitt. In der dritten Phase wollte sie vorab einen ungefähren Eindruck von dem Ergebnis erhalten. Deshalb druckte sie jedes Wort einzeln aus, beschnitt alle mit einem Instant-Skalpell und klebte sie nacheinander auf ein Blatt Papier. Das war die Vorlage für das gefälschte 'Original'.

XLIX.

Lange hatte sie kein Skalpell mehr in der Hand gehabt, es war wohl während ihres Gastsemesters an der Uni in San Diego gewesen. Daran hatte sie eine ganz lebendige Erinnerung, weil der Professor seine erste Vorlesung über Antisepsis in der Chirurgie mit einem Taschenspielertrick unterhaltsam würzte.

Um anschaulich zu zeigen, dass bei absolut keimfreiem Operieren und sorgfältiger Nachsorge nahezu unsichtbare Narben möglich sind, führte der Assistent – der das wohl hobbymäßig betrieb – einen Zaubertrick vor: In professioneller Bühnentheatralik zog er mit einem Skalpell in ein weißes Blatt Papier einen scharfen Schnitt und zeigte ihn gut sichtbar herum. Dann bat er eine Studentin, ein Seidentuch über seine beiden Hände zu legen, mit denen er das Papier an den Ecken zwischen Daumen und Zeigefinger festhielt. Die übrigen Finger spreizte er gut sichtbar ab, so dass sie sich unter dem Tuch wie Kamelhöcker abzeichneten. Anschließend drehte er sich einmal um die eigene Achse und schleuderte mit übertriebener Geste das Tuch von seinen Händen und präsentierte das scheinbar gleiche Blatt Papier, aber völlig unversehrt. Er drehte sich noch mehrmals, quasi zur Steigerung des Effekts, ohne das Seidentuch, und jedes Mal zeigte das Blatt entweder den Schnitt oder es war unversehrt.

Nun, Amerikaner begeistern sich für solche Show-Einlagen, und sie haben ja auch einen Nutzen: Es war das Eindrücklichste, was Judith von dem Studienaufenthalt in San Diego mit nach Hause nahm. Mehr noch, sie empfand dieses Blatt Papier mit dem scharfen Schnitt wie eine Metapher ihrer Seele: Der Schnitt in der unberührten Fläche ist immer vorhanden, aber praktisch unsichtbar, wenn das Papier einfach nur so daliegt. Gerät das Blatt in Bewegung, klafft der Schnitt sichtbar auf. Und wie der Magier war sie in der Lage, nach Bedarf und Opportunität ein völlig intaktes Blatt vorzuweisen. Wichtigstes Instrument dafür waren auf ihrem Ausbildungs- und Berufsweg die stets makellosen, weit überdurchschnittlichen Leistungen. Wo es auf ihren Geist, ihre Intelligenz ankam, war sie unschlagbar. So überspielte sie mit der Leichtigkeit des Spiegelfechters ihre emotionalen Defizite.

L.

Die Nachricht, die Max auf Capri erhalten sollte, entstand also bei Judith zu Hause in einer zeitraubenden Sisyphusarbeit, die sie bis kurz vor der Abreise beschäftigte. Entsprechend der selbst angefertigten Vorlage setzte sie im vierten Arbeitsgang am Computer mit der Bildbearbeitungs-Software alle benötigten Wörter aus den Einzeldateien zusammen. Jeden Buchstaben, jedes Wort musste sie sodann aus dem zwangsläufig mitgescannten Papierhintergrund mit entsprechenden Filtern freistellen, sonst wäre er beim späteren Ausdruck als leichter Grauschleier sichtbar geblieben. Der finale Schritt bestand im präzisen Ausrichten der Wörter im Textfluss. Indem sie die fortwährenden, feinen Unregelmäßigkeiten zum Beispiel beim Einhalten der Grundlinie und der Wortabstände berücksichtigte, die jeder von Hand geschriebene Text aufweist, erhielt ihr Brief nach und nach jene Originalität, die ihn auch bei genauer Betrachtung nicht als Fälschung entlarvt hätte. Dafür wäre zumindest eine starke Lupe vonnöten gewesen und die hatte Max sicher nicht in seinem Reisegepäck.

LI.

Diese Arbeit, die Herstellung der gefälschten Mitteilung von Cäcilia an Max, erledigte Judith sozusagen in technokratischer Gedankenlosigkeit. Nicht im Entferntesten dachte sie über eine eventuelle moralische Verwerflichkeit ihres Handelns und ihrer Absichten, die sie damit verfolgte, nach. Der Hass auf ihren Vater war ein selbstverständlicher Teil ihres Denkens und Handelns und sie brauchte deren Legitimität nicht mehr in skrupulösen Grundsatzdiskussionen mit sich selbst auszufechten.

Vielmehr folgte sie der Argumentation, die sie seit ihrer Kindheit von Ihrer Mutter eingeimpft bekommen hatte: 'Wie du mir, so ich dir. Du hast mich missbraucht, also musst du dafür büßen.' Es war die Schwere des Verbrechens, das ihre Mutter als Freibrief für den unversöhnlichen Hass betrachtete – ungeachtet der Gründe, warum es zu diesen Missbrauchstaten kam. Oder war es nur die eine Tat, die Martha gesehen hatte oder glaubte, gesehen zu haben? Oder war es nur ein unglücklicher Moment, den sie zum Anlass nahm, dramatisch überzureagieren und nur deshalb Judith einen extremen Schock erlitt, der dann als unumstößlicher Beweis für die Schandtat des Vaters galt? Warum aber hatte Max sich dann nicht gegen die harten Trennungs- und Scheidungsbedingungen gewehrt? Das war doch das Eingeständnis seines schlechten Gewissens. Oder war es einfach nur der Preis, mit dem er sich aus der Verantwortung und Bindung einer Ehe frei kaufte, die ihm nichts mehr bedeutete? War wirklich geschehen, was Martha gesehen hatte, war es womöglich zuvor schon öfter passiert oder hat sie nur gesehen, was sie sehen wollte?

Hätte Max sich gewehrt und einen Scheidungsprozess angestrengt, wären diese Fragen zur Sprache gekommen, wenngleich nicht mit letzter Sicherheit geklärt worden. Aussage hätte gegen Aussage gestanden. Aber immerhin hätten beide die Positionen des Anderen kennengelernt und vielleicht wäre Judith die jahrelange Gehirnwäsche erspart geblieben, hätte eine professionelle Trauma-Therapie erhalten und wäre zu einer ganz normalen Person herangereift – außerhalb des schwarzen Schattens von Hass und Rache.

War es Schicksal, Fatum, Moira? Es hatte sich alles so ergeben, mit erschreckender Folgerichtigkeit und dem Ergebnis, dass Judith glaubte, das Recht zu besitzen, ihres Vaters Leben zu zerstören, so wie er das ihre zerstört hatte. 'Aug' um Auge, Zahn um Zahn', die moralische Weltformel, die heute noch für viele Menschen, ja, für ganze Staaten gilt.

LII.

Eine unvermutete Windbö bauschte die Tagesgardine an der geöffneten Balkontür. Es war schwül geworden an diesem frühen Abend, die Luft schien aufgeladen, auf dem Festland braute sich eines der heftigen Gewitter zusammen, wie sie um diese Jahreszeit manchmal auftreten und das späte Frühjahr verabschieden.

Dem verschließbaren Kasten im Kleiderschrank ihres Hotelzimmers entnahm Judith das Kuvert mit der Aufschrift 'Herrn Max Sweberding - persönlich'. Es war das einzig Authentische an der Briefsendung, die sie alsbald Max zustellen lassen wollte. Im Sessel neben dem kleinen Tisch sitzend, zog sie den Brief noch einmal vorsichtig heraus, damit er nicht knitterte. Sie las ihn aufmerksam, als wollte sie sich vergewissern, dass der von ihr verfasste und so sorgfältig imitierte Text jeder kritischen Prüfung würde standhalten können, nur, um dieses eine Ziel zu erreichen: Max glauben zu lassen, Cäcilia lebe wie durch ein Wunder noch und wünschte ihn jetzt zu sehen, um seiner Pein endlich ein Ende zu bereiten.

Mit spitzer Zunge feuchtete sie den Klebestreifen an, verschloss das Kuvert endgültig und steckte es in die große Tasche. Auch Cäcilias Abschiedsbrief, dessen Blätter sie mit einer Büroklammer zusammengefasst hatte, die weiße, lange Schulterstola ihrer Maman und ihre Geldbörse steckte sie dazu.

LIII.

Gestern Abend hatte sie den verschwitzten Bodysuit noch im Waschbecken mit extra gekauftem Feinwaschmittel gereinigt, gespült und auf dem Balkon zum Trocknen aufgehängt. Als sie ihn wieder anzog, tat sie das mit dem Gefühl, als gürte sie sich wie weiland Jeanne d'Arc vor ihrem Feldzug gegen die Engländer: durchdrungen von dem Willen, den Gegner zu vernichten. Weil sie es nicht mehr brauchte, zog sie das Täschchen vom Gürtel, das sie gestern mitgeführt hatte und schlang den schlanken schwarzen Riemen um ihre Taille.

Ausgehfertig machte sie sich, indem sie wieder die Chino und den Leinenblouson über den Body zog. In der warmen Schwüle begann sie wieder sofort zu schwitzen, doch die Luft kam jetzt immer öfter in Bewegung und bewirkte einen zeitweisen Ventilator-effekt. Zuletzt schlüpfte sie wieder in die schwarzen Mokassins und hängte die große Tasche über die Schulter. Dann machte sie sich auf in Richtung Taxistand, jenseits der Piazzetta.

Sie verhandelte kurz mit einem der Fahrer. Der sollte den Brief zu Fuß durch die autofreie Zone zu Max' Hotel befördern. Angesichts des großzügigen Honorars zögerte er nicht lange. Die erste Hälfte des Geldes für den Botengang von nur wenigen Minuten gab ihm Judith gleich, die zweite Hälfte bekäme er, wenn er in reichlich bemessenen zwanzig Minuten wieder hier einträfe.

Alles klappte ganz in Judiths Sinne. Der Fahrer kehrte sogar deutlich früher zurück und erstattete Bericht, dass er den Brief Guglielmo, dem Portier, übergeben und selbst gesehen habe, wie der Portier sich sofort zum Aufzug begab, um den Brief persönlich dem Adressaten zukommen zu lassen. Am Torre dell' Orologio hatte die Glocke gerade sieben Uhr geschlagen, als Judith die Piazzetta überquerte und den Weg zur Villa Jovis einschlug.

Die Sonne ging gerade unter, ja rot, aber mit bedrohlicher Dramatik. Ihre tiefen Strahlen ließen übermächtige, anthrazitfarbene Gewittertürme über Neapel erglühen. Der Vesuv war von ihnen eingehüllt als hätte er die Ungetüme soeben selbst aus sich herausgeschleudert. Sie wölbten und blähten sich mit rötlichem Schimmer auf der sonnenzugewandten Seite. Ihre schwarzen Schatten erhellte nervös zuckendes Wetterleuchten für Wimpernschläge in bläuliches Grau. Bald würde auch das Donnergrollen zu hören sein als Vorankündigung, dass sich dieses Gewitter unaufhalt-sam Capri näherte.

Immer häufiger stoben Windböen durch die Sträßchen von Capri und brachten Aufruhr unter die riesigen, quadratischen Sonnenschirme der Cafés. Judith beschleunigte den Schritt noch einmal als sie den letzten Abschnitt der Blutorange im Meer verschwinden sah.

Sie wollte deutlich vor Max dort sein, wo ihn Cäcilia erwartete, um sich auf diese entscheidende Begegnung einstimmen zu können. Sie wollte noch einmal ihre Anklage gegen ihn gedanklich repetieren, wie sie es in dunklen, verzweifelten Stunden so oft getan hatte, aber immer nur mit dem Echo ihrer eigenen Stimme – diese Ohnmacht, das Nicht-Gehört-Werden, das Nicht-Bestrafen-Können für all das Leid, das er ihr angetan hatte, vertiefte jedes Mal nur ihren Hass und linderte ihn nie. Nun endlich war diese Situation eingetreten – nicht unverhofft, sondern von ihr sorgfältig geplant. Er würde kommen, wie sie es beabsichtigt hatte, er würde reagieren, als zöge sie an den Schnüren einer Marionette. Ohne dass er es wusste, hatte sie Macht über ihn erlangt, und er sollte sie zu spüren bekommen. Endlich! Endlich!!

SCHLUSS

ABRECHNUNG

HIMMEL UND HÖLLE

Max war außer sich. Wäre er bei sich gewesen, hätte er vernünftiger reagiert, und es wäre nicht so weit gekommen, dass er jetzt in wilder Wiedersehensfreude dem vermeintlichen Treffen mit seiner geliebten Cäcilia entgegenfieberte. Fast rannte er durch die Straßen Richtung Salto Tiberio, wo er glaubte, dass sie ihn erwartete. Den Brief mit dieser Nachricht trug er abwechselnd wie eine Monstranz vor sich her, drückte ihn an sein Herz oder küsste ihn. Passanten, denen er begegnete, blickten ihm mitleidig wie einem armen Irren nach. Es kümmerte ihn aber nicht in seinem Glücksrausch, auch nicht, dass er sich viel, sehr viel zumutete. Auf der stetig ansteigenden Via Tiberio stürmte er voran. Ganz anders die Tage zuvor, an denen er die Strecke nur mit Mühe und Pausen bewältigte. So war es wohl ein gehöriger Cocktail aus Glückshormonen und Adrenalin, der ihn scheinbar mühelos antrieb.

Judith hatte richtig vermutet: Wenn sie vor Max am Salto sein wollte, musste sie sich sputen. Denn er würde nicht zu halten sein, nachdem er den Brief gelesen hatte. Und tatsächlich – selbst erst wenige Minuten zuvor eingetroffen, hörte sie ihn schon vom Eingang des Ruinengeländes erwartungsfroh rufen: "Cäcilia, ich komme! Cäcilia, wo bist du, gleich bin ich bei dir. Wo bist du?" Sie hörte aber auch, wie er völlig außer Atem war. 'Mach' jetzt nicht auf den letzten Metern mit einem Herzinfarkt schlapp. Halte durch!' Chino und Blouson lagen gefaltet in der Tasche, nur mit dem schwarzen Ganzkörpertrikot und den schwarzen Mokassins bekleidet, streifte sie die Schulterstola ihrer Mutter über, indem sie den Kopf durch den Schlitz steckte, den sie noch zu Hause angebracht hatte. So mutierte die mütterliche Stola zu einem priesterlichen Skapulier – Weiß auf Schwarz, Rachegöttin und Richterin zugleich.

Mittlerweile war es dämmerig geworden. Die glutrote Sonne berührte gerade die dunkle Kontur der Nachbarinsel Ischia. Nur scheinbar schwerfällig hatten sich die massiven Wolkentürme über den Golf vorangeschoben. In Wahrheit tobten dort oben unvorstellbare Gewalten, die nicht auf ihren Einsatz hier unten warteten, sondern niederfahren würden, wann immer es ihnen passte. Lächerliche Vorboten waren die Windstöße, die die Kronen der Pinien erschaudern ließen. Auch das nervöse Zucken des Wetterleuchtens, das von einzelnen, herzhaften Blitzen abgelöst wurde, war nur ein handzahmes Vorspiel dessen, was kommen würde. Denn noch folgte jedem Blitz erst in respektvollem Abstand ein fernes Grummeln.

Judith schwitzte. Auch Max schwitzte. Eine schier unerträgliche Schwüle hatte sich aufgestaut, die nach Entladung suchte. Judith spürte diesen Hitzestau und zugleich die Hochspannung in sich. Max hingegen ignorierte den Schweiß, der ihm in Strömen den Körper entlang lief – aus den Haaren unter seinem Panamahut über die Schläfen in den Silberbart und von dort in Rinnsalen unter den offenen Kragen seines Polohemds. Er spürte nur den süßen schweren Likör mit den vielen klitzekleinen, glitzernden Goldplättchen, die sich noch immer durch seine Adern wälzten. "Cäcilia, Liebling! Wo bist du, mein Schatz?" – Sie stand oben, nahe der Felsenkanzel hinter der Kapelle, wo auch die geschmacklose Säule mit der Marienstatue aufragte. Dort stand Judith, unsichtbar für ihn, wenn er die Panoramafläche betrat. Angestrengt horchte sie in die Dämmerung hinein. Das nahende Unwetter hatte wohl eine Verschnaufpause eingelegt – die sprichwörtliche Ruhe vor dem Sturm. Max hingegen nicht. Sie hörte seine stolpernden Schritte aus dem Innern der Ruine. Wie ein Blinder tastete er sich mit ausgestreckten Armen in den dunklen Räumen und Gängen voran.

Noch immer schwer atmend, hielt er den nun völlig zerschundenen Brief umklammert, als er auf die Aussichtsplattform des Salto Tiberio trat. Judith konnte ihn gut erkennen, ihre Augen hatten sich der Dämmerung angepasst. "Cäcilia, wo bist du. – So antworte doch!"

Natürlich kam er in seinem Zustand nicht auf den Gedanken, dass er mindestens eine halbe Stunde zu früh eingetroffen war. Deshalb wollte Judith ihn noch zappeln lassen. Sollte er doch herumirren und nach seiner Cäcilia rufen! Dann aber entschied sie, den Stier bei den Hörnern zu packen. Vor allem wollte sie seine Atemlosigkeit und den Aufruhr seiner Hormone nutzen. Aus der Höhe dieser hysterischen Euphorie würde sie ihn abstürzen lassen und mit ihm abrechnen.

Lautlos war sie um die Kapelle herum geschlichen. Gerade machte er zwei, drei unschlüssige Schritte auf das Eisengeländer der Aussichtskanzel zu. Er rief noch einmal, etwas weniger laut als vorhin, weil er ja glaubte, dass Cäcilia in der Nähe sei: "Cäcilia, mein Schatz, hier bin ich!" In diesem Moment trat Judith in seinem Rücken aus dem Schatten der Kapelle und stieß absichtlich laut hervor: "Hier bin ich, Vater!"

Vater, dieses Wort hatte sie aus Abscheu vor Max nie benutzt. Nun war es ihre Angriffswaffe, die auch ihre Wirkung nicht verfehlte. Wie unter einem Schlag zuckte er zusammen. Erschrocken über das so Plötzliche, über die unerwartet harte Stimme, die so prompte Antwort, auch das beklemmende letzte Zwielicht vor der Nacht, die umgebende leblose Stille und der nach seiner enormen Anstrengung nun einsetzende rapide Hormonabbau bewirkten eine Lähmung, aus der er sich nur langsam lösen und zu ihr umwenden konnte.

"Cäcilia, da bist du ja. Oh mein Gott, wie glücklich bin ich, dich endlich wieder zu sehen", sprudelte es aus ihm heraus. "Du weißt ja gar nicht, wie sehr ich dich vermisst habe..." Er ging auf sie zu und breitete die Arme aus als wollte er sie umarmen, als Judith ihn anherrschte: "Sei still! Ich bin Judith, deine Tochter."

Der kurz und kalt vorgetragene Satz sollte ihn ernüchtern, ihn empfänglich machen für die Vorwürfe, die sie ihr Leben lang mit sich getragen hatte und die sie in den vergangenen Monaten nach Mamans Tod immer wieder formuliert hatte. Ja, sogar vor dem Spiegel hatte sie sich einmal selbst die Hasstiraden entgegengeschleudert, um die Wirkung zu erkunden, die sie auf Max erzielen sollten. Dabei hatte sie sich derart hineingesteigert, dass sie anschließend heiser und erschöpft auf ihr Bett fiel.

Überrascht und gleichzeitig begütigend, als spräche er mit einem fiebernden Kind, erwiderte Max: "Aber Cäcilia. Was ist mit dir? Ich bin's doch, dein Max!" Offensichtlich weigerte sich Max anzuerkennen, dass Judith und nicht Cäcilia vor ihm stand.

Das brachte Judith so in Rage, dass sie ihn noch einmal anschrie: "Vater, ich bin deine Tochter Judith! Cäcilia ist tot." Im selben Moment fuhr stroboskopisch zuckend ein blendendes Blitzlicht nieder, ließ die Szene einfrieren in harten Konturen. Eine Bö blähte Judiths Skapulier. In dem hellen Schatten der erstarrten Bewegung sah Max, wie ein weißer Tiger ihn anspringen wollte. Er wich zwei Schritte zurück und warf die Arme zur Abwehr vors Gesicht. Judith setzte sofort nach und verringerte die Distanz. Vielleicht zwei Meter trennten sie voneinander. Drohend bohrend fragte sie ihn: "Hast du ganz und gar vergessen, dass du eine Tochter hast? Mich, Judith. Willst du mich verleugnen?" Dann folgte der krachende Donner.

Wieder begann er "Cäcilia..." und Erstaunen, Fragen, Bedauern lagen darin. Nun war es Judith, die sich weigerte anzuerkennen, dass Max schon jenseits seiner Vernunft angekommen war, ihre Anklage gar nicht mehr verstand und folglich ihre Hasstiraden ins Leere liefen. Sein Beharren darauf, dass er Cäcilia vor sich habe und jede andere Möglichkeit ausblendete, war zwar ebenfalls eine Form von Wahnsinn, sie äußerte sich aber nicht in winselnden Unterwerfungsgesten oder theatralischen Vorwürfen wie Judith es sich in vielen Bildern ausgemalt hatte, sondern in ganz harmlosem, naivem Irrsinn.

"Ich bin Judith, deine Tochter", brüllte sie ihn wieder an. Mit der ganzen Wucht ihres Hasses wollte sie ihn zwingen zu verstehen, dass nicht seine geliebte Cäcilia, sondern der Racheengel Judith vor ihr stand und nun Abrechnung verlangte.

Unregelmäßig schossen heftige Windstöße willkürlich aus allen Richtungen über die Plattform, wirbelten Staub, Blätter, Äste auf, verebbten wieder und erhoben sich erneut. Sie schrie gegen die Böen an: "Du bist mein Vater. Aber ich habe dich niemals als Vater anerkannt, weil du ein Verbrecher bist. Der schändlichste Verbrecher, den die Natur hervorbringen kann. Du bist ein Kinderschänder und du hast mich, deine eigene Tochter geschändet."

Kein Windstoß mehr, keine Bö. Völlige Stille für zwei Wimpernschläge. Dann wieder gleißendes zuckendes Licht. Sie sah seinen irren Blick, die oszillierenden Pupillen, den schlaff geöffneten Mund, das völlig ausdruckslose Gesicht. "Cäcilia – !" Eine Sekunde, dann krachte der Donner. Sie erschraken beide ob der Heftigkeit des Knalls. – Zwei schnelle Schritte brachten Judith auf eine Handspanne an ihn heran. Bedrängt und bedroht wich er wieder zurück, sie umlief ihn. Wankend, kraftlos wandte er sich nach ihr um. "Cäci..." "Du hast dich an mir vergangen", unterbrach sie ihn. "Du hast mich für deinen perversen Trieb missbraucht. Dafür hast du deine eigene Tochter geopfert. Du hast mein Leben zerstört, noch bevor es richtig begonnen hatte. Du bist kein Mensch, du bist ein Tier der widerwärtigsten Sorte, eine dreckige Ratte". Ätzend wie Salzsäure spie sie die Worte aus.

Judith hatte den Satz noch nicht beendet, als das Feuerwerk am Himmel eine ohrenbetäubende Salve zündete. Mehrere Blitze und ihre Detonationen überlagerten sich. Die bizarren Umrisse der Ruine stachen gegen den schwarzen Himmel ab, der Pinienhain stand in Grellweiß. Ein Windstoß riss Max den Hut vom Kopf, trug ihn mit sich und stampfte ihn irgendwo ins Gebüsch.

Diesmal versuchte er, seitlich auszuweichen, sie konterte. Bedrohlich leise fuhr sie fort und steigerte im Verlauf Schärfe und Lautstärke: "Aber das ist längst nicht alles. Du hast nicht nur mich auf dem Gewissen, indem du mein Leben zerstört hast. Nein, du hast auch Maman, meine Mutter und deine Ex-Frau Martha auf dem Gewissen. Denn die Schandtat an mir hast du auch an ihr begangen. Sie hat die Tat niemals verwunden. Deshalb starb sie so früh. Du hast sie getötet!"

Kaum hörten sie das nahende Rauschen, als sie beide auch schon klatschnass waren. Die Wolken über ihnen hatten sich buchstäblich erbrochen. In einem einzigen Schwall schossen Fluten vom Himmel als wären hunderttausend Wassereimer gleichzeitig ausgeschüttet worden. Diese tosenden Naturgewalten, blendenden Blitze, krachenden Donner und der prasselnde Wasserfall beeindruckten Judith nicht. Max hingegen stießen sie immer näher seinem persönlichen Abgrund entgegen. Gepeinigt stöhnte er auf. Den Rücken gebeugt, die Arme hilflos über dem Kopf verschränkt wie zwei Tage zuvor an derselben Stelle, wollte er sich vor allem schützen, was auf ihn eindrang, kaum dass er sich noch auf den Beinen halten konnte.

Wieder versuchte er, Abstand zwischen sich und Judith zu bringen. Und wieder umtänzelte sie ihn. Dabei brüllte sie ihn durch den rauschenden Regen an: "Aber das Niederträchtigste ist, dass du Cäcilia..." Als Max den Namen aus ihrem Mund hörte, schrie er auf, als hätte sie ihn mit einem Degen durchbohrt. "...ja, dass du deine vielgeliebte Cäcilia in den Selbstmord getrieben hast. Deinetwegen hat sie sich das Leben genommen, als sie herausbekam, dass sie, deine geliebte Cäcilia, ..." wieder stöhnte er auf und wich noch weiter zurück. Sie kam ganz nah an ihn heran. Ein weiterer Blitz schnitt vor dem schwarzen Abgrund sein fahles Gesicht mit den angstgeweiteten Augen heraus, "...dass deine geliebte Ehefrau Cäcilia deine eigene Tochter war." Dabei zog sie 'geliebte' sarkastisch und hämisch in die Länge.

Der Donnerknall unterbrach Judith, dann schrie sie weiter: "Ja, du hast Cäcilia mit Carla Sennfeld gezeugt, damals in Ravenna. Weil du schon damals deine Triebe nicht zügeln konntest, du Schwein! Erinnerst du dich? Dann hast du Carla Sennfeld einfach aus deinem Gedächtnis gestrichen und Cäcilia, deine und ihre Tochter, geheiratet. Das ist genauso abscheulich wie das, was du mir angetan hast."

War es das Inferno um ihn herum, war es der plötzliche Regenguss, der ihn erst jetzt so weit gebracht hatte, dass er offenbar verstand, was mit ihm geschah? Jedenfalls gab er mit einem Urschrei gleichen "NEIN !" zu erkennen, dass er Judith verstanden hatte.

"Hier...", unter dem weißen Tuch hatte sie vorhin beim Umziehen das nun feuchte Bündel mit den Seiten von Cäcilias Abschiedsbrief unter den Gürtel geklemmt. Die Blätter waren völlig blau von der zerflossenen Tinte. Nun hielt sie es ihm vor die Augen. Vor sich Judith, im Rücken das Geländer, bog er sich mit dem Oberkörper zurück. "...weißt du, was das ist? Das ist Cäcilias Abschiedsbrief. Du konntest ihn nicht finden, weil ich ihn vorher eingesteckt hatte. Aber du wirst ihn nicht mehr lesen können." Dabei warf sie die losen Blätter mit kräftigem Schwung in die Nacht. Eine Sturmbö riss sie mit sich und zerstäubte sie in alle Richtungen.

Noch einmal stieß er in aberwitziger Qual dieses "NEIN!" aus, während sie wieder ganz nah an ihn herantrat. Mit dem Geländer des Salto Tiberio im Rücken spreizte er die Arme nach vorne ab, um Judith auf Distanz zu halten. Dabei berührte er unbeabsichtigt mit den Handflächen ihre Brüste. Sie griff nicht nach ihm, sondern drückte ihren Oberkörper nur noch mehr gegen seine Hände und Arme. "Ja fass' mich nur an, begrabsch' mich wie du es gemacht hast als ich noch ein Kind von acht Jahren war." Wie elektrisiert zog er die Hände von ihren Brüsten zurück. So bedrängt fand er keinen Ausweg mehr. Völlig von Sinnen, verwirrt und verängstigt, wollte er vor dieser Furie fliehen. Er drehte sich zur Seite, schwang ein Bein über das Geländer und dann auch das andere. Nun hatte er eine Barriere zwischen sich und Judith gebracht. Er stand auf dem schmalen und vom Regen glitschigen Rand jenseits des Geländers. Wieder schrie sie ihn an: "Du hast mein Leben zerstört, du hast das Leben von Martha zerstört und du hast Cäcilia in den Tod getrieben. Du hast kein Recht mehr zu leben. Spring! – – So spring doch!"

Der Wolkenbruch war in kräftigen Regen übergegangen, die so gewalttätige Gewitterfront zog über Lee aufs Meer hinaus, die Abstände von Blitz und Donner wurden größer. In der letzten gewittrigen Illumination sah sie die straff gespannte, weiße Haut über seinen Knöcheln. Sie sah seine Hände, wie sie das Geländer umklammerten. Sie sah wie sich die Haut entspannte, die Finger sich lösten. Dann hörte sie nur noch ein Knistern und Knacken des Gebüschs, noch einmal ein lang gezogenes gequältes N E I N, das sich in der Tiefe verlor.

Judith lehnte völlig erschöpft an der Säule der Marienstatue und wartete. Sie wartete auf das Triumphgefühl, das sich nun einstellen sollte, weil sie den Feind besiegt hatte, den sie in sich trug, seit sie denken konnte. Sie wartete auf das Gefühl der Befreiung von einem lebenslangen Trauma und dem Übeltäter, der ihr das zugefügt hatte. Sie wartete auf das Gefühl der Genugtuung, dass sie ihren Schwur eingelöst hatte, und nun nicht nur ihr, sondern auch ihrer Maman Gerechtigkeit wiederfahren war. Aber nichts dergleichen stellte sich ein.

Sie stand da, völlig durchnässt. Der schwarze Bodysuit klebte an ihrem Körper, der weiße Streifen der mütterlichen Stola hing nass, schlaff und schwer über Front und Rücken an ihr herunter. Als sie zu frösteln begann, spürte sie noch immer keinen Triumph, kein Gefühl der Befreiung, keine Genugtuung. Sie spürte nichts, war völlig leer, ausgehöhlt, eine inhaltslose Hülle. In ihrem Furor hatte sie sich völlig verausgabt, war zuletzt selbst nicht mehr bei Sinnen. Nun war kein Leben mehr in ihr.

Das infernalische Gewitter hatte die Luft reingewaschen. Dort wo der Mond stand, gab es keine Wolke, keinen Schleier. Der Himmel zeigte sich von jungfräulicher Arglosigkeit. Die Silberscheibe suchte ihr Spiegelbild auf dem Pfad, den sie selbst ins Meer zeichnete.

Judith ging den langen Weg zurück in den Ort, durchquerte ihn in Richtung Augustusgärten und wanderte die Via Krupp hinab zur Marina Piccola. Sie war schon weit weg. Was da ging, war nur noch ihr Körper, ohne Seele und Geist. Sie schritt über den winzigen Sandstrand ins Meer, immer weiter. Sie schritt weiter als sie keinen Grund mehr unter den Füßen hatte. Und sie schritt weiter, bis das Wasser sich über ihr wieder spurlos verband.

*

*

Printed in Germany
by Amazon Distribution
GmbH, Leipzig